BESTSELLERWORLDBOOK 74

변 신

프란츠 카프카 지음 | 안영란 옮김

소담출판사

안영란

이화여자대학교 독어독문학과 한국외국어대학교 동시통역대학원을 졸업했다.
독일 마인츠대학교에서 한국어학을 강의했으며, 현재는 프리랜서 번역 작가로 활동하고 있다.
번역한 작품으로는 『1812년 원전』 『톰 터보』 『꿈나라 이야기 나라』
『가장 행복했던 날의 이야기』 『한 번도 이야기되지 않은 동화 수학』 등이 있다.

BESTSELLER WORLDBOOK 74

변신

펴낸날 | 2002년 12월 20일 초판 1쇄
　　　 2011년 3월 25일 초판 10쇄

지은이 | 프란츠 카프카
옮긴이 | 안영란
펴낸이 | 이태권
펴낸곳 | (주)태일소담
　　　 서울시 성북구 성북동 178-2 (우)136-020
　　　 전화 | 745-8566~7 팩스 | 747-3238
　　　 e-mail | sodam@dreamsodam.co.kr
　　　 등록번호 | 제2-42호(1979년 11월 14일)
　　　 홈페이지 | www.dreamsodam.co.kr

ISBN 978-89-7381-498-5 03850

BESTSELLERWORLDBOOK 74

Die Verwandlung

Franz Kafka

방안이 온통 먼지투성이어서 조금만 움직여도 먼지가 일어나다 보니
온몸에 먼지를 흠뻑 뒤집어쓴 꼴이었다. 먼지뿐이 아니었다.
등하며 옆구리에 실밥, 머리카락, 음식 찌꺼기 따위를 덕지덕지 붙인 채
기어다녔다. 예전 같으면 방바닥에 벌렁 누워 카펫에다 몸을 비볐을 테지만
바깥일에 무관심해지자 그것마저도 시큰둥했다.

Die Verwandlung

차례

변신

1

그레고르는 흉측한 벌레가 되어 버린 자신을 보았다. 악몽에서
막 깨어난 순간이었다. 갑옷처럼 딱딱한 등이 느껴졌다. 머리를 살
짝 들자 둥글게 부풀어오른 복부로 시선이 갔다. 몇 줄기로 갈라진
골이 움푹 들어가 있었다. 복부에 걸린 이불이 금방이라도 미끄러
져 내릴 것 같았다. 불안하게 꿈틀거리는 다리는 여러 개였지만 몸
통에 비해 비참할 정도로 가늘었다.

'도대체 무슨 일일까?' 하지만 꿈이 아니었다. 주위를 둘러보았
다. 비좁긴 하지만 인간이 사는 방, 분명 그의 방이었다. 벽도 눈에
익은 그대로였다. 테이블 위에는 옷감 샘플들이 어지럽게 널려 있
었다. 며칠 전에 화보를 보다가 오려서 금박 액자에 넣어 걸어 둔
그림도 여전히 테이블 옆 벽에 걸려 있었다. 모피 모자에 모피 목

도리를 두르고 커다란 모피 토시에 양팔을 푹 집어넣어 앞으로 내민 채 단정한 자태를 뽐내는 귀부인의 초상화였다.

이번엔 창 밖을 내다보았다. 음산한 공기가 기분을 더 우울하게 했다. 곧이어 양철판을 두드리는 빗방울 소리가 들렸다. '잠이나 자 두자. 이런 멍청한 생각은 그만두고.' 하지만 불가능했다. 오른쪽으로 돌아누워야 잠이 드는데, 지금 같은 몸으로는 그럴 수가 없었던 것이다. 아무리 애써 봤자 몸만 흔들리다가 결국은 원래 누웠던 자세가 되고 말았다. 백 번도 넘게 시도하는 동안 눈은 꼭 감아 버렸다. 수많은 다리들이 허우적대는 걸 보고 싶지 않았던 것이다. 그때 옆구리에서 낯선 통증이 느껴졌다. 결국 오른쪽으로 돌아눕겠다는 의지를 접어야 했다.

'젠장! 어쩌다 이렇게 힘든 일을 시작했을까! 눈만 뜨면 출장이다. 사무실 근무도 귀찮긴 마찬가지지만, 외판은 훨씬 고되다. 게다가 출장을 다니다 보면 고생이 이만저만이 아니다. 항상 열차 시간을 염두에 둬야 할 뿐더러, 식사는 불규칙하고 조잡하기 이를 데 없다. 온갖 사람들을 다 만나야 하는 건 또 어떻고. 한 사람을 지속적으로 만나는 게 아니라 모든 만남이 일회적이다 보니 마음을 열고 친해지는 사람은 하나도 없다. 생각만 해도 지긋지긋하다.'

복부의 불룩 튀어나온 부분이 가려웠다. 머리를 좀 쳐들려고 드러누운 채 몸을 위쪽으로 밀었다. 한참을 애쓴 덕에 가려운 자리가 보였다. 조그만 점들이 복부 가득 하얗게 붙어 있었다. 다리 하나를 움직여 만져 보려고 하다가 이내 움츠리고 말았다. 다리가 슬쩍 닿는 순간 소름이 끼쳤던 것이다.

몸을 끌고 처음 누웠던 자리로 돌아갔다. '너무 일찍 일어나는 바람에 이런 꼴을 당한 거야. 사람은 원래 잠을 푹 자야 하는 거라고. 다른 판매사원들을 봐. 다들 후궁의 시녀들처럼 지내잖아. 내가 아침 일찍 나가서 한 건을 끝내고 오전 중에 돌아와서는 주문 받은 걸 정리하고 기입할 때쯤 되면 그들은 겨우 아침을 먹기 시작한다. 내가 그랬다가는 당장 해고당할 것이다. 그렇게 여유를 부리며 살고 싶은 건 나도 마찬가지다. 부모님만 아니면 진작에 사표를 던졌을 것이다. 당당하게 사장실 문을 열고 들어가 맘속에 있는 말을 다 쏟아 버리면 그는 놀라서 책상 밑으로 굴러 버리고 말 것이다. 사장이 책상에 걸터앉아 어깨너머로 내려다보며 얘기하는 건 정말 고약한 버릇이다. 게다가 귀까지 어두워서 아주 가까이 다가가지 않으면 안 된다. 하지만 희망이 없는 건 아니다. 5,6년은 걸리겠지만, 어쨌든 부모님 빚만 갚으면 그렇게 하고야 말 것이다. 내 인생이 달라지는 순간이 되리라. 하지만 그건 나중 일이고, 지금은 우선 일어나야 한다. 새벽 5시 기차를 타야 한다.'

다음 순간 서랍장 위에서 째깍거리는 자명종 시계를 쳐다보았다.

6시 30분을 지나 45분에 가까워지고 있었다. 알람이 울렸을 텐데. 4시 정각에 울리도록 맞춰 놓은 걸 확인했다. 그렇다면 분명 울렸을 것이다. 방 안 가득 울렸을 텐데 편안히 잤다는 게 믿어지지 않았다. 어쩌면 밤새 푹 잔 게 아닐 수도 있었다. 계속 뒤척이다가 곯아떨어진 후에 시계가 울렸을지도 모른다. '그건 그렇고 이제 어쩐단 말인가? 7시 기차라도 타려면 미친 듯이 서둘러야 할 텐데.' 아직 샘플 포장조차 못한 상태였다. 게다가 활기차고 유쾌한 기분도 아니었다.

'어떻게든 기차를 탄다고 해도 사장의 불벼락은 고스란히 내 몫이다. 나를 기다리던 사환 아이가 이미 사장에게 일러바쳤을 테니까. 사장에게 붙어 아첨이나 하는 줏대도 이해심도 없는 놈이니 그러고도 남을 것이다. 몸이 아프다고 하면 어떨까? 결국은 더없이 괴로운 일이 될 것이다. 수상쩍어할 게 틀림없다. 지난 5년 동안 한 번도 아픈 적이 없었는데, 순순히 믿어 주겠는가. 설령 믿는다면 당장 의사를 데려올 테고, 가정 교육을 어떻게 시킨 거냐고 부모님을 닦아세울 것이다. 게다가 의사에게 진찰을 받는 날엔 모든 게 끝장이다. 일하기 싫어서 꾀병을 부리는 거라고 단정지어 버릴 것이다. 그렇다고 의사를 탓할 일은 아니다.'

사실 그레고르는 한잠 푹 자고 나면 피곤이 완전히 가시진 않아도 개운해지면서 입맛이 돌곤 했다.

상념에서 깨어나 그만 일어나야겠다고 결심하는 순간 시계 바늘이 6시 45분을 가리켰다. 이어서 침대 머리맡 쪽에 있는 문을 조심스럽게 두드리는 소리가 들렸다.

「그레고르야!」 어머니가 부르는 소리였다. 「6시 45분이다. 출근

안 하니?」 부드러운 목소리였다.

　다음 순간 그레고르는 어머니한테 대답하는 목소리를 듣고 깜짝
놀랐다. 분명 자기 목소리였다. 그런데 어떻게 해볼 수도 없을 만큼
괴로운 듯한 소리가 찍찍거리며 섞여 나오는 거였다. 처음에 튀어
나온 소리는 또렷하게 들렸지만 찍찍거리는 소리가 섞이면서 말끝
이 흐려져 버려 어머니가 제대로 알아들었을지 의아했다. 그레고르
는 차분하게 설명하려고 했지만 겨우 이렇게 대답할 뿐이었다. 「네!
네! 어머니 고맙습니다. 지금 일어납니다.」 나무 판자로 만든 문이
라서 아들의 목소리가 변했다는 것도 모를 터였다.

　어머니는 안심이 됐는지 다리를 끌며 가 버렸다. 그 바람에 다른
가족들도 그레고르가 아직 출근 전이라는 걸 알고 말았다.

　과연 다른 쪽 문을 두드리는 아버지의 목소리가 들렸다. 「그레고
르, 그레고르! 도대체 무슨 일이냐?」 얼마 동안 기다리다가 목소리
를 낮추어 재촉했다. 「얘야, 그레고르!」

　맞은편 문 밖에서는 여동생이 걱정스럽게 애원했다. 「오빠, 어디
아파요? 웬일인지 모르겠군요.」

　그레고르는 양쪽을 향해 외쳤다. 「이제 다 준비했어요.」 한 마디
한 마디를 정성껏 발음하면서 말과 말 사이에 간격을 두어 목소리
가 울리지 않게 하려고 애썼다.

　아버지는 아침을 드시려고 돌아갔지만 여동생은 여전히 문 뒤에
남아 애원했다. 「오빠, 문 좀 열어 주세요. 제발요.」

그는 문을 열 수가 없었다. 출장을 다니던 습관대로 잠들기 전에 문을 잠가 둔 게 다행이었다.

혼자 조용히 일어나서 옷을 챙겨 입은 다음 일단 아침부터 먹은 뒤에 다음 일을 생각하기로 결정했다. 이불 속에서 고민해 본들 뾰족한 수가 없다는 걸 깨달았던 것이다. 가만히 생각해 보니 자다가 몸이 결리거나 해서 일어나 보면 아무렇지도 않았던 적이 꽤 있었다. 잠자리가 불편했거나 잠버릇이 험했던 것이다. 어쩌면 오늘 일도 별것 아닐 거라고 생각하며 긴장감을 가지고 자신을 지켜보았다. 목소리가 변해 버린 것도 감기 때문이라고, 출장을 다녀야 하는 판매사원의 고질적인 직업병 때문이라고 넘겨 버리고 싶었다.

이불을 걷어 버리는 건 아주 쉬웠다. 숨을 살짝 들이마셨다가 배를 부풀리면 그대로 굴러 떨어졌다. 하지만 다음 일이 어려웠다. 몸이 너무 넓었던 것이다. 몸을 일으키려면 팔과 손의 도움이 필요한데, 그 팔과 손 대신에 수많은 다리들이 제멋대로 움직여댈 뿐이었다. 그나마 다리조차도 마음대로 움직여 주지 않았다. 다리 하나를 구부리려고 하면 길게 뻗어 버리기 일쑤였다. 어찌어찌 그 다리를 가지고 움직이면, 그 사이에 다른 다리들이 해방을 맞은 것처럼 요란스럽게 꿈틀거렸다. 그레고르는 혼잣말로 중얼거렸다. 「침대 속에서 뒹굴어 봤자 아무것도 해결되지 않는다.」

우선 하반신부터 침대 밖으로 내보내는 게 낫겠단 생각이 들었다. 하지만 그는 눈으로 볼 수도 없었고, 또 하반신이 어떤 모양인지 짐작조차 할 수 없었으므로 하반신을 마음대로 움직인다는 건 불가능했다. 그러다 보니 시간도 한참 걸리고 여간 힘든 게 아니었다. 결국은 온힘을 다 쏟아 하반신을 무조건 앞으로 밀고 갔다. 그런데 방향을 잘못 잡는 바람에 침대 기둥에 쾅 하고 부딪혀 버렸다. 불에 데인 듯 화끈거렸다. 통증을 느끼고 나니 하반신이야말로 감각이 가장 예민한 부분이라는 걸 깨달을 수 있었다.

결국 상반신 먼저 내보내기로 마음먹고 머리를 살살 움직여 침대 가장자리로 돌렸다. 별로 힘들이지 않고도 가능했다. 몸집이 흉측하게 거대하고 무거웠지만 머리를 따라 천천히 움직이기 시작했다. 그런데 막상 침대 밖으로 나가려니까 불안감이 고개를 쳐들었다. 이런 식으로 침대를 내려가다가는 자칫 그대로 굴러 떨어질 테고, 결국 기적이 일어나지 않는 한 머리가 온전하지 못할 터였다. 이런 상황일수록 마음을 다잡아 정신을 차리는 게 무엇보다 중요했다. 차라리 침대에 있는 게 나았다.

하지만 아까만큼 애쓴 후에야 한숨을 쉬면서 처음 누웠던 자리로 돌아올 수 있었다. 그리고 조금전보다 더 악에 받친 듯 뒤엉켜 싸우는 다리들을 보는 순간 아수라장 같은 이 상황을 진압할 만한 방법은 없다고 결론 내렸다.

그는 또다시 중얼거렸다. 「이대로 누워만 있을 수는 없어. 침대를 내려갈 길이 없다 해도 모든 걸 감수하고라도 벗어날 거야.」 그래도 될 대로 되라는 식보다는 깊이 생각해서 결정하는 편이 낫지 않을까 싶기도 했다. 그러는 와중에도 이따금씩 날카로운 시선을 창 쪽으로 돌렸다. 그래 봤자 아침 안개가 좁은 골목에 늘어선 집들을 완전히 뒤덮어 버려서 바깥을 쳐다봤자 자신감이나 상쾌함은 전혀 없었다. 자명종이 7시를 알리는 소리를 듣다가 또 중얼거렸다. 「7시가 됐는데도 저렇듯 안개가 자욱하다니.」 그리고는 가만히 있다 보면 인간의 모습으로 돌아갈지도 모른다 싶어 숨을 고르며 조용히 누웠다.

생각을 또 바꿔 보았다. 「어떻게 해서든 7시 15분까지는 이곳을 빠져나가야 한다. 더 이상 참지 못하고 회사에서 사람을 보냈을 것이다. 7시 전에 이미 근무를 시작하지 않는가.」

이번에는 전체적인 균형을 잡아 옆으로 흔들면서 나아가 한 번에 떨어져 내릴 생각이었다. 머리나 하반신이 먼저 떨어지지 않도록 온몸으로 한 번에 떨어지면서 순간적으로 머리를 쳐들면 안전하게 침대를 벗어날 거라 생각했다. 등껍질이 단단하니까 카펫에 떨어져도 별탈은 없을 것이다. 걱정되는 일이 있다면 떨어질 때 꽝 소리가 나는 거였다. 경악은 아니더라도 무슨 일이 생겼나 싶어 가족들이 불안해할 것이다. 물론 부득이한 일이었다. 무슨 일이 있어도 침대를 벗어나야 했다.

침대 밖으로 몸을 절반쯤 내밀고 보니 누가 와서 조금만 도와주면 아주 간단히 내려갈 것 같았다. 노력하고 말 것도 없는 게 아이들 장난치는 정도밖에 안 되는 일이었다. 몸을 양옆으로 조금씩 흔들면서 굴러가면 되는 거였다. 그러니 두 사람 정도면 충분했다. 그는 아버지하고 가정부를 생각했다. 둘이서 둥글게 솟아오른 그의 등 밑에다 팔을 집어넣고 침대에서 들어 올려 방바닥에 내려놓으면 간단히 끝나는 거였다. 그리고 그가 방바닥에서 몸을 뒤집을 때까지 조금만 기다려 주면 되는 것이다. 그럴 수만 있으면 이 조그만 다리들도 의미를 가질 텐데. '문을 잠그지 않았더라면 도와 달라고 해볼 수 있었을 텐데.' 이런 곤경 속에서도 그런 생각이 들자 웃음이 쏟아져 나왔다.

어느새 몸을 너무 세게 흔들다가 균형을 잃는 통에 침대에서 굴러 떨어지기 직전이었다. 우물거릴 여유가 없었다. 뭔가 결론을 내려야 했다. 5분 후면 벌써 7시 15분이었다. 그때 벨소리가 울렸다. 「회사에서 찾아왔나 보군.」 몸이 굳어져 버리는 느낌이었다. 그 와중에도 다리들은 더욱 산만하게 허우적거렸다. 하지만 집 안에서는 아무 소리도 들리지 않았다. 「가족들이 문을 열어 주지 않는 모양이군.」 그레고르는 부질없는 희망에 매달렸다. 하지만 얼마 안 있어 가정부가 씩씩하게 걸어나가 문을 열어 주었다.

그레고르는 인사하는 소리만 듣고도 누군지 알았다. 지배인이었다. 조금만 늦거나 게으름을 부려도 그냥 놔두지 않는 회사에 다녀야 하는 자신의 운명이 한스러울 뿐이었다. 판매사원이라면 무조건 빈둥대기만 하는 게으름뱅이로 취급하는 것도 억울했다. 어쩌다 오전 근무를 두세 시간만 못해도 안절부절못하다 몸져눕는 직원도 있는데 말이다. 무슨 일이 생긴 건지 걱정돼서 온 거라면 사환을 보내도 충분할 것이다. 아무리 생각해도 지배인이 직접 나타날 이유는 없는 것 같다. 그가 출근하지 않은 사건을 알아보는 데 꼭 지배인을 보내서 죄 없는 가족들을 불안하게 만들어야겠는가 말이다.

그레고르는 있는 힘을 다해 몸을 굴려 침대에서 내려왔다. 그만큼 확고한 결단을 내렸다기보다는 너무 흥분한 나머지 힘이 솟구쳤던 것이다. 쿵 소리가 났다. 소리만큼 크게 울리지는 않았다. 카펫 덕분에 식구들이 놀랄 만큼 둔탁한 소리도 나지 않았고, 등껍질도 상상했던 것보다 탄력이 있었다. 다만 머리를 쳐들지 않은 탓에 바닥에 살짝 찧고 말았다. 분노와 통증을 함께 느끼며 아픈 머리를 카펫에 문질렀다.

「저 방에서 떨어지는 소리가 난 것 같군요.」 지배인이었다.

그레고르는 지배인도 언젠가는 이 참담한 일을 당하지 않을까 상상했다. 아무도 장담할 수 없는 일이었다. 그런데 그레고르의 상상에 대답하려는 듯 옆방에서 지배인의 에나멜 부츠가 삐걱거렸다.

동시에 오른쪽 방에서 여동생이 속삭였다. 「오빠, 지배인님이 오셨어요.」

「알고 있어.」 대답한다고 중얼거렸지만 여동생이 알아듣지 못할 만큼 작게 새어나올 뿐이었다. 목소리를 높일 수가 없었다.

「그레고르야.」 이번에는 왼쪽 방에서 아버지의 목소리가 들렸다. 「지배인이 오셔서 네가 왜 새벽 기차를 안 탔는지 묻는구나. 어

20

떻게 대답해야 좋겠니? 어쨌든 너를 만나러 왔으니 문부터 열어라. 방이 좀 어수선해도 이해하지 않겠니?」

「이보게, 잠자 군.」 지배인이 더 이상 참지 못하고 끼여들었다.

「우리 애는 지금 아파요.」 아버지가 그레고르를 설득하는 동안 어머니가 변명을 해댔다. 「몸이 불편하다고요. 지배인님, 믿어 주세요. 이유 없이 기차를 놓칠 아이가 아닙니다. 머릿속이 온통 일뿐인 걸요. 머리도 식히고 기분도 바꿀 겸 외출 좀 하라고 성화를 댈 정도니까요. 이번에도 벌써 일주일째 시내에 있으면서 퇴근하면 집에만 틀어박힌답니다. 차를 마시면서도 신문을 읽지 않으면 기차 시간표를 확인하는 걸요. 소일거리라면 통을 가지고 이것저것 만드는 것뿐이에요. 지난번에는 사흘 내내 매달리더니 조그만 액자를 만들었더군요. 아주 훌륭해요. 자기 방에 걸어 두었으니까 문을 열면 들어가서 한번 보세요. 이렇게 직접 오셔서 정말 다행입니다. 지배인님 아니면 방문을 열지 못했을 겁니다. 그레고르는 고집불통이거든요. 조금전까지만 해도 괜찮다고 했지만 많이 아픈 모양이에요.」

「금방 나갑니다.」 그레고르는 조심스럽게 말했다. 그러면서도 바깥 얘기를 놓치지 않으려고 가만히 있었다.

「저도 그렇게 생각합니다, 부인. 달리 어떻게 생각하겠습니까?」 또다시 지배인이었다. 「큰 병은 아닐 겁니다. 그런데 한 가지만 말씀드리죠. 장사꾼에게는 물건 파는 일이 가장 중요합니다. 감기몸살쯤은 참아내야 한다는 말입니다.」

「어떠냐, 이제 지배인께서 들어가도 되겠니?」 아버지가 더 이상은 못 참겠다는 듯 말하며 문을 두드렸다.

「안 돼요!」 왼쪽 방에서는 어색한 침묵이 흘렀다. 오른쪽 방에서는 여동생이 훌쩍거리기 시작했다.

여동생은 왜 오른쪽 방에 혼자 있는 걸까? 늦잠을 자다가 방금 일어나는 바람에 아직 옷을 갈아입지 않은 모양이었다. 그런데 왜 우는 걸까? 내가 일어나지도 않으면서 지배인에게 방문을 열어 주지도 않아서 우는 걸까? 그러다 내가 해고당하면 어쩌나 두려운 걸까? 그렇게 되면 사장이 옛날에 꿔준 돈을 갚으라고 부모님을 괴롭힐까 봐 우는 것일까? 지금으로서는 쓸데없는 걱정일 뿐이다. 나는 지금 이 자리에 꿋꿋하게 있으며, 가족들을 저버릴 생각은 눈곱만큼도 없다.

그레고르는 카펫 위에 편안히 누웠다. 그가 어떻게 변했는지 안다면 지배인에게 문을 열어 주라고 요구할 사람은 없을 것이다. 물론 예의가 아닌 줄은 알았다. 하지만 나중에 간단히 설명하면 되는 일이지 당장 그레고르를 해고할 거라고는 상상도 할 수 없었다. 그러니 매달리며 애원하는 것보다는 그대로 내버려두는 게 현명하다고 생각했던 것이다.

「잠자 군.」 지배인은 아까보다 목소리를 높였다. 「어찌 된 일인가? 방에 틀어박혀서 대답만 하는 줄 알았더니 네, 아니오 뿐이잖은가? 부모님이 얼마나 걱정하시겠는가? 말이 나온 김에 하는 말인데, 자네는 정말 독특한 방법으로 게으름을 부리는군. 자네 부모님과 사장님을 대신해서 말하는데 지금 당장 명백한 설명을 해보게. 대단하군. 지금까지는 차분하고 성실한 사람이라고 믿었는데, 이렇듯 갑자기 변덕을 부리다니, 아예 작정한 것 아닌가? 사장님은 생각이 다르다네. 오늘 아침 나를 불러 얘기해 주셨는데, 자네에게 수금한 돈을 맡겨 놓았다고 하더군. 나는 사장님이 자네의 성품을 모르고 지레짐작한 거라고 넘겨 버렸네. 하지만 자네가 이렇게 고집을 부린다면 나도 더 이상 감싸줄 수만은 없어. 게다가 자네의 자리라는 게 결코 안전하지 않다는 걸 알아두게. 이런 말은 단 둘이 하려고 했는데, 자네가 시간을 허비하는 바람에 자연히 부모님도 알고 말았네. 사실 요즘 자네의 판매 실적이 신통치 못한 건 인정하겠지? 계절적으로 실적이 좋을 수가 없는 건 알지만 그렇다 해도 한 건도 올리지 못하는 계절이란 있을 수 없는 걸세. 잠자 군, 알아듣겠나?」

　「잠깐만요, 지배인님!」 그레고르는 정신없이 소리쳤다. 너무 흥분해서 생각나는 게 없었다. 「당장 문을 열겠습니다. 정말입니다. 기분이 언짢은데다 현기증까지 일어나서 움직일 수가 없었습니다. 사실은 아직도 잠자리에 있어요. 하지만 많이 좋아졌습니다. 침대에서 나가는 중이니까 제발 기다려 주십시오. 상태가 좋아진 건 아닙니다만 괜찮습니다. 갑자기 병이 난 겁니다. 어젯밤까지만 해도 멀쩡했거든요. 부모님도 잘 알아요. 아니, 말하다 보니 어젯밤에 좀 이상하긴 했습니다. 조금만 신경 써서 봤더라면 이상하다는 걸 눈치 챘을 겁니다. 회사에 미리 알릴 걸 그랬어요. 하지만 막상 집을 나서면 문제없을 거라고 넘겨 버렸습니다. 지배인님, 제발 부모님께는 아무 소리도 말아 주세요. 그리고 방금 하셨던 말들은 당치도 않습니다. 그런 비난은 들어 본 적도 없습니다. 며칠 전에 보여 드린 주문서를 제대로 검토하신 건가요? 어쨌거나 8시 기차로 출발하겠습니다. 두어 시간 쉬었더니 기운이 납니다. 지배인님, 제발 돌아가 주십시오. 저도 곧 출발하겠습니다. 아무쪼록 사장님께 잘 말씀드려 주세요. 부탁드립니다.」

그레고르는 이런 얘기를 단숨에 지껄이면서도 무슨 말을 했는지조차 몰랐다. 침대 위에서 연습한 방법으로 옷장을 향했다. 옷장에 매달려 일어설 생각이었다. 문을 열어서 자신의 모습을 보여 준 뒤 지배인하고 얘기할 작정이었던 것이다. 지금은 자신을 만나고 싶어 안달이지만 막상 변해 버린 모습을 보면 무슨 말을 할지 궁금하기도 했다. 그들이 놀라 기절하더라도 그레고르의 책임은 아니니까 가만히 있으면 되는 거였다. 예상을 깨고 전혀 놀라지 않는다면 역으로 달려가 8시 기차를 타면 되는 거였다.

처음엔 옷장이 반들거려서 계속 미끄러졌지만 결국은 간신히 일어설 수 있었다. 하반신이 불에 덴 것처럼 화끈거렸지만 신경 쓰지 않았다. 이번에는 옆에 있던 의자 등받이에 몸을 던진 다음 가느다란 다리들을 이용해 등받이 끝에 매달렸다. 마침내 자제력이 생겨

끊임없이 지껄이던 걸 멈출 수 있었다. 지배인의 말이 귀에 들어오기 시작했던 것이다.

「당신들은 단 한 마디라도 알아들었습니까?」 지배인이 소리쳤다. 「설마 우리를 놀리는 건 아니겠죠?」

「천만에요.」 어머니는 벌써 울먹이며 외쳤다. 「큰 병에 걸린 게 분명해요. 그런데도 괴롭히고만 있었으니. 그레테야, 그레테!」 이번에는 여동생을 불렀다.

「부르셨어요, 어머니?」 여동생이 반대쪽에서 대답했다. 그레고르의 방을 가운데에 두고 소리치는 거였다. 「당장 가서 의사를 불러오너라. 그레고르가 아프단다. 빨리 불러와. 너도 그레고르가 얘기하는 걸 들었지?」

「짐승이 울부짖는 소리였어.」 지배인이 낮은 목소리로 말했다.

「안나, 안나!」 아버지가 손뼉을 치며 주방을 향해 외쳤다. 「어서 가서 열쇠가게 주인을 불러오너라.」

처녀들은 치맛자락을 펄럭이며 달려나갔다. 여동생은 언제 옷을 갈아입은 건지 놀라울 정도로 빠른 솜씨였다. 현관문이 닫히는 소리가 안 들린 걸 보면 열어 놓은 채 나가 버린 모양이었다. 큰일이라도 벌어진 것처럼.

그레고르는 마음을 가라앉혔다. 과연 그가 내뱉은 말들을 알아들은 사람은 없었다. 그에게는 분명하게 들리는데도. 그만큼 귀에 익숙해진 모양이었다. 어쨌거나 다른 사람들은 그에게 문제가 생겼다고 판단하여 바쁘게 움직이기 시작하는 듯했다. 기분이 한결 좋아졌다. 사람이 사는 세계와 자신이 다시 연결된 기분이었다. 의사와 열쇠가게 주인을 구별할 수는 없지만 두 사람이 기적을 만들어 줄 거라고 믿었다. 운명의 시간이 다가오면 분명하게 발음하기 위해 헛기침을 하며 목을 가다듬었다. 애써 낮은 기침 소리를 내보았다. 인간의 헛기침 소리처럼 들리지 않을까 봐 그랬던 것이다. 그는 이미 자신의 목소리가 어떤지 판단할 수 없는 처지였던 것이다. 어느새 옆방은 아주 조용했다. 부모님하고 지배인이 마주 앉아 조용히 얘기하는 중이거나, 세 사람이 모두 문에 붙어서 그가 뭐라고 하는지 엿듣는 중일 것이다.

그레고르는 의자를 밀고 가서 방문에 몸을 붙인 뒤 똑바로 섰다. 다리 끝마다 액체가 분비되어 몹시 끈적거렸다. 게다가 잠시였지만 무리하게 움직이느라 지쳐서 몸이 고단했다. 다만 얼마라도 쉬어야 했다. 기운을 좀 차린 뒤에 입으로 열쇠 구멍에 꽂아 놓은 열쇠를 돌리려고 했다. 그런데 이가 하나도 없었다. 그렇다면 열쇠는 어떻게 돌려야 하는가! 방법은 있었다. 이가 없는 대신 턱이 아주 강했다. 턱으로 열쇠를 돌렸다. 그 외중에 상처를 입은 것도 모를 정도였다. 입에서 누르스름한 액체가 흘러 나와 열쇠에 머물렀다가 방바닥에 뚝뚝 떨어지고 있었다.

「저 소리를 들어보세요.」 이번에도 지배인이었다. 「열쇠를 돌리는 모양입니다.」

그 말을 듣는 순간 힘이 불끈 솟았다. 다같이 힘내라고 응원해 주면 좋을 텐데. 아버지도 어머니도. '그레고르야, 어서 힘내라.' 정도는 해줄 법한데 말이다. '힘내라. 자물쇠를 꼭 붙잡아.' 하고. 모두들 그를 지켜본다는 생각에 혼신의 힘을 다하여 열쇠를 물고 매달렸다. 마침내 열쇠가 돌아가면서 자물쇠 주위를 춤추듯 돌았다. 그는 턱으로만 버텨내고 있었다. 열쇠에 매달리기도 하고 온몸으로 내리눌러 열쇠를 아래쪽으로 돌리기도 했다. 어느 순간 맑은 소리가 들렸다. 자물쇠가 열린 것이다. 그레고르는 이제야 정신이 드는 느낌이었다. 안도의 한숨을 내쉬었다. 「열쇠가게 주인을 불러오지 않아도 되겠군.」 이번에는 문을 활짝 열려고 손잡이에다 머리를 올렸다.

힘겹게 애쓴 끝에 문이 열렸다. 하지만 안쪽으로 열리는 바람에 그가 문에 가려지고 말았다. 그래서 방문을 따라 천천히 앞으로 돌아 나와야만 했다. 아주 조심스럽게 움직여야 했다. 자칫 잘못하면 문 앞에서 벌렁 넘어질 우려가 있었다. 얼마나 흉한 모습이겠는가. 그런 모습을 안 보이려고 얼마나 몰두했는지 미처 다른 사람들에게 주의를 기울이지 못하고 말았다. 지배인이 「악!」 하고 비명을 지르고 나서야 고개를 돌릴 수 있었다. 지배인이 문에서 가장 가까이 서 있던 탓에 그를 발견했던 것이다. 그는 두 손으로 벌어진 입을 가린 채 천천히 뒷걸음치기 시작했다. 눈에 보이지 않는 힘에 떠밀려 가는 듯 보였다.

어머니는 잠자리에 들던 모습 그대로 머리 손질조차 안 한 상태였다. 손님이 왔는데도 말이다. 그런 모습으로 양손을 깍지 끼고 아버지 쪽을 흘끗 보더니 이내 그레고르 쪽으로 다가서다가는 허물어지듯 주저앉았다. 주름 치마가 넓게 펼쳐지고 얼굴은 가슴에 파묻혀 버렸다. 아버지는 증오심에 불타는 눈빛으로 주먹을 쥐었다. 그레고르를 당장 방안으로 밀어 넣을 줄 알았는데 불안한 표정으로 거실을 두리번거릴 뿐이었다. 그러다가 양쪽 눈을 가린 채 통통한 가슴을 들썩거리며 울부짖기 시작했다.

그레고르는 방문에 기대 서 있었기 때문에 몸의 절반과 비스듬히 기울인 머리만 보이는 상태였다. 비스듬히 기울인 머리로 다른 사람들을 엿보고 있었다. 어느새 주위가 환해져서 도로 건너편의 기다란 회색 건물이 선명하게 보였다. 병원이었다. 도로 쪽 벽에는 일정한 간격을 두고 창이 나 있었다. 하늘에서는 굵은 빗방울이 쏟아져 내렸다.

아침 먹은 자리가 너저분했다. 아버지는 아침 식사를 중요시했다. 그래서 식사가 끝나도 이 신문 저 신문 다 읽는 동안 두세 시간씩 그대로 앉아 있었다. 마침 마주 보이는 벽에 그레고르의 사진이 보였다. 육군소위로 복무할 때 찍은 거였다. 군도를 잡고 자연스럽게 미소짓는 모습이었다. 누구든지 존경심을 표하게 만드는 모습이었다. 현관 옆의 문간방으로 통하는 문은 활짝 열려 있었다. 거실 문도 열어 놓아서 거실을 지나 현관과 그 밑으로 통하는 계단 입구까지 다 보였다.

「그럼.」그레고르는 지금 이성적으로 판단할 수 있는 사람은 자기 혼자뿐이라는 걸 의식하면서 말했다. 「곧 옷을 입고 샘플을 챙겨 출발하겠습니다. 출발해도 되겠지요, 지배인님? 보시다시피 저는 고집불통도 아닐 뿐더러 일을 좋아합니다. 출장이 고된 건 사실이지만, 그래도 출장 없이 살아갈 수는 없다고 생각할 정도니까요. 자, 이제 어디로 갈 겁니까, 지배인님? 회사로 들어가겠죠, 그럴 테죠? 이 모든 일을 사실대로 보고하겠지요? 살다 보면 불가피한 일이 생겨 잠시 일을 못할 때가 있는 겁니다. 하지만 평소에 성실한 사람이라면 건강을 되찾는 즉시 두 배로 일하지 않겠습니까? 사실 저는 사장님의 은혜를 많이 입은 사람입니다. 지배인님도 잘 알 겁니다. 그뿐입니까? 부모님과 여동생은 또 어쩌고요. 지금은 제 처지가 이렇습니다만 어떻게든 이 난관을 헤쳐나갈 겁니다. 그러니 더 이상 저를 몰아세우지 마세요. 회사가 제 편이 되어 도와줄 때입니다. 판매사원이란 게 그다지 인기 있는 편이 아니라는 건 저도 압니다. 대개는 큰돈을 벌어서 흥청망청 쓰며 산다고들 생각하겠죠. 물론 제가 나서서 편견을 뜯어고치겠다는 건 아닙니다. 그럴 만한 계기가 있는 것도 아니고요. 하지만 지배인님, 지배인님만큼은 회사 사정을 잘 알지 않습니까? 이 자리에서 말씀입니다만, 사장님보다도 잘 알 겁니다. 사장님은 회사의 주인이라는 입장 때문에 직원에게 불리한 판단을 내리기도 하니까요. 번거롭게 강조할 필요도 없는 말씀입니다만, 1년 내내 여기저기 돌아다니는 판매사원은 온 갖 루머에 휘말리기도 하고 예기치 않은 사고도 당할 뿐더러 툭하면 비난의 화살을 맞아야 합니다. 그렇다고 해서 어떻게 해볼 도리가 있는 것도 아닙니다. 사실 그런 비난을 받을 땐 아무것도 귀에 들어오지 않는 법이죠. 출장을 마치고 서둘러 돌아오면 그제야 귀찮은 결과들이 맞아주는 거죠. 지배인님, 돌아가기 전에 제 말이 조금은 맞는다고 해주십시오.」

하지만 지배인은 그레고르가 서너 마디쯤 내뱉었을 때 이미 몸을 돌리고 입술을 내민 채 벌벌 떨면서 어깨너머로 그레고르 쪽을 돌아볼 뿐이었다. 그러다가 그레고르가 얘기하는 사이에 시선을 떼지 않은 채 슬금슬금 걸어 나갔다. 마치 금족령을 어기고 나가는 사람처럼. 마침내 그는 현관에 다다랐고, 발뒤꿈치에 화상이라도 입은 것처럼 번개같이 빠르게 뛰쳐나갔다. 그리고 계단을 향해 오른팔을 힘껏 내뻗었다. 절대자가 내미는 구원의 손길이라도 잡을 것처럼.

이대로 지배인을 돌려보낼 수는 없었다. 해고당하지 않으려면 그를 설득해야 했다. 부모님은 그런 사정을 몰랐다. 워낙 오랫동안 근무한 만큼 그레고르는 평생 문제없을 거라는 확신이 있는데다, 지금 당장 눈앞에 닥친 일 때문에 장래까지 걱정할 여유가 없었던 것이다. 하지만 그레고르는 바로 그 장래가 걱정스러웠다. 지배인을 붙잡아 진정시킨 다음 호의를 가질 때까지 설득하지 않으면 곤란했다. 그레고르 자신과 가족의 장래가 그에게 달려 있었다. 이럴 땐 여동생이 있어야 했다. 여동생은 아주 영리했다. 조금전 그레고르가 넘어져 있을 때도 그를 위해 울어 주었다. 게다가 지배인은 여자한테 맥을 못 추니까 여동생이라면 설득할 수 있을 것이다. 여동생이라면 거실문을 꼭 닫은 뒤 현관에서 그를 진정시킬 수 있을 것이다. 하필이면 이런 때 여동생이 없다니. 그레고르 자신이 해야 했다. 그레고르는 자신의 몸을 움직이는 방법조차 모르며, 얘기를 해봤자 상대방이 알아듣지도 못할 터였다.

그레고르는 그런 것들을 미처 생각할 여유도 없이 방문에서 떨어져 천천히 문지방을 넘었다. 지배인 쪽으로 방향을 잡을 생각이었다. 그런데 지배인이 계단 난간을 잡고 우스꽝스럽게 매달려 있는 것이 아닌가. 그레고르는 몸을 지탱할 만한 걸 찾아 허우적대다가 비명을 지르며 넘어지고 말았다. 그 순간 처음으로 몸이 편안해지는 것을 느꼈다. 수많은 다리들이 이제야 비로소 꼿꼿하게 마룻바닥을 밟았으며 그레고르의 뜻대로 움직여 주었다. 그는 몹시 기뻤다. 다리들은 그가 가고 싶어하는 곳으로 옮겨 보려고 애썼다. 비로소 아침 내내 시달리던 고통에서 벗어날 거란 믿음이 생겼다.

마룻바닥에 털썩 주저앉아 있는 어머니 옆에서 움직이고 싶은 걸 꾹 참으며 몸을 흔들고 있는데, 어머니가 갑자기 일어나 두 팔을 높이 쳐들고 흔들며 외쳐댔다. 「사람 살려요!」 어머니는 그레고르를 자세히 보려는 것처럼 고개를 숙이는 듯했으나, 정신없이 뒷걸음쳐 달아나는 것이었다. 등뒤에 아침 식탁이 있는 걸 까맣게 잊은 채 뒷걸음치다 식탁에 엉덩이를 부딪치고 말았다. 그 바람에 커다란 커피포트가 뒤집어져 카펫 위로 커피가 쏟아져 내렸다. 하지만 어머니는 전혀 모르고 있었다.

「어머니, 어머니.」그레고르는 나직하게 부르면서 어머니를 올려다보았다. 지배인은 머릿속에서 사라진 지 이미 오래였다. 커피를 보는 순간 자꾸만 입맛을 다셨다. 그것을 본 어머니는 또다시 비명을 지르며 식탁에서 뛰어내려 가까이 달려온 아버지 품안에 쓰러졌다. 하지만 그레고르는 부모님을 신경 쓸 수가 없었다. 지배인이 벌써 계단 위에 서 있었던 것이다.

지배인은 난간 위에 턱을 내밀고 마지막으로 한 번 돌아보았다. 그레고르는 반드시 따라잡겠다는 의지로 달리기 시작했다. 하지만 지배인은 한 번에 두세 계단씩 뛰어내려 자취를 감춰 버렸다. 계단 밑에서「휴!」하고 내쉬는 한숨소리가 들려 왔다. 그 바람에 애써 침착해하던 아버지가 무척 혼란스러워진 모양이었다. 지배인을 직접 쫓아가거나, 혹은 한 발자국 양보해서 지배인을 뒤쫓아가려는 그레고르를 내버려두기는커녕 지배인의 모자와 외투, 그리고 의자에 내팽개치고 간 지팡이를 오른손에 움켜쥐었다. 왼손으로는 식탁 위에 놓인 두툼한 신문지를 말아 쥐고는 발을 구르며 지팡이와 신문지를 휘둘러 그레고르를 방으로 몰아넣으려고 했다.

아무리 사정해도 소용없었다. 사실 사정하는지 어쩐지 이해하지도 못하는 듯했다. 다소곳이 고개를 숙여 봤자 아버지는 점점 더 무섭게 발을 굴러댈 뿐이었다. 한쪽에서는 어머니가 이 추운 날씨에 창 밖으로 몸을 내밀고는 두 손으로 얼굴을 감싸고 있었다. 골목길과 계단 사이에 난 통풍로로 세찬 바람이 불어와 커튼이 휘날리고, 식탁 위의 신문지가 바스락거리다가 마룻바닥으로 떨어졌다. 아버지는 야만인처럼 씩씩거리면서 그레고르를 방으로 몰아넣으려고 했다.

그런데 그레고르는 아직 뒷걸음을 칠 줄 몰라서 굼뜨게 움직일 수밖에 없었다. 방향을 바꿀 줄만 알아도 어렵지 않게 돌아갈 텐데 너무 느리게 움직여서 아버지가 흥분할까 봐 걱정스러웠다. 게다가 지팡이에 얻어맞아 목숨을 잃을지도 모르는 상황이었다. 방향을 바꾸는 것 말고는 다른 방법이 없었다. 뒷걸음으론 방향을 잡아 나갈 수 없기 때문이었다. 결국 아버지를 힐끗거리면서 가능한 빠르게 방향을 바꾸기 시작했다. 실제로는 아주 느렸지만. 그레고르의 마음을 알았는지 아버지도 그를 방해하는 대신 지팡이 끝으로 방향을 알려주었다.

씩씩거리는 소리만 없어도 살 것 같았다. 귀에 거슬리는 정도가 아니라 아예 이성을 잃어버리는 거였다. 방향을 거의 틀었는데도 아버지가 씩씩 소리를 내는 통에 정신을 빼앗기고 그만 제자리로 되돌아가기도 했다. 어쨌든 간신히 머리를 틀어놓으면 몸통의 폭이 너무 넓어서 문을 통과할 수 없는 지경이 되었다. 아직 열지 않은

쪽 문을 열어 준다면 몸통을 들여놓을 수 있을 테지만, 황망해하는 아버지가 깨달을 리 없었다. 가능한 한 빨리 그레고르를 방으로 쫓아 보내겠다는 생각뿐이었다.

기어서 들어가는 게 도저히 불가능하다면 일어선 자세로 들어가야 하는데, 그러자면 또 번거로운 사전 준비가 필요했다. 험악한 분위기로 보아 아버지에게 부탁하는 건 무리였다. 아버지는 그레고르의 한계를 무시한 채 더욱 큰 목소리로 몰아댔다. 등뒤에서 들려오는 그 소리는 이 세상에 단 하나뿐인 아버지가 아니었다. 이제 웃을 일이 아니었다.

그레고르는 포기하는 심정으로 무작정 몸통을 밀어 넣었다. 한쪽이 문에 낀 채 위로 올라갔다. 방문에 비스듬히 걸린 신세가 된 거였다. 한쪽 옆구리가 심하게 벗겨지면서 하얀 문에 얼룩이 묻어 버렸다. 또다시 옴짝달싹도 할 수 없는 신세였다. 더 이상 어떻게 해볼 도리가 없었다. 한쪽 다리들은 허공에서 바르르 떨었으며 다른 쪽 다리들은 방바닥에 짓눌려서 몹시 아팠다. 그때 아버지가 다가와 힘껏 밀어 주었다. 그레고르는 방안으로 날 듯이 빠져 들어왔다. 온몸이 피투성이가 된 채. 뒤이어 지팡이로 방문을 닫는 소리가 들렸다. 그리고 주위가 조용해졌다.

2

해질 무렵에야 잠에서 깨어났다. 마치 혼수 상태에서 깨어나는 기분이었다. 사실 특별한 일이 없더라도 눈을 떠야 할 때였다. 충분히 쉬고 잠도 푹 잤으니까. 그러나 바쁘게 오가는 발자국 소리와 문간방으로 가는 문을 조심스럽게 여닫는 소리에 깬 듯했다. 파란 가로등 불빛이 흘러 들어와 천장과 가구를 비췄지만 그레고르가 있는 방바닥은 어두웠다. 무슨 일인지 궁금했다. 그제야 서툴게나마 촉각을 세우면서 천천히 문 쪽으로 향했다. 이제야 비로소 촉각이 필요한 이유를 깨달으면서. 왼쪽 허리에 기다란 상처가 생겨서 팽팽하게 당기며 불쾌했다. 그 바람에 양쪽 다리를 절면서 기어가야 했다. 게다가 다리 하나는 상처가 아주 심했다. 아침에 있었던 소란을 생각하면 다친 다리가 하나뿐이라는 게 기적이었다. 힘이 쭉 빠진 채 질질 끌듯이 기어갔다.

　그를 문 앞까지 기어가게 만든 게 뭔지 정체를 알 것 같았다. 바로 음식 냄새였다. 우유 위에 잘게 썬 흰 빵을 둥둥 띄워 놓은 그릇이 놓여 있는 거였다. 그레고르는 너무 기뻐서 큰소리로 웃고 싶었다. 아침나절은 비교도 안 될 만큼 허기져 있었던 것이다. 그는 우유에 눈이 잠길 정도로 머리를 집어넣었다. 하지만 곧 목을 움츠리고 말았다. 왼쪽 허리가 아파서 먹기가 힘들기도 했지만 아무 맛도 없었던 것이다. 물론 애를 쓰면 먹을 수 있을 테고, 평소에 즐기던 거라서 여동생이 일부러 넣어 준 거였는데 지금은 입에 넣기도 싫었다. 소름이 오싹 돋을 정도였다. 결국 우유 그릇을 포기하고 방 한가운데로 돌아왔다.

　문틈으로 거실의 가스등 불빛이 들어왔다. 아버지가 어머니나 여동생에게 석간 신문을 읽어 주는 시간인데 지금은 아무 소리도 없었다. 어쩌면 요즘 들어 아버지의 신문 낭독이 아예 폐지된 건지도 모른다. 사실 집 안에 아무도 없지는 않을 텐데 조용해도 너무 조용했다.

　「왜 이렇게 조용할까?」 그렇게 혼잣말을 하면서 눈앞의 어둠을 지켜보았다. 부모님과 여동생을 위해 이렇게 훌륭한 집을 마련한 자신이 대견했다. 이렇듯 행복하고 안락하고 만족스런 생활이 지금 이대로 끝나 버린다면 어떻게 될까? 그런 상념에 시달리느니 차라리 몸을 움직이는 편이 낫다 싶어 이리저리 방안을 기어다녔다.

긴 어둠이 계속되는 동안 옆문이 한 번, 맞은편 문이 한 번 살짝 열렸다가 이내 닫혔다. 방에 들어오려다 망설이는 모양이었다. 그레고르는 거실로 나가는 문 옆에 바짝 붙어서 방안으로 들어오게 하든가, 적어도 누가 들어오려는 건지 정도는 알아보려고 했다. 그러나 문은 더 이상 열리지 않았다. 기다려 봤지만 소용없었다. 모든 문이 잠겨 있었던 아침에는 서로들 들어오려고 성화였는데, 지금은 아니었다. 그 정도가 아니었다. 문마다 밖에서 자물쇠까지 채워 놓았다.

한밤중이 되어 거실이 깜깜해진 뒤에야 부모님과 여동생이 아직 잠들지 않은 걸 알았다. 조용히 멀어지는 세 사람의 발자국 소리를 분명히 들었던 것이다. 모두들 자러 갔으니까 날이 밝을 때까지 그레고르의 방을 찾지 않을 터였다. 그레고르는 아무에게도 방해받지 않고 앞날을 계획할 작정이었다.

그런데 그가 납작하게 엎드려 있는, 천장이 높은 이 방이 묘한 불안감 속으로 몰아넣었다. 까닭을 알 수가 없었다. 5년이나 지내온 방인데. 그레고르는 무의식적으로 방향을 바꿔 소파 밑으로 들어갔다. 등허리가 약간 눌리고 고개를 들기도 힘들었지만 아주 편안하고 아늑했다. 몸이 너무 커서 완전히 들어갈 수 없는 게 유감이었다.

그레고르는 소파 밑에 엎드린 채 꾸벅꾸벅 졸다가 배가 너무 고파서 그만 깨기도 하고, 또 걱정과 막연한 희망에 사로잡히기도 하면서 그 긴 밤을 보냈다. 하지만 아무리 생각해도 결론은 하나였다. 지금 당장은 소란을 피우지 말아야 한다는 것과, 가족들이 느낄 갖가지 불쾌감을 견딜 수 있도록 해주어야 한다는 거였다. 이렇게 변한 모습이 가족들에게 혐오감을 줄 수밖에 없기 때문이었다.

그레고르는 날이 채 밝기도 전에 그 결심을 시험해 볼 수 있었다. 벌써 옷을 갈아입은 여동생이 문간방에서 방안을 들여다본 것이다. 그녀는 긴장된 표정으로 한참만에 오빠를 찾아내곤 몹시 놀랐다. 그렇게 놀랄 일도 아닌데 말이다. 날아서 도망칠 수도 없는 노릇이니 방안 어딘가에 있는 건 당연하지 않은가. 어쨌든 그녀는 어찌할 줄 몰라 하다가 문을 닫아 버렸다. 하지만 자신의 행동이 부끄러웠는지 이번에는 발끝으로 걸어서 들어왔다. 마치 중병 환자나 낯선 사람의 방에 들어오듯이.

그레고르는 소파 가장자리까지 목을 내밀고 여동생을 바라보았다. 우유를 마시지 않은 이유를 알까 싶었다. 아직 시장기가 안 돌아서 그런 게 아닌데. 입맛에 맞는 걸로 주면 안 될까? 부탁하기 전에 알아서 해준다면 얼마나 좋을까? 여동생에게 그걸 알려주느니 차라리 굶어 죽는 게 쉬울 것이다. 하지만 소파 밑에서 뛰어나와 동생의 발 밑에 몸을 던지며 애원하고 싶었다. 맛있는 것 좀 달라고. 여동생은 알 수 없다는 표정으로 처음 그대로 놓여 있는 우유 그릇을 쳐다보았다. 그리고 우유 흘린 걸 발견한 듯 곧 그릇을 집어들었다. 그것도 걸레 조각을 대고 집어든 다음 가지고 나갔다.

우유 대신 다른 걸 갖다 줄 거라고 기대하며 두근거리는 마음으로 이런저런 상상을 해보았다. 하지만 여동생이 가져온 걸 보는 순간 말문이 막히고 말았다. 오빠가 뭘 좋아하는지 알아볼 심산으로 음식을 한꺼번에 가지고 와서 헌 신문지 조각에다 늘어놓는 것이었다. 절반은 썩어 버린 푸성귀에다 저녁 때 먹다 남긴 가장자리에 흰 소스가 말라붙은 뼈다귀, 건포도와 복숭아, 그레고르가 바로 이틀 전에 이런 걸 먹어도 되냐고 했던 치즈, 식빵 조각과 버터를 바른 빵, 버터를 바르고 소금까지 뿌린 빵, 그리고 물대접까지 잊지 않았다. 그레고르를 위해 준비한 모양이었다. 여동생은 음식을 늘어놓는 즉시 나가서 방문을 잠가 버렸다. 자기가 보는 데서는 입도 대지 않을 거라고 생각한 모양이었다. 자물쇠를 채운 것도 보는 사람이 없으니까 마음놓고 먹으라는 배려였다.

먹을 걸 향해 다리들이 움직이기 시작했다. 어느새 상처도 다 나았는지 통증이 전혀 없었다. 그 순간 몹시 놀라지 않을 수가 없었다. 한 달 전에 벤 손가락이 어제까지도 욱신욱신 쑤셔댄 걸 생각하면 말이다. '아무래도 감각이 둔해진 모양이군.' 그런 생각을 하며 치즈를 먹어대기 시작했다. 갑자기 입맛을 당긴 게 바로 이 치즈였다. 다음으론 푸성귀, 그리고 소스를 눈 깜짝할 사이에 먹어 치우는 동안 너무 기뻐서 눈물이 나올 지경이었다. 신선할수록 맛이 없었다. 무엇보다도 냄새를 견딜 수가 없어서 먹고 싶은 것만 한쪽으로 끌어가서 먹을 정도였다.

배불리 먹어 치운 뒤 원래 있던 곳으로 기어가서 한가하게 뒹굴고 있는데 천천히 열쇠 돌리는 소리가 들렸다. 물러가라는 신호였다. 설핏 잠이 들고 있었는데도 깜짝 놀라 소파 밑으로 기어 들어갔다. 여동생이 방안에 머무는 짧은 순간이지만 아주 고역이었다. 배불리 먹은 몸으로 그 비좁은 곳에 있자니 갑갑해서 숨도 못 쉴 지경이었던 것이다. 하지만 여동생은 그런 사정을 알 리 없었다. 느긋한 손놀림으로 먹다 남긴 찌꺼기뿐만 아니라 입도 대지 않은 것까지 빗자루로 쓸어모았다. 이 방에 들여놓았으니 입을 대지 않은 거라도 버려야 한다는 듯이. 마지막으로 통 속에 쓸어 넣고는 나무 뚜껑을 닫은 후에 들고 나갔다. 그레고르는 질식할 듯한 상태에서 살짝 튀어나온 눈으로 여동생을 바라보았다. 여동생이 등을 보이며 돌아서는 즉시 소파 밑에서 기어 나와 기지개를 켤 수 있었다.

끼니때마다 이런 식이었다. 아침 식사는 부모님과 가정부가 아직 잠자리에 있을 때, 점심 식사는 가족들이 다 먹은 다음에 갖다 주었다. 부모님은 점심 식사 후에 꼭 낮잠을 잤고, 가정부는 여동생의 심부름으로 시장을 보러 나가기 때문이었다. 그레고르를 굶겨 죽이려는 사람은 아무도 없었지만, 다들 그를 피하고 싶은 거였다. 여동생에게 듣는 걸로 충분하다고 생각했던 것이다. 여동생 입장에서는 가능한 한 가족들의 고통을 조금이라도 줄여 주고 싶었던 것이다. 가족들 모두 너무나 깊은 고통 속에 있었던 것이다.

그레고르는 첫날 아침에 달려왔던 의사와 열쇠가게 주인을 어떻게 돌려보냈는지 기억나는 게 전혀 없었다. 아무리 떠들어 봤자 상대방이 알아듣지 못했고, 또 그들은 그레고르가 자신들의 얘기를 정확히 이해할 거라고 생각하지 않았던 것이다. 여동생 역시 그레고르의 방에서도 한숨을 쉬거나 하느님을 부르며 기도하는 것 말고는 입을 열지 않았다. 그레고르 역시 그 정도로 만족해야 했다.

여동생은 시간이 흘러 어느 정도 익숙해지고 나서야 비로소 혼잣말처럼 말을 붙이기 시작했다. 가령 그레고르가 남김없이 먹어치우면 「어머나, 꽤 먹을 만했던 모양이군요.」 하고 좋아했고, 대개는 「통 먹지를 않으니 어쩌죠?」 하고 안타까워하는 거였다. 불행하게도 후자의 경우가 반복되기 시작했지만.

새로운 사실들을 전해 주는 사람이 없었으므로 옆방에서 흘러나오는 얘기 소리에 귀를 기울였다. 사람의 목소리가 들린다 싶으면 그대로 기어가서 문에 바짝 붙었다. 처음 며칠은 늘 그의 얘기뿐이었다. 이틀 연속 식탁에만 앉으면 앞으로 어떻게 할 것인가를 의논했다. 그런데 가만히 들어보니 식사시간이 아닌데도 같은 얘기를 하는 거였다. 다들 자기 혼자만 집에 남는 걸 꺼리는 눈치였다. 만일의 경우에 대비하여 집을 비울 수는 없는 노릇이었으므로 적어도 두 사람은 남아야 했던 것이다.

다만 가정부가 사실을 얼마나 눈치채고 있는지는 알 도리가 없었다. 중요한 건 첫날 어머니 앞에 무릎을 꿇고 당장 그만두고 싶다고 했고, 15분쯤 후에 집을 나갔다는 거였다. 큰 은혜라도 입은 것처럼 눈물을 흘리며 고마워하더니 부탁하지도 않았는데 비밀을 지키겠노라고 굳게 맹세하고 떠났던 것이다.

이제 부엌일은 어머니와 여동생 몫이 되었다. 물론 대단히 힘든 일은 아니었다. 모두들 입맛을 잃어버려 아무것도 먹으려 들지 않았던 것이다. 서로 먹으라고 권할 뿐 막상 먹을 걸 입에 넣는 사람은 없었다. 「고마워요, 벌써 많이 먹었어요.」 하는 정도 외에는 아무 대답도 하지 않았다. 그레고르는 그런 식의 대화를 자주 들었다.

그렇다고 술을 마시는 것도 아닌 듯했다. 여동생이 맥주를 권하는 소리가 종종 들렸다. 「아버지, 제가 가져올게 한잔하세요.」 하고 말을 꺼내 보지만 아버지는 묵묵부답이었다. 여동생은 소문날까 봐 그러는 거라고 짐작하여, 문지기 여자에게 부탁하면 된다고 안심시키지만, 아버지는 큰소리로 「안 마시겠다.」 하고 말을 잘라 버렸다. 맥주 이야기는 거기서 끝났다.

아버지는 첫날 당장 어머니와 여동생을 불러놓고 집안 형편과 앞으로 살아갈 일을 털어놓았다. 설명을 하는 중간에 작은 금고로 걸어가 문서나 장부 따위를 가져오기도 했다. 금고는 5년 전 파산했을 때 간신히 건져낸 거였다. 복잡한 자물쇠를 열고 필요한 걸 꺼낸 뒤에 다시 잠그는 소리가 들렸다. 아버지의 설명이 조금이나마 위로가 된 건 사실이었다. 아버지가 파산한 뒤로 무일푼인 줄 알았던 것이다. 아버지가 말해 준 적도, 그가 직접 물어 본 적도 없었으니까.

그 당시 그레고르로서는 가족들을 절망의 구렁텅이로 몰아넣은 불행한 사건을 하루빨리 지워 버리는 것 말고는 아무것도 염두에 없었다. 그래서 남보다 열심히 일했고, 그 결과 보잘것없는 일개 점원에서 판매사원으로 하루아침에 뛰어오를 수 있었던 것이다. 판매사원이 되고 나서는 돈을 버는 방법들이 다양해졌으며, 그 결과는 수표나 현금의 형태로 바뀌었다. 가족들은 기쁨과 경탄의 눈길로 그를 바라보았다.

정말 신명나는 날들이었다. 시간이 지나 한 가정을 넉넉히 꾸려나갈 정도의, 그리고 지금처럼 집안을 유지하는 데 충분한 돈을 벌었지만, 그 신명나던 날들은 또다시 돌아오지 않을 것이다. 가족들도 그레고르도 타성에 젖어 버려서 돈을 받는 기분과 내놓는 호기에는 변함이 없었지만, 이미 훈훈한 정은 존재할 자리가 없었다. 여동생만이 오빠에게 각별한 애정을 쏟을 뿐이었다.

여동생은 그레고르하고 달라서 음악을 아주 좋아했다. 특히 바이올린 실력이 탁월했으므로 내년에는 음악 학교에 보내겠다는 계획을 세워 둔 상태였다. 큰돈이 들겠지만 그 정도는 어떻게든 마련할 자신이 있었던 것이다. 종종 음악 학교를 화제에 올리곤 했지만 여동생은 현실에선 이룰 수 없는 아름다운 꿈으로만 여기는 듯했다. 부모님은 얼굴부터 찌푸리곤 했다. 그러나 그레고르는 빈틈없는 계획을 세워 놓았다가 크리스마스 이브에 선언하려고 마음먹었던 것이다.

그레고르는 꼿꼿하게 일어서서 문에 기댄 채 귀를 기울이는 동안에도, 지금은 생각해 봤자 아무 소용이 없는 그런 일들을 떠올려보곤 했다. 너무 허기지는 바람에 엿듣느라 귀를 기울이는 것도 힘들어져 무의식중에 문에 머리를 부딪치는 일도 있었다. 그럴 때면 재빨리 문을 붙들었다. 그런 작은 소리라도 들리면 모두들 입을 다물어 버리기 때문이었다. 아버지는 잠시 사이를 두었다가 문 쪽을 향해서「또 무슨 짓을 하는 모양이군.」하면서 중단했던 대화를 다시 시작했다.

그레고르는 그들의 대화를 충분히 알아들었다. 한 번 설명한 걸 계속 반복하는 아버지의 버릇 덕분이었다. 그런 얘기를 해본 지 오래된데다가 어머니 역시 한 번만 듣고도 이해하는 게 불가능했기 때문이었다. 아버지의 설명을 엿들은 덕에 분명하게 알아낸 사실들이 마음을 편안하게 해주었다.

우선은 이런저런 타격을 받았지만 옛날 재산을 완전히 탕진한 건 아닌데다 그 동안 한 푼도 건드리지 않았기 때문에 조금이나마 이자도 붙었던 것이다. 게다가 매월 그레고르가 내놓은 돈도 전부 써버린 게 아니라 열심히 모아서 조금은 모아 놓았던 것이다. 사실 그레고르 자신은 용돈으로 2,3굴덴을 썼을 뿐이었다.

그레고르는 열심히 고개를 끄덕이며 아버지의 예상치 않은 준비성과 근검 절약을 기뻐했다. 여유돈이 있다는 걸 알았다면 진작에 아버지의 빚을 갚아 버리고 홀가분하게 직장을 그만두었을 것이다.

이제 와 생각하면 아버지의 판단이 아주 현명했던 것이다.

모아 놓은 돈이 있다고는 하지만 그 정도의 이자로 한 집안을 꾸려 나갈 수는 없을 터였다. 1년이나 기껏해야 2년 정도면 바닥날 게 뻔했다. 결국 손을 대서는 안 될 돈이었다. 만일의 경우를 대비하여 남겨 두어야 할 금액에 불과했다. 생활비를 벌어야 했다.

그런데 누가 번단 말인가. 아버지는 정정한 편이었지만 나이도 많은데다 5년 동안 쉬었기 때문에 자신을 잃은 상태였다. 더욱이 아무 보람도 없이 고생만 했던 평생에서 처음 쉬었던 5년 동안 살이 찌는 바람에 몸을 움직이기도 쉽지 않았다. 그렇다면 어머니는 어떤가. 천식 때문에 집 안을 왔다갔다하는 것도 힘에 부쳐서 이틀에 한 번씩은 창문을 열어 놓은 채 소파에서 지내야 하는 형편이었다. 다음은 여동생이었다. 하지만 이제 겨우 열일곱 살짜리 소녀가 아닌가. 집에서 제 몸이나 꾸미고 심심하면 자다가 기껏해야 부엌 심부름이나 하고, 백화점 구경이나 다니고, 무엇보다도 바이올린 켜는 일이나 하면서 살아온 철부지였다. 이 어린 것이 어떻게 한 집안을 책임지겠는가? 옆방의 대화가 여기에 이르면 천천히 기어서 문 바로 옆에 있는 차디찬 가죽 소파에 몸을 내던졌다. 치욕스러움과 비통함에 온몸이 달아오르는 것이었다.

그레고르는 소파의 가죽을 쥐어뜯으며 밤을 새우는 일이 잦아졌다. 때로는 힘든 것도 잊은 채 의자를 밀고 가서 창턱을 기어오르거나, 과거에 창 밖을 바라보면서 느꼈던 해방감을 떠올리며 창에 기대어 있기도 했다. 날마다 그렇게 바라보고 있노라니 아주 가까이 있는 것도 그 윤곽이 차츰 희미해져 갔다.

그의 집이 한적하지만 시내 한복판인 샤를로테 가에 있다는 사실을 떠올리지 못했다면, 창 밖의 전망이 잿빛 하늘과 잿빛 대지가 뒤섞여 버린 황야라고 해도 의심치 않았을 것이다. 여동생은 의자가 창가에 놓여 있는 걸 두 번 정도 발견한 뒤로 청소를 끝내면 그 자리에 의자를 갖다 놓았고, 안쪽 창문까지 열어 주었다.

여동생하고 말이 통해서 그런 마음 씀씀이가 고맙다고 표현할 수 있었으면 좀더 편안하게 받아들였을 것이다. 아무것도 표현할 수 없다는 사실이 너무 괴로웠다. 여동생은 고통을 삭이려고 애쓰는 모습이 역력했다. 시간이 흐를수록 점점 나아지는 듯 보이기도 했다. 그레고르 역시 모든 걸 점점 정확하게 관찰할 수 있었다.

이제는 여동생이 들어오기만 해도 겁부터 났다. 그 동안은 가능한 다른 사람에게 보이지 않으려고 했으나, 이제는 방에 들어서기가 무섭게 문도 닫지 않고 창가로 달려갔다. 질식할 지경이라는 듯이 창문부터 열어제치고는 숨을 깊이 들이마시는 거였다. 문을 열기 무섭게 창가로 달려가는 소리와 덜거덕거리는 창문 소리 때문에 하루에 두 번씩 겁을 집어먹는 날들이 이어졌다. 결국 여동생이 들어오면 소파 밑에 들어가 떨어야 했다. 물론 여동생을 이해하는 건 어렵지 않았다. 창문을 닫고도 청소할 수 있다면, 이런 고통을 줄 리가 없었다.

그레고르가 변신한 지 한 달쯤 지난 어느 날이었다. 이제 여동생은 그레고르를 보아도 놀라지 않았다. 그날 따라 여동생이 평소보다 빨리 왔기 때문에 그레고르가 꼿꼿이 선 채로 조용히 창 밖을 내다보는 모습을 들키고 말았다. 여동생은 기겁을 했다. 그레고르가 창가에 서 있으면 창문부터 열 수가 없기 때문에 여동생이 들어오지 않은 게 당연했다. 그런데 뒷걸음을 치다가 아예 문을 닫아버리는 게 아닌가. 모르는 사람이 보았다면, 그레고르가 조용히 기다리다가 덤벼들려 했다고 생각했을 것이다. 그레고르는 얼른 소파 밑으로 몸을 숨겼지만, 여동생은 정오가 되어서야 다시 들어왔다. 어찌할 바를 몰라 하는 불안한 모습이었다. 그러고 보면 오빠의 모습을 본다는 게 여전히 견딜 수 없는 노릇일 터였다. 그리고 이런 상태는 앞으로도 계속될 것이다. 사실 소파 밑에 숨는다 해도 몸통을 완전히 가릴 순 없었다. 여동생 입장에서는 몸이 조금만 보여도 도망치고 싶을 텐데 참아내는 거였다. 자신을 얼마나 통제하고 있는지 알 것 같았다.

하루는 여동생을 위해 가급적이면 몸을 가려 보려고 이불을 등에 올린 채 소파로 올라갔다. 꼬박 4시간이 걸려서야 몸통이 보이지 않게, 여동생이 몸을 숙인다 해도 보이지 않게 이불 속에 자리 잡을 수 있었다. 만에 하나 여동생이 이 이불을 거슬려한다면 당연히 치워 버릴 것이다. 하지만 이런 식으로 몸을 가리며 숨바꼭질을 하는 게 아니라는 것쯤은 알아줄 것 같았다. 아니나다를까 여동생은 이불을 건드리지 않았다. 오히려 고마워하는 눈치였다.

변신한 지 2주일이 지날 때까지도 부모님은 들어올 엄두를 내지 못했다. 하지만 오빠 방을 드나들며 돌봐주는 여동생을 보며 기특하게 여겼다. 아무 짝에도 쓸모 없는 딸자식이라고 생각하여 툭하면 화를 내곤 했는데. 이제는 여동생이 그레고르의 방을 청소하는 동안 문 밖에서 기다리다가, 방안은 어떻고 그레고르는 뭘 먹었는지, 뭘 하고 있는지, 혹시 나아질 기미는 안 보이는지 궁금한 것들을 물었고, 여동생은 본 대로 느낀 대로 자세하게 들려주었다. 어머니는 하루빨리 그레고르를 만나려고 했지만 아버지하고 여동생이 이런저런 이유를 들며 말렸다. 그레고르가 듣기에도 맞는 말이었다.

처음에는 어머니도 쉽게 받아들이는 것 같더니 결국은 아버지와 여동생이 어머니의 팔을 붙잡고 사정하는 지경이 되고 말았다. 어머니는 큰소리로 외쳤다. 「이거 놔요. 그레고르를 봐야겠어요. 누가 뭐래도 내 아들이에요. 가엾은 녀석. 당신도 알잖아요? 내가 가봐야 한다고요.」

날마다는 힘들겠지만 일주일에 한 번 정도는 괜찮지 않을까. 여동생보다는 어머니가 편했다. 아무래도 이해심이 넓으니까 말이다. 기특하고 고맙긴 하지만 여동생은 아직 어리고, 어리기 때문에 소녀다운 단순한 기분에서 어렵고 귀찮은 일도 떠맡을 수 있는 것이니까.

오래 기다리지 않아서 그레고르의 바람은 이루어졌다.

부모님을 위해 한낮에는 창가에 가지 않기로 **했다**. 하지만 3평방
미터밖에 안 되는 방바닥을 기어다니는 건 정말 **따분했다**. 가만히
엎드려 있는 건 밤만으로도 충분했다. 게다가 먹는 일도 시큰둥해
졌기 때문에 벽이나 **천장을** 이리저리 기어다니며 기분 전환을 하고
있었다.

그 중에서도 천장에 달라붙어 있는 게 가장 즐거웠다. 방바닥에
엎드려 있는 것하고는 완전히 달랐다. 숨쉬는 것도 편한데다 온몸
에 가벼운 진동이 일었다. 천장에 달라붙으면 행복에 겨워 방심하
다가 종종 방바닥에 떨어지기도 했다. 하지만 지금은 몸을 마음대
로 움직일 수 있어서 떨어져 봤자 크게 다치지도 않았다.

여동생은 그레고르의 새로운 취미를 금방 알아차렸다. 그가 벽이
나 천장에 점액 자국을 남겼던 것이다. **여동생은** 그가 마음껏 기어
다닐 수 있도록 옷장이나 책상 따위를 **치워** 주려고 했다. 하지만
혼자서 할 수도 없고, 아버지를 부를 **수도** 없었다. 새로 온 가정부
가 있지만 여간해서는 도와줄 리 만무했다. 이 열여섯 살짜리 가정
부는 잘 참는 편이었지만, 항상 주방문을 잠가 놓고는 특별히 그녀
를 부를 일이 있을 때만 문을 열기로 했던 것이다.

결국 아버지가 외출했을 때 어머니를 부르는 것 말고는 방법이
없었다. 어머니는 몹시 기뻐하며 달려왔다. 하지만 그레고르의 방
앞에서 입을 다물어 버렸다. 물론 여동생은 그레고르의 방에 특별
한 일은 없는지 미리 챙겨본 후에야 어머니를 들어오라고 했다. 그

레고르는 재빨리 이불을 뒤집어썼다. 평소보다 주름을 많이 잡아서 깊이 숨었다. 언뜻 보면 소파에 이불을 던져 놓은 것처럼 보일 정도였다. 하지만 이불 속에서 슬쩍 엿보는 건 잊지 않았다. 그런데 갑자기 마음이 달라지는 거였다. 어머니가 와준 것만으로도 기뻤다.

「괜찮아요. 들어오세요, 어머니. 보이지 않아요.」 여동생의 목소리였다. 어머니의 손을 끌어당기는 모양이었다.

잠시 후 연약한 여자 둘이서 꽤 무거운 옷장을 밀어내는 소리가 들려 왔다. 그 다음 일은 여동생 혼자 하는지 어머니는 무리하지 말고 조심하라고 걱정하고, 여동생은 아랑곳 않고 부지런히 움직이는 소리가 들려 왔다.

15분은 지났다고 생각될 무렵 어머니의 목소리가 들렸다. 「이건 역시 그대로 두는 게 좋겠구나. 이렇게 무거운데 아버지가 돌아오시기 전에 치울 수 있겠니? 그냥 방 한가운데에다 이대로 내버려두면 그레고르가 다니기 불편할 테고. 무엇보다도 가구를 치워 버리면 그레고르가 어떻게 생각할지 걱정이다. 그레고르는 원하지 않을지도 모르잖아. 가구를 치워 버리니까 벽이 텅 비어서 어쩐지 견디기 힘든 기분이 드는구나. 어쨌거나 5년 가까이 이 방에서 살았는데 갑자기 다 치워 버리면 버림받았다고 생각하지 않을까? 아무래도 안 되겠구나.」 어머니는 목소리를 아주 작게 낮추었다.

어머니는 사실 처음부터 속삭이듯 말했다. 그레고르가 어디에 숨었는지 알 수 없었지만, 당신의 목소리가 울리는 것조차 들려주고 싶지 않은 것 같았다. 그레고르가 사람의 말을 알아들으리라고는 상상도 할 수 없었던 것이다. 「가구를 치워 버리면 우리가 완전히 포기했다고 생각하지 않겠니? 그레고르가 어찌되든 더 이상 상관 않겠다는 의미로 비추지 않겠냐고? 내 생각은 좀 다르구나. 그냥 이대로 두어야 그레고르가 병이 나았을 때 방이 조금도 달라지지 않은 걸 보고 그 동안의 악몽을 좀더 쉽게 잊지 않겠니?」

어머니의 얘기를 듣는 순간 그레고르는 퍼뜩 깨달아지는 게 있었다. 사람들하고 얘기를 나눌 수도 없고, 방에서 한 걸음도 나갈 수 없는 생활이 계속되는 두 달 사이에 머리가 돌아 버린 거라고. 사실은 텅 비어 버린 방이 더 편했던 것이다. 돌아 버린 게 아니라면 조상 대대로 내려오는 가구가 놓인 포근한 방을 마다하고 동굴처럼 텅 빈 방을 좋아할 수 있겠는가 말이다. 가구를 전부 치워 버리면 마음껏 기어다닐 수는 있겠지만, 인간으로 살아온 과거를 잊어버릴 것이다. 벌써 많은 부분을 잊지 않았는가. 모처럼 어머니의 목소리를 들은 까닭에 잠시 제정신을 찾은 거였다. 어머니 말대로 이 방은 그대로 두는 게 나았다. 모든 게 제자리에 있어야 했다. 그나마 버틸 수 있는 것도 가구 덕이었다. 기어다니는 데 거치적거리긴 하겠지만 더 큰 도움을 주는 셈이었다.

하지만 여동생은 그렇게 생각하지 않았다. 그레고르가 어떤 상황인지 부모님보다 훨씬 잘 알았고, 또 깊이 이해하는 입장이었다. 처음에는 옷장하고 책상만 치울 생각이었지만 어머니의 충고를 듣고는 꼭 필요한 소파만 빼고 전부 다 치우자고 고집을 부렸다. 그 나이 또래 소녀들의 반항심이나 갑작스런 불행을 뒤치다꺼리하느라 생긴 자부심 때문은 아니었다.

그레고르가 마음껏 기어다니려면 방이 넓어야 했고, 따라서 가구들은 거추장스러울 뿐이라는 걸 깨달았던 것이다. 물론 그 또래 소녀다운 맹목적인 열정도 있었을 것이다. 그 열정을 쏟아내고 싶은 마음이 그레고르의 처지를 더욱 비참하게 만들고 있었다. 지금 그레테는 오빠를 위해 헌신하겠다는 열정에 한껏 고조되어 있었던 것이다. 그레고르가 사방의 벽 말고는 아무것도 없는 텅 빈 방에 혼자 남으면, 그레테 말고는 아무도 들어오지 못할 게 아닌가.

여동생은 조금도 물러설 기미가 없어 **보였다.** 게다가 어머니는 그레고르의 방에 있는 것만으로도 초조하고 **불안한** 모양이었다. 결국 입을 다문 채 여동생을 돕기 시작했다. **그런데** 옷장은 몰라도 책상까지 치우는 건 곤란했다. 여자 둘이 젖 먹던 힘까지 써가며 옷장을 밀고 나가자마자 **그레고르는** 소파 밑에서 고개를 내밀었다. 그리고 들키지 않고 막을 수 있는 방법을 궁리하기 시작했다. 그런데 일이 꼬이려고 그러는지 어머니가 먼저 들어오는 거였다.

그레테는 아직도 옷장에 매달린 채 이리저리 움직여 보려고 했다. 물론 옷장은 조금도 움직이지 않았다. 그런데 어머니는 그레고르를 자세히 본 적이 없어서 자칫 병이 날 수도 있었다. 그레고르는 걱정이 앞선 나머지 소파 끝으로 뒷걸음쳐 갔다. 그러느라고 이

불이 살짝 들춰져 버렸다. 말할 필요도 없이 어머니의 눈에 띄고 말았다. 어머니는 문득 멈춘 채 한순간 그대로 서 있다가 옆방의 그레테에게 달려갔다.

대단한 사건이 일어난 것도 아니었다. 가구 두세 점을 옮기는 것 뿐이었다. 그렇게 자위했지만 두 사람이 드나들고, 서로를 부르고, 또 바닥에 가구 끌리는 소리가 요란한 음향처럼 사방에서 밀려 왔다. 그는 목이며 다리를 잔뜩 움츠린 채 바닥에 납작 엎드려 있었지만, 참을성도 한계가 있는 법이었다.

지금 어머니와 여동생은 그의 방을 텅 비어 놓을 작정인 것이다. 평소 아끼던 물건들을 전부 다 들어낼 태세였다. 실톱이 들어 있는 공구함은 이미 끌어낸 뒤였다. 그리고 책상 차례였다. 초등학교 때부터 상과 대학을 다닐 때까지 내내 함께 했던 손때 묻은 책상이었다. 더 이상은 가만히 참을 수가 없었다. 다 자신을 위해서 그러는 거라고 이해하는 것도 불가능했다. 어느새 두 사람의 존재를 잊어 버릴 지경이었다. 두 사람이 너무 지치는 바람에 말할 기운도 없어 입을 꾹 다물고 일만 했으므로, 그에게는 무거운 발자국 소리만 들렸던 것이다.

그레고르는 도저히 봐줄 수가 없었다. 결국 소파 밑에서 기어 나오고 말았다. 두 사람은 마침 옆방에 있었다. 책상에 기대어 잠시 숨을 돌리는 참이었다. 그는 남겨 놓을 가구를 결정하지 못한 채 기어 가다가 방향을 네 번이나 바꾸었다. 이미 텅 비어 버린 벽에서 유일하게 눈에 띄는 게 있었다. 모피를 입은 여인의 초상화였다. 그는 재빨리 기어올라 유리에 달라붙었다. 유리에 닿자 복부가 시원한 게 기분이 그만이었다. 온몸으로 감춰 버린 이 그림만은 끝까지 지키겠다고 다짐했다. 그리고 어머니와 여동생을 감시하기 위해 고개를 들어 거실 쪽 문을 바라보았다.

두 사람은 금방 돌아왔다. 그레테는 어머니의 몸을 껴안듯 부축하고 들어왔다.

「자, 이번엔 뭘 내갈까요?」 그레테가 어머니한테 물어보며 주위를 살폈다. 한순간 벽에 달라붙은 그레고르의 시선과 마주쳤다. 여동생은 어머니를 의식하여 흥분하지 않으려고 애쓰면서 얼굴을 어머니 쪽으로 숙이고 말했다. 어머니가 주위를 둘러보지 못하게 하려는 거였다. 「어머니는 잠깐 거실로 나가는 게 좋겠어요!」 목소리가 떨렸다. 사실 앞뒤 생각도 않고 내뱉은 말이었다.

그레고르는 여동생의 속내를 분명히 알 수 있었다. '어머니를 피신시킨 다음 나를 제자리로 보내려는 거겠지. 좋아, 쫓아낼 수 있으면 한번 해보라지.' 그림만큼은 절대로 넘겨주지 않을 작정이었다. 차라리 그레테의 얼굴로 뛰어내릴 참이었다.

그런데 그레테가 한 말이 오히려 긁어 부스럼이 되었다. 어머니는 그레테의 말이 어딘지 부자연스럽게 들렸으므로 불안한 마음에 옆으로 물러서다가 꽃무늬 벽지에 붙어 있는 거대한 갈색 반점을 발견하고 말았던 것이다. 그리고 미처 그레고르라는 걸 의식하기도 전에 소리부터 질러댔다. 「아악! 저게 뭐야? 사람 살려!」 어머니는 모든 걸 포기한 사람처럼 두 팔을 벌린 채 소파에 쓰러져 버렸다.

「오빠!」 여동생은 주먹을 불끈 쥐고 그레고르를 날카롭게 쏘아보았다. 변신한 후로 여동생이 그에게 건넨 첫마디였다.

여동생은 진정제를 가지러 옆방으로 달려갔다. 그레고르 역시 뭔가 해주고 싶었다. 그림을 구할 시간도 번 셈이었다. 그러나 액자 유리에 너무 세게 붙어 버린 탓에 떨어지느라 몹시 애를 먹어야 했다. 떨어지자마자 재빨리 옆방으로 들어갔다. 예전처럼 여동생에게 충고라도 해줄 것처럼. 하지만 여동생 뒤에서 가만히 서 있는 것 말고는 할 수 있는 일이 없었다. 작은 병들을 뒤지던 여동생은 뒤를 돌아보고 기절할 듯 놀랐다. 그 순간 병 하나가 굴러 떨어지는 바람에 유리 조각이 그레고르의 얼굴까지 튀어 그만 상처를 입고 말았다. 확실히 알 수는 없지만 부식제 같은 약물이 그레고르 옆으로 흘러내렸다. 그레테는 멈칫거릴 새도 없이 병들을 가득 안아들고 나가면서 발로 문을 닫았다.

결국 그레고르는 어머니하고 격리되었다. 어머니는 그레고르 때문에 쓰러진 거였다. 이 문을 열면 안 되는 일이었다. 어머니 곁에는 여동생이 있어야 했다. 그가 들어가서 그녀를 내몰 수는 없었다. 이곳에서 조용히 기다리는 게 최선이었다. 그는 자책감과 불안감을 이기지 못하고 기어다니기 시작했다. 벽에서 가구, 다시 천장으로 옮겨갔다. 그를 중심 축으로 온 방안이 빙글빙글 도는 순간 그레고르는 절망에 몸부림치며 천장에서 테이블 한가운데로 떨어지고 말았다.

시간이 얼마나 흘렀을까, 그레고르는 축 늘어진 채 엎드려 있었으며 주위는 조용했다. 좋은 징조였다. 그때 현관벨이 울렸다. 가정부는 주방에 틀어박혀 나올 줄 몰랐으므로 당연히 그레테가 나가야 했다.

「도대체 무슨 일이냐?」 아버지의 첫마디였다. 그레테를 보는 순간 이미 짐작한 듯했다. 그레테의 목소리가 먹먹하니 잘 들리지 않는 걸로 보아 아버지의 가슴에 얼굴을 묻은 모양이었다.

「어머니가 잠깐 쓰러지셨어요. 지금은 기운을 차렸지만요.. 오빠가 기어 나왔거든요.」

「그럴 줄 알았다.」 아버지는 나무라듯 말했다. 「그렇게 일렀는데도 여자들이란 어쩔 수가 없구나. 도대체 내 말을 귓등으로도 들으려 하지 않는단 말이야.」 아버지는 그레테의 말만 듣고 지레짐작해서 그레고르가 난폭하게 굴었다고 단정짓는 것 같았다. 결국 그레고르는 아버지를 진정시켜야만 했다. 그런데 앞뒤 사정을 설명할 시간도 없고 능력도 없었으므로 자기 방 앞으로 도망쳐 문에다 몸을 바싹 붙였다. 아버지가 현관에서 들어오다가 보고는 그레고르는 방으로 돌아갈 테니까 굳이 나서서 쫓아 보낼 필요 없이 방문만 열어 주면 된다는 걸 깨달을 것이다. 그레고르의 생각이었다.

불행하게도 아버지는 그레고르의 세심한 마음씀씀이를 헤아릴 기분이 아니었다. 다짜고짜 소리부터 질렀다. 「그래!」 분개와 희열이 뒤섞인 묘한 목소리였다. 그레고르는 머리를 돌려 아버지를 쳐다보았다. 눈앞에 우뚝 서 있는 아버지는 상상도 못했던 모습이었다. 요즘 들어 기어다니는 방법을 새롭게 터득하는 바람에 거기에 정신이 팔려서 집안일에 무관심했던 건 사실이었다. 그런 만큼 집안 사정이 달라졌다 해도 놀라지 말아야 했다.

그렇다 해도 눈앞에 있는 사람이 아버지라고 믿을 수가 없었다. 그레고르가 새벽같이 집을 나서는데도 잠 속을 헤매고, 출장에서 파김치가 되어 돌아와도 잠옷 차림으로 안락 의자에 앉은 채 맞이하는 아버지였다. 일어서는 것도 힘에 부쳐하고 아무리 기뻐도 두 팔만 치켜들던 아버지, 쉬는 날을 골라 1년에 두세 번 온 가족이 산책을 나가면 원래 걸음이 느린 그레고르와 어머니 사이에서 낡은 외투가 무거워 보일 만큼 느리게 지팡이를 짚으면서 걷던 아버지, 할말이 있을 땐 걸음을 멈추고 두 사람을 가까이 부르던 아버지, 그 아버지가 지금 눈앞에 서 있는 사람이란 말인가?

아버지는 단정하게 똑바로 서 있었다. 은행 수위처럼 금단추가 달린 감색 제복을 입었는데, 몸에 잘 맞았다. **빳빳**하게 세운 재킷의 깃 위로 두 턱진 모습이 근엄해 **보였다**. **짙은 눈썹**과 잘 어울리는 까만 눈은 신중하면서도 활기차게 반짝였다. 항상 엉켜 있던 백발도 단정하게 빗질해서 보기 좋았다.

아버지는 은행 이름의 이니셜을 금실로 수놓은 모자를 벗어 침대에 던졌다. 그리고 기다란 옷자락을 젖힌 뒤 양손을 바지 주머니에 찔러 넣고는 아주 불쾌한 표정을 지으며 걸어왔다. 아버지 자신도 무슨 생각으로 다가가는지 모르는 것 같았다. 어쨌든 발을 높이 쳐들면서 걸었다. 그레고르는 아버지의 구두 밑창이 위협적으로 크다는 걸 느끼며 깜짝 놀랐다. 하지만 어쩔 도리가 없었다.

사실 아버지는 첫날부터 엄격해지기로 작정한 듯했다. 당연한 일이었다. 그래서 아버지가 다가오면 쫓기듯이 도망치고, 아버지가 멈추면 따라서 멈췄다. 아버지가 살짝만 움직여도 재빨리 도망쳤다. 그렇게 방안을 빙빙 돌았다. 다행히 아버지가 느렸기 때문에 그레고르를 해치려는 몸짓으로 보는 사람은 없었다. 벽이나 천장으로 도망치면 악의가 있다고 오해할까 봐 그냥 마룻바닥에 있기로 했다. 하지만 마룻바닥을 기어다니는 것도 계속할 수는 없었다. 아버지가 한 걸음 옮길 때 그레고르는 수많은 다리를 한꺼번에 움직이느라 힘에 부쳤던 것이다. 변신하기 전에도 폐가 튼튼한 편은 아니었다. 어느새 숨이 턱까지 차올랐다.

아버지를 피하느라고 온힘을 다해 기어다니는 동안 눈은 뜰 수도 없는 지경이 되었다. 마룻바닥을 기어서 도망치는 것 말고는 아무것도 떠오르지 않았다. 자유롭게 벽을 기어오를 수도 있을 텐데 그런 사실조차 잊은 상태였다. 게다가 정성껏 조각한 가구들 때문에 벽에는 톱니 모양으로 뾰족하게 튀어나온 곳이 많았다. 그 순간 그레고르의 옆에서 날아와 다시 앞으로 굴러가는 게 보였다. 사과

58

였다. 연이어 또 날아왔다. 그레고르는 깜짝 놀라 멈췄다. 더 이상 도망쳐 봤자 헛수고였다. 아버지가 결심을 굳혔던 것이다. 주머니 가득 사과를 채우고는 무작정 던지기 시작했던 것이다. 빨간 사과는 리모컨으로 조종되는 것처럼 마룻바닥을 굴러다니면서 부딪쳤다. 그레고르는 몸에 살짝 스치는 걸 용케도 피하다가 결국은 등 한복판을 제대로 맞고 말았다.

그레고르는 이 갑작스러운 통증을 잊어버리려는 듯 다시 도망치려고 했다. 그러나 못에 박힌 듯한 통증 때문에 모든 감각이 마비된 채 그 자리에 뻗어 버렸다.

마지막으로 눈을 감는 순간 자신의 방문이 열리는 걸 간신히 보았다. 뭐라고 외쳐대는 여동생 뒤에서 어머니가 달려나왔다. 속옷 바람이었다. 기절했을 때 호흡을 편하게 해주려고 여동생이 옷을 벗겼던 것이다. 어머니는 곧장 아버지에게 달려갔다. 그 와중에 치마가 벗겨져 마룻바닥으로 흘러내렸다. 어머니는 그 치마에 발이 걸리면서도 달려가 아버지를 부둥켜안고 아들을 살려 달라고 매달렸다. 그러나 그레고르는 이미 눈을 감은 뒤였다.

3

이 깊은 상처는 한 달 넘게 그를 괴롭혔다. 아무도 뽑아낼 엄두를 못 내는 바람에 사과는 마치 기념품처럼 여전히 살 속에 박혀 있었다. 그 모습은 그레고르가 참담하고 징그럽게 변했지만 분명한 가족이므로 원수 대하듯 하면 안 된다는 걸 일깨워 주었다. 아버지도 느낀 게 있었는지 혐오감은 접어 두고 묵묵히 참는 게 가족의 의무라고 생각했다.

하지만 그레고르는 더 이상 자유롭게 움직일 수 없는 듯 보였다. 방까지 가는 데도 한참 걸렸다. 마치 부상당한 노병 같았다. 벽이나 천장을 기어오르는 건 상상도 할 수 없었다. 하지만 꼭 나쁜 일만은 아니었다. 나름대로 만족스런 면도 있었다. 해질녘부터 새벽까지 거실과 그레고르의 방을 가로막았던 문이 열린 것이다. 방문이 열리기 한두 시간 전부터 그쪽만 뚫어져라 쳐다보는 게 일상이 되었을 정도였다. 거실에서는 어두운 방안에 있는 그가 안 보였지만, 그레고르 쪽에서는 환한 가스등 불빛을 받으며 테이블 주위에 모여 있는 가족들이 보였다. 가족들이 나누는 얘기를 편안하고 자유롭게 들을 수 있는 것이다.

출장 때마다 삼류 호텔의 눅눅한 침대에 지친 몸을 뉘어야 했던 시절이 있었다. 그럴 때면 거실에 모여 이야기꽃을 피우는 가족들을 그리워하곤 했다. 하지만 지금은 그토록 그리던 단란한 모습이 아니었다. 그냥 조용히 시간만 흐를 뿐이었다. 아버지는 식탁에서 일어나는 즉시 안락 의자에 앉아 잠이 들었고, 어머니와 여동생은 가끔씩 시선을 나누며 조용히 앉아 있었다. 어머니는 등불 밑에 자리를 잡고 앉아 의상실에서 받아 온 일감을 펼쳐놓았다. 고급 속옷을 바느질하는 일이었다. 점원으로 취직한 여동생은 좀더 나은 직장을 구해 보려고 밤마다 속기와 프랑스어를 공부했다. 아버지는 가끔씩 눈을 뜨고는 언제 잠들었냐는 듯 어머니에게 「날마다 잠도 못 자고 일하는군!」 하고는 다시 잠들었다. 그러면 어머니와 여동생은 힘없는 미소만 주고받았다.

아버지는 좀처럼 수위 제복을 벗지 않았다. 지금도 은행에 있는 것처럼, 혹은 상사의 명령을 기다리는 것처럼 제복을 입은 채 잠들어 있었다. 어머니와 여동생이 제복을 열심히 손봐주었지만, 처음 지급 받았을 때부터 새 옷이 아니었으므로 항상 지저분해 보였다.

그레고르는 저녁 내내, 금단추는 항상 닦아서 번쩍번쩍 빛나지만 받을 때부터 얼룩투성이였던 아버지의 제복을 바라보면서 지냈다. 노인은 이 옷을 단정하게 입고 매우 불편한 모습으로, 그러나 조용히 잠들어 있었다.

어머니는 10시가 되면 나직한 목소리로 아버지를 깨웠다. 그리고 침대까지 데려가느라 진땀을 흘렸다. 그런 자세로 자면 몸이 불편할 뿐만 아니라 푹 잘 수 없기 때문에 6시에 출근하려면 침대에서 편히 자둬야만 했다. 그러나 수위가 되면서부터 고집불통이 되어 버린 아버지는 그대로 두라고 우기다 그냥 잠들어 버렸다. 안락 의자에서 침대로 잠자리를 옮기는 건 여간 힘든 일이 아니었다. 어머니와 여동생이 아무리 애원해도 아버지는 고개만 가로 저을 뿐 도무지 일어날 줄을 몰랐다. 요지부동으로 점점 더 안락 의자 속으로 파묻혀 버렸다.

「이것이 인생이다. 내 황혼의 안식처란 말이다.」 여자들이 아버지를 옮기려고 겨드랑이 밑에 손을 넣으면 겨우 눈을 뜨고 입버릇처럼 내뱉는 말이었다. 그리고는 양쪽에서 부축을 받으며 힘겹게 몸을 일켰다. 아버지 자신도 무거운 몸이 거추장스럽다는 듯한 모습이었다. 아버지는 문 앞까지 가서야 혼자서 움직였다. 하지만 어머니는 바느질감을 치우고 여동생은 펜을 던져 놓고는 아버지의 잠자리를 봐주었다.

모두들 피곤에 지쳤으므로 정성을 다해 그레고르를 보살펴 줄 여유가 없었다. 집안 형편도 점점 어려워져서 가정부도 내보내야 했다. 그 대신 백발이 성성해도 몸집이 좋은 할머니가 아침저녁으로 드나들며 힘든 일만 거들어 주었다. 대부분은 어머니가 바느질을 하는 틈틈이 해냈다. 그런 노력에도 불구하고 결국은 어머니와 여동생이 친목회나 축하 모임에 갈 때면 자랑스럽게 걸치던 장신구들까지 팔아야 했다. 그레고르는 가족들이 모여서 얼마나 받고 팔 것인가를 의논하는 걸 듣고 그 사실을 알았다.

뭐니뭐니해도 문제는 집이었다. 지금 처지로는 너무 컸지만 이사할 엄두가 나지 않았다. 그레고르를 옮길 방법이 없었던 것이다. 꼭 그레고르를 배려하느라고 이사를 주저하는 건 아니었다. 상자를 찾아서 숨구멍 서너 개만 뚫어 놓으면 문제없었다. 선뜻 이사를 결정하지 못하는 건 캄캄한 앞날과 사상초유의 불행을 겪고 있다는 열등감 때문이었다.

사실 가족들은 가난한 사람들이 겪어야 하는 고통을 충분히 감내하고 있었다. 아버지는 은행의 말단 직원들에게 아침까지 날랐으며, 어머니는 빨랫감을 받아다 손이 부르트도록 일했고, 여동생은 고객의 비위를 맞추느라 종종거렸다. 그러나 다들 한계에 이르고 있었다.

어머니와 여동생은 아버지를 침대에 뉘고 거실로 돌아왔다. 두 사람은 일감도 밀어 놓은 채 바싹 다가앉아 얘기를 나누기 시작했다. 어머니는 그레고르의 방을 가리키며 「그레테야, 저 문 좀 닫으

렴.」하고 말했다. 그레고르는 또다시 어둠 속에서 혼자 남았다. 거실에서는 어머니와 여동생이 눈물을 흘리다가 눈물조차 메말라 버리면 테이블만 뚫어져라 쳐다보며 앉아 있었다. 그럴 때면 등의 상처가 다시 아프기 시작했다.

그레고르는 밤이나 낮이나 불면증에 시달렸다. 또다시 방문이 열리면 옛날처럼 집안을 책임지겠단 생각도 해보았다. 오랜만에 회사 사장이나 지배인, 사원과 견습 사원들, 아둔한 **사환**, 장사를 시작한 친구들이 떠올랐다. 시골 호텔의 가정부, 즐거운 추억들, 진지하게 청혼했지만 너무 늦어 버렸던 모자가게 처녀의 모습도 눈앞에 펼쳐졌다. 그러한 모습들은 낯선 사람이나 이미 잊어버린 사람들과 함께 뒤섞여 나타났다. 하지만 그들은 그레고르나 가족들을 도와주기엔 너무 멀리 있었다. 그들의 모습이 다시 사라지자 오히려 기분이 좋기도 했다.

반대로 가족들 걱정은 이제 그만하고 싶을 때도 있었다. 자신을 학대하는 가족들에게 화가 치밀 뿐이었다. 무엇을 먹어야 입맛이 돌지 전혀 짐작도 안 되고 배가 고픈 것도 아니었지만, 주방에 가서 먹을 만한 걸 찾아볼 생각도 해보았다. 요즘 들어 여동생은 그레고르의 입맛 **따위는** 관심도 없다는 듯 외출하기 전에 아무 거나 내놓았다. 그나마 허둥거리며 발끝으로 그레고르의 방에 밀어 넣는 거였다. 그리고 집에 돌아오면 그가 입을 댔거나 말았거나 신경도 쓰지 않고 빗자루로 쓸어 버렸다.

방청소는 저녁마다 하는 일인데도 너무 한다 싶게 대충 해치워 버렸다. 벽마다 더러운 자국이 찌들었으며, 여기저기 먼지와 쓰레기가 나뒹굴었다. 처음에는 일부러 지저분한 데를 골라 엎드려 있었다. 하지만 아무리 웅크리고 있어 봤자 여동생은 조금도 달라지지 않았다. 분명히 쓰레기 뭉치들을 봤을 텐데 굳게 작정한 것처럼 못 본 체했다. 그러면서도 누가 대신 치워 줄까 봐 신경을 곤두세워 계속 주시하는 거였다.

한번은 어머니가 그레고르의 방을 청소한 적이 있었다. 양동이에 물을 서너 번이나 길어올 정도의 대청소였다. 그 바람에 방이 온통 물바다가 되었고, 그레고르는 화가 솟구쳐서 꼼짝도 않은 채 소파에 엎드려 있었다. 결국 어머니는 그 값을 톡톡히 치러야 했다. 여동생이 그레고르의 방을 확인하자마자 거실로 달려가 온몸을 비틀며 목놓아 울었던 것이다. 안절부절못하며 달래는 어머니를 흘겨보면서 말이다. 아버지가 안락 의자에서 벌떡 일어난 건 당연한 수순이었다. 하지만 그칠 줄 모르고 울부짖는 딸에게 질려서 두 분 다 가만히 지켜볼 뿐이었다.

하지만 전후 사정을 들은 아버지가 딸에게 맡기지 않은 어머니를 책망했고, 왼쪽에 있는 그레테에게는 다시는 이런 일이 없도록 하겠다고 소리쳤다. 어머니는 당황해하며 너무 흥분해서 정신을 못 차리는 아버지를 침실로 데려갔다. 그레테는 여전히 몸을 떨면서 조그만 주먹으로 테이블을 두드리며 울부짖었다. 방문만 닫으면 이 안타까운 모습을 안 볼 수 있을 텐데 아무도 닫아 줄 생각을 못했다. 그레고르 역시 격분한 나머지 큰소리로 쉿 하는 소리를 냈다.

하루종일 손님들에게 시달리다 돌아오면 그레고르를 돌보는 일이 짜증나기도 하겠지만, 그렇다고 어머니가 대신 할 필요는 없었다. 그레고르로서도 굳이 방치될 이유가 없었다. 파출부 할머니가 있지 않은가. 긴 세월의 무게를 단단한 몸뚱이 하나로 버텨낸 까닭에 처음부터 그레고르를 두려워하지 않았다. 우연히 그레고르의 방을 들여다보기도 했다. 물론 호기심 때문은 아니었다. 그레고르는 너무 놀란 나머지 쫓기는 것처럼 기어다니기 시작했다. 하지만 파출부 할머니는 양손을 깍지 낀 채 가만히 서서 그레고르를 바라볼 뿐이었다.

그 후론 아침저녁으로 슬그머니 문을 열고는 잠깐씩 들여다보았다. 처음에는 「말똥벌레야, 이리 오렴」이라든가 「어머나! 다 늙은 말똥벌레잖아」라고 정답게 말을 붙였다. 그레고르에게 말이라도 붙여 보고 싶은 마음이었던 것이다. 하지만 그레고르는 완전히 묵살해 버린 채 문이 열린 것조차 모른 체하며 꼼짝도 하지 않았다. 사실 그런 무의미한 심심풀이 대신 매일 방청소나 좀 해주었으면 싶었다.

어느 날 이른 아침이었다. 세찬 빗방울이 유리창에 들이치는 걸로 보아 봄이 가까워진 모양이었다. 그날도 파출부 할머니는 그레고르의 방문을 열고 놀리기 시작했다. 그레고르는 몹시 화를 내며 덤벼들 듯 느리게 몸을 돌렸다. 공격할 힘도 없으면서 말이다. 상대방은 겁을 먹기는커녕 문 옆에 있던 의자를 높이 쳐들었다. 입을 쩍 벌리고 선 모습으로 보아 당장이라도 의자를 휘둘러 그레고르의 등을 내리칠 것만 같았다. 「에게, 겨우 그거냐!」 파출부는 그레고르가 후퇴하는 걸 보며 의자를 조용히 내려놓았다.

요즘 들어 통 먹을 수가 없었다. 가끔씩 넣어 주는 음식 옆을 지나갈 때면 장난 삼아 입에 넣고 우물거려 보지만 결국은 뱉어 버렸다. 식욕이 없는 건 방이 너무 참담하기 때문이라고 생각했으나 사실은 방이 변할 때마다 쉽게 적응했다. 가족들 역시 습관적으로 쓸모 없는 물건들은 이 방에다 넣어 버렸다. 그런데 생각보다 꽤 많이 쌓인 편이었다. 방 한 칸을 비워 하숙생들을 들였던 것이다.

그레고르가 문틈으로 내다보니 셋 다 수염을 기르고 있었다. 그런데도 몹시 까다롭게 굴며 청결을 강조했다. 하숙생이라 해도 이 집에서 함께 사는 이상 온 집안이, 특히 주방이 깨끗해야 된다고 성화를 부렸다. 필요 없는 물건이나 지저분해진 잡동사니들이라면 가차없었다. 더구나 자기들이 쓸 가구나 소품들을 전부 챙겨오는 바람에 불필요한 물건들이 많아졌던 것이다. 그 물건들은 좀처럼 팔리지도 않으면서 버리기엔 아까웠다. 그래서 그레고르의 방에 처박아 놓은 것이다. 재를 치우는 상자며 주방에서 쓰던 쓰레기통까지도 그레고르의 방으로 옮겨졌다.

파출부 할머니는 항상 바쁘게 설쳐대는 성격이라 지금 당장 필요하지 않은 건 뭐가 됐든 닥치는 대로 끌어다 그레고르의 방에 쌓아 두었다. 그나마 다행인 건 그레고르의 눈에는 물건과 그 물건을 들고 있는 손밖에 보이지 않는다는 점이었다. 언제 기회를 봐서 다시 가져가거나 한꺼번에 내다버릴 생각이었겠지만, 결국은 처음에 던져 둔 대로 뒹굴고 있었다.

그레고르는 그 잡동사니 때문에 맘대로 돌아다닐 수가 없었다. 기어다니는 통로를 만들려면 직접 치워 버려야 했다. 한참을 치우고 나면 죽을 만큼 피곤하기도 하고 공연히 슬퍼져서 한참을 움직일 수가 없었다. 하지만 잡동사니를 옮기는 게 점점 재미있어졌다.

하숙생들은 가끔씩 거실에서 저녁을 먹곤 했는데, 그럴 때는 항상 거실 쪽 문을 닫아 버렸다. 하지만 별로 고통스러워하지 않았다. 문을 열어 놓는 밤에도 집안 사람들 눈에 띨까 봐 어두운 방구석에 잠자코 엎드려 있었던 것이다.

한번은 파출부 할머니가 거실 쪽 문을 살짝 열어 놓은 적이 있었다. 해질 무렵이 되어 하숙생 셋이 들어왔다. 그리고 거실의 불을 켰지만 문은 그대로 열려 있었다. 그들은 테이블 윗자리에 앉았다. 부모님과 그레고르가 앉던 자리였다. 냅킨을 펼치고 나이프와 포크를 들고 있노라니 어머니가 고기 접시를 들고 들어왔다. 곧이어 여동생이 수북하게 담은 감자 대접을 받쳐들고 따라 들어왔다. 음식 냄새가 진하게 풍기는 가운데 김이 모락모락 솟아올랐다.

하숙생들은 입맛을 다시며 접시 위로 몸을 숙였다. 가장 연장자로 보이는 남자가 고기를 한 조각 잘랐다. 고기가 연한지 어떤지, 그러니까 주방으로 돌려보내지 않아도 괜찮은지 맛을 보려는 것이었다. 그가 만족한 표정을 짓자, 어머니와 여동생도 긴장을 풀고 안도의 숨을 내쉬면서 미소지었다.

가족들은 주방에서 먹었다. 아버지는 거실부터 들러서 모자를 들고 머리를 숙여 보인 다음에 테이블을 한바퀴 돌았다. 하숙생들도 일어서서 뭐라곤가 중얼거렸다. 그리고는 완전한 침묵 속에서 마저 먹었다. 그때마다 그레고르에겐 이상한 소리가 들렸는데, 알고 보니 아삭아삭 씹는 소리였다. 음식을 먹으려면 이가 필요하며, 제아무리 훌륭한 입도 이가 없으면 소용이 없다는 걸 그에게 가르쳐 주려는 듯했다.

그레고르는 걱정스럽게 중얼거렸다. 「나도 먹고 싶다. 저런 음식은 말고. 저들처럼 먹었다가는 그 자리에서 죽어 버리고 말 거야.」

바로 그날 밤이었다. 주방 쪽에서 바이올린 소리가 들렸다. 변신한 뒤로 처음 듣는 소리였다. 하숙생들은 식사를 끝내고 신문을 나눠 보는 중이었다. 의자 깊숙이 파묻혀 신문을 읽으면서 담배도 피웠다. 그들 역시 바이올린 소리를 듣고는 놀랍다는 듯 의자에서 일어나 현관 쪽으로 걸어가서는 주방 앞에 모여 섰다.

주방에서 그들의 발소리를 들었는지 아버지가 말했다. 「시끄러우면 말씀하세요. 그만두라고 하겠습니다.」

「천만에요.」 연장자가 대답했다. 「괜찮다면 이쪽으로 나와서 연주하시는 게 어떨까요? 훨씬 유쾌할 것 같군요.」

「그럽시다.」 아버지는 당신이 바이올린을 연주하는 것처럼 흔쾌히 대답했다. 하숙생들은 거실로 돌아가서 기다렸다. 잠시 후 아버지는 악보대를, 어머니는 악보를, 여동생은 바이올린을 들고 거실로 나왔다. 여동생은 침착하게 연주 준비를 끝마쳤다. 부모님은 하숙이 처음이라 무조건 깍듯하게 대해야 한다는 생각에 의자에 앉지도 못했다. 아버지는 문에 기대서서 오른손을 제복의 단추들 사이에 찔러 넣고 있었다. 어머니는 하숙생이 하도 권하는 통에 의자에 앉았는데, 우연히 구석자리였지만 그대로 있었다.

마침내 여동생의 연주가 시작되었다. 아버지와 어머니는 딸의 손놀림을 주의 깊게 지켜보았다. 그레고르는 연주 소리에 끌려 자신도 모르는 사이에 조금씩 나아가다 보니 어느새 고개를 거실로 내밀고 있었다. 요즘 들어 집안 돌아가는 일에 영 무관심했지만, 이제는 그런 자신이 이상할 것도 없었다. 집안일에 관심 갖는 걸 자랑스러워하던 그였는데. 사실 지금은 남의 눈을 피하고 싶은 게 당연했다.

방안이 온통 먼지투성이여서 조금만 움직여도 먼지가 일어나다 보니 온몸에 먼지를 흠뻑 뒤집어쓴 꼴이었다. 먼지뿐이 아니었다. 등하며 옆구리에 실밥, 머리카락, 음식 찌꺼기 따위를 덕지덕지 붙인 채 기어다녔다. 예전 같으면 방바닥에 벌렁 누워 카펫에다 몸을 비볐을 테지만 바깥일에 무관심해지자 그것마저도 시큰둥했다. 그

70

지저분한 몸을 끌고 종이 조각 하나 떨어져 있지 않은 거실로 기어 나오면서도 조금도 켕기지 않았다.

물론 그가 기어 나온 걸 눈치 챈 사람은 아무도 없었다. 가족들은 바이올린 연주에 흠뻑 빠져 있었던 것이다. 하숙생들은 바지 주머니에 손을 찔러 넣고 서서 악보대 뒤에 자리를 잡았는데, 세 사람 모두 마음만 먹으면 들여다볼 수 있는 자리였다. 그 바람에 여동생은 연주를 하면서도 꽤 신경 쓰였을 것이다. 하지만 그들은 고개를 숙인 채 조용히 얘기를 하더니 창가로 자리를 옮겼다. 아버지가 근심스럽게 쳐다보았다.

훌륭하고 감미로운 바이올린 연주를 기대했을 텐데 전혀 아니니까 금방 싫증난 모양이었다. 예의상 억지로 듣는 게 분명했다. 특히 코와 입으로 담배 연기를 내뿜는 모습은 몹시 초조해 보였다. 하지만 여동생은 정말 아름다운 모습으로 연주에 몰두했다. 얼굴을 한쪽으로 기울인 채 무언가를 음미하는 듯 슬픈 눈으로 악보를 더듬어 내려가고 있었다.

그레고르는 좀더 기어 나갔다. 그리고 머리를 수그려 마룻바닥에 들러붙듯이 엎드렸다. 여동생 눈에 띄기를 기다리는 거였다. 바이올린 선율에 이토록 매료당하는 곤충도 있단 말인가. 그레고르는 정신적인 자양분을 얻는 기분이었다. 그는 여동생 옆으로 가서 치맛자락을 물었다. 바이올린을 들고 자기 방으로 와 달라는 의미였다. 사실 여동생의 수고를 그레고르만큼 따뜻하게 위로해 줄 사람은 없었다.

여동생이 방으로 들어온다면 다시는 내보내지 않을 작정이었다. 적어도 그가 살아 있는 동안은. 흉악하게 생긴 덕을 톡톡히 볼 것이다. 잠시도 방심 말고 모든 문들을 지켜야 한다. 침입자가 있으면 괴성을 지르며 달려들 것이다. 물론 여동생을 강제로 잡아 두는 건 곤란하다. 그녀의 마음이 중요하다. 소파에 나란히 앉아서 머리를 기댈 수 있게 해주는 것이다. 그리고 무슨 일이 있어도 음악 학교에 보내 주겠다고 말하자. 이렇게 변신하는 일만 아니었어도 크리스마스 때 가족들 앞에서 발표할 작정이었다고 털어놓는 것이다. 그 크리스마스는 이미 지나가 버렸지만. 마침내 여동생은 감동을 받아 울음을 터뜨릴 것이다. 그러면 여동생의 어깨 위로 올라가서 목에 입을 맞추리라. 여동생은 출근한 뒤부터 리본도 깃도 달지 않은 채 목을 드러내 놓고 다녔으니까.

「잠자 씨!」 가장 나이 들어 보이는 하숙생이 갑자기 아버지에게 소리쳤다. 그리곤 더 이상 아무 말도 못하고 집게손가락으로 그레고르를 가리켰다. 천천히 기어 나오고 있는 그레고르를. 바이올린 소리가 멈췄다. 하숙생은 머리를 흔들면서 다른 친구들에게 살짝 미소를 던지더니 다시 그레고르를 쳐다보았다. 아버지는 그레고르를 쫓아 버리는 것보다는 하숙생들을 진정시키는 것이 먼저라고 생각하는 것 같았다. 그러나 하숙생들은 조금도 흥분하지 않았다. 바이올린 연주보다는 그레고르 쪽이 더 흥미로운 듯 보였다. 아버지

는 하숙생들에게 다가가서 팔을 크게 벌린 채 방으로 돌려보내려고
했다. 그러는 와중에도 온몸으로 그레고르를 가로막았다.

하숙생들은 가볍게 화를 냈다. 아버지의 태도 때문인지, 그레고
르 같은 존재가 옆방에 산다는 사실을 이제야 발견한 것 때문인지
는 전혀 알 수가 없었다. 어쨌든 아버지에게 해명을 요구하고 초조
하게 수염을 꼬면서 천천히 물러갔다. 그 사이 여동생은 잠시 어리
둥절해하다가 정신을 차리고는 축 늘어뜨렸던 양손에 바이올린과
활을 들었다. 그리곤 연주를 계속하려는 듯 악보를 들여다보다가
갑자기 몸을 일으켰다. 호흡 장애로 가슴을 들먹거리며 앉아 있는
어머니의 무릎에 바이올린을 내려놓고는 옆방으로 달려갔다. 하숙
생들은 아버지에게 쫓겨서 급하게 방으로 들어가는 중이었다. 여동
생은 익숙한 솜씨로 침대의 베개며 이불을 탁탁 털어 잠자리를 깨
끗이 정리했다. 하숙생들이 들어오기 전에 침대 정돈을 끝내고 살
짝 빠져 나왔다. 아버지는 고집스럽게 하숙생들을 밀어붙일 뿐이었
다. 평소 그들에게 보여 주던 친절을 완전히 잊은 듯했다.

연장자가 문 앞에서 쾅 하고 발을 구르자 아버지는 그 자리에 멈
춰 서고 말았다.

「지금 이 자리에서 선언해 두겠는데.」 그는 한쪽 손을 쳐들고
눈으로 어머니와 여동생의 모습을 찾으며 말했다. 「나는 이 집과
당신 가족들의 불행한 형편을 고려하여.」 순간적으로 결심한 듯 마
룻바닥에 침을 뱉었다. 「방을 해약하겠소. 물론 밀린 하숙비는 한

푼도 낼 수 없소. 오히려 진지하게 생각하여 손해 배상을 청구할 작정이오.」그리곤 마치 무엇인가를 기다리는 것처럼 똑바로 앞만 쳐다보았다.

과연 나머지 친구들도 입을 열었다. 「우리도 해약하겠소.」

연장자는 그제야 요란스럽게 문을 닫았다.

아버지는 손으로 더듬으며 비틀비틀 돌아와서는 의자에 털썩 주저앉았다. 평소처럼 앉아서 저녁잠을 자는 모습이었지만, 머리를 불안정하게 끄덕이는 걸 보면 결코 잠든 게 아니었다.

그 동안 그레고르는 하숙생들에게 발각된 자리에서 조용히 웅크리고 있었다. 계획에 실패했다는 실망과 오랜 굶주림 때문에 너무 쇠약해져서 움직일 수가 없었다. 당장이라도 온갖 잡동사니들이 자신을 향해 무자비하게 쏟아져 내릴 것만 같은 두려움 속에서 그 순간을 기다리고 있었다. 그때 어머니의 무릎에서 바이올린이 미끄러지는 바람에 큰소리를 냈지만, 그는 전혀 놀라지 않았다.

「아버지, 어머니.」여동생은 얘기를 꺼내면서 테이블을 세게 쳤다. 「더 이상 이렇게 살 수는 없어요. 두 분은 모르겠지만 저는 알아요. 이 짐승은 오빠가 아니에요. 이쯤에서 없애 버려야 한다고요. 지금까지 보살피고 참아내기 위해 인간으로서 할 수 있는 일은 다 했잖아요. 그 누구도, 또 저 짐승 자신도 우리를 비난하진 못할 거예요.」

「저 아이 말이 옳아.」아버지가 혼잣말을 했다.

하지만 아직도 숨이 가라앉지 않은 어머니는 정신이 나간 눈으로 기침을 쏟아내기 시작했다. 여동생은 달려가서 이마를 짚어 주었다. 아버지는 딸의 이야기를 듣고 생각이 정리되었다는 듯이 똑바로 앉아서 하숙생들이 먹고 난 자리에 있는 모자를 만지작거렸다. 그리고 이따금씩 꼼짝도 않는 그레고르 쪽으로 시선을 던졌다.

「그만 없애 버려야 해요.」 여동생은 다시 한 번 강조했다. 어머니는 기침을 하느라 알아듣지 못한 듯했다. 「결국 아버지와 어머니를 돌아가시게 만들 거라고요. 암, 그렇고 말고요. 이렇게 고생해서 일하지 않으면 안 되는 처지에 어떻게 저런 골칫거리를 책임질 수 있겠어요? 이제 더 이상 참을 수가 없어요.」

여동생은 울음을 터뜨렸다. 눈물이 어머니의 얼굴에 떨어지자 여동생은 기계적으로 손을 움직여 그 눈물을 닦아주었다.

「애야.」 아버지가 안타까운 표정을 지으면서 다정하게 말했다. 「그러면 우리가 어떻게 해야 좋겠니?」

여동생은 어깨를 움츠렸다. 생각해 보지 않는 모양이었다. 우는 동안 단호했던 마음이 누그러졌으므로 어떻게 해야 좋을지 알 수가 없는 것이다.

「그가 우리 마음을 알아준다면.」 아버지가 묻듯이 얘길 꺼냈지만 여동생은 울면서 그런 일은 있을 수 없다는 듯이 격렬하게 한쪽 손을 내저었다. 「저것이 우리 마음을 조금이라도 알아준다면.」 아버지는 같은 말을 되풀이하고는 그런 일은 있을 수도 없다는 딸의 확신을 받아들이려는 듯 두 눈을 감아 버렸다. 「그렇게만 된다면 저놈하고 타협하는 것도 전혀 불가능한 일은 아닐 텐데……. 그런 데 이 꼴이니.」

「내쫓아 버리는 거예요.」 여동생이 단호하게 말했다. 「다른 방 법이 없어요, 아버지. 저걸 오빠라고 생각하니까 힘든 거예요. 지금 까지 그렇게 믿은 게 우리의 불행이었어요. 생각해 보세요, 저 짐승 이 어떻게 그레고르 오빠란 말인가요? 실제로 오빠였다면, 인간이 자기 같은 짐승하고 한 집에 살 수 없다는 것쯤은 벌써 알고 스스 로 나가 버렸을 거예요. 틀림없이. 그랬다면 우리끼리 어떻게든 살 아 남아서 오빠를 추억할 수 있었을 거예요. 그런데 저 짐승은 우 리들을 쫓아다니고 하숙생들을 내쫓는 걸로 모자라 이 집을 몽땅 점령해서 우리를 길거리로 몰아낼 거예요. 네, 저것 좀 보세요, 아 버지!」 여동생은 갑자기 소리를 질렀다. 「벌써 시작했어요!」

여동생은 어머니가 앉은 의자에서 멀리 물러났다. 그레고르 옆에 있느니 어머니를 포기하겠다는 표정이었다. 아버지는 등뒤로 도망 쳐 온 딸을 보호하겠다는 듯 양팔을 쳐들며 같이 흥분했다.

사실 그레고르는 아무도, 특히 여동생을 불안하게 만들 생각은 전혀 없었다. 방으로 돌아가기 위해 몸을 회전하기 시작한 것에 불 과했다. 상처를 입었기 때문에 어렵게 회전하려면 머리에 힘을 주 어야 했다. 결국 몇 번이나 고개를 쳐들었다가 마룻바닥을 내려치 고 말았다. 가족들은 그 이상한 동작을 보며 의아해하기도 하고 놀라기도 했다. 그는 잠시 멈추고 주위를 둘러보았다. 그가 가족들을 힘들게 할 생각이 없다는 건 겨우 인정한 듯했다. 모두들 순간적으로 놀란 것뿐이었다. 가족들은 입을 다문 채 슬픈 얼굴로 그레고르를 지켜보았다. 어머니는 의자에 앉은 채 두 다리를 앞으로 쭉 뻗었지만 너무 지쳐서 눈꺼풀이 감길 지경이었다. 여동생은 팔로 아버지의 목을 껴안고 있었다.

'이제 다시 시작해 볼까.' 그레고르는 다시 회전하기 시작했다. 힘에 부치는 일이라 호흡이 거칠어졌으므로 가끔 숨을 돌려야 했다. 그래도 쫓아내려는 사람은 없었다. 모든 걸 그에게 맡겨 두었다. 회전이 끝나자 방으로 기어가기 시작했다. 방까지 가는 길이 이렇게 멀다는 사실이 놀라울 뿐이었다. 이 먼 거리를 어떻게 기어 나올 수 있었는지 의아했다. 이 쇠약한 몸으로, 그것도 멀다는 느낌을 전혀 갖지 않고 말이다. 빨리 기어가야 한다는 생각뿐이었기 때문에 가족들의 말 한 마디나 외치는 소리에 전혀 방해받지 않았다는 사실을 깨닫지 못했던 것이다.

문 앞까지 다다랐을 때에야 비로소 뒤를 돌아보았다. 물론 고개를 완전히 돌린 건 아니었다. 그는 목이 굳고 있다는 걸 느꼈다. 그래도 뒤쪽에서는 조금전과 달라진 게 없다는 것만은 겨우 확인할 수 있었다. 그 사이에 여동생이 일어섰을 뿐이었다. 그레고르의 마지막 시선이 어머니를 스쳤다. 어머니는 완전히 잠들어 있었다.

그레고르가 방안으로 들어서자마자 문이 닫히고 빗장이 걸렸다.

이제 그는 완전히 갇혀 버렸다. 그 바람에 너무 놀라서 다리가 휘청거리며 꺾였다. 여동생 짓이었다. 일어서서 기다리다가 그레고르가 들어가자마자 총알같이 달려왔던 것이다. 그레고르는 발자국 소리조차 못 들었는데.

「이제 됐어요, 됐어!」 여동생은 열쇠를 돌리면서 소리쳤다.

「자, 그러면?」 그레고르는 자신에게 물으며 어둠을 둘러보았다. 이제 조금도 움직일 수 없는 처지였다. 하지만 이상한 일도 아니었다. 이 가느다란 다리로 여기까지 기어왔다는 게 신기할 뿐이었다. 그것 말고는 기분이 좋은 편이었다. 온몸이 아프기는 했지만, 곧 가라앉기 시작하더니 이내 통증이 사라졌다. 등에 붙은 썩은 사과 조각 때문에 염증이 생긴 것도 느껴지지 않았다. 그는 애정을 가지고 가족들의 문제를 다시 한 번 생각해 보았다.

그만 사라져 주어야 한다는 건 여동생보다 그 자신이 훨씬 더 강했다. 공허하고 편안한 명상에 빠져 있는데 새벽 3시를 알리는 교회 종소리가 들려 왔다. 얼마나 지났을까, 창 밖이 훤하게 밝아 오기 시작한다는 걸 어렴풋이 느낄 수 있었다. 문득 고개가 푹 수그러졌다. 그리고 콧구멍에서 마지막 숨이 희미하게 새어나왔다.

아침 일찍 파출부 할머니가 잠깐 그의 방을 들여다보았지만 별다른 걸 발견하지는 못했다. 사실 할머니는 아침에 발을 들여놓기 무섭게 문을 여닫기 때문에 가족들이 늦잠을 잘 수가 없었다. 제발 참아 달라고 애원해 봤지만 헛일이었다. 그날도 할머니는 그레고르가 기분이 상해서 꼼짝도 않고 누워 있다고 생각했다. 그레고르를 처음 봤을 때부터 그가 모든 걸 분별할 수 있다고 믿었던 것이다. 마침 긴 빗자루를 들고 있었으므로 문 밖에서 그를 간질이려고 했다. 그래도 반응이 없자 화를 내면서 그레고르의 몸을 슬쩍 밀어 보았다.

그레고르가 저항 한 번 안 하고 미는 대로 밀리는 걸 보는 순간 할머니는 비로소 올 것이 왔다는 걸 알았다. 두 눈을 동그랗게 뜨고 자신도 모르게 휘파람을 불었다. 그리곤 잠자 부부의 침실문을 활짝 열고 어둠 속을 향해 외쳤다. 「이리 나와 봐요. 마침내 뻗었어요. 저기요!」

잠자 부부는 침대에서 벌떡 일어났다. 그리곤 기겁을 하여 뛰어 내려왔다. 잠자 씨는 담요로 어깨를 감싸고, 잠자 부인은 잠옷 차림으로 나와 그레고르의 방으로 들어갔다. 그 사이에 거실문도 열려 있었다. 그레테는 하숙생을 들인 후로 거실에서 잤는데, 한숨도 못 잤는지 옷차림이 단정했다. 얼굴이 창백한 걸 보면 못 잔 게 분명했다.

「죽었어요?」 잠자 부인은 확인하려는 듯이 할머니를 쳐다보았다. 직접 확인해 볼 수도 있고, 확인할 필요도 없이 그냥 봐도 알 일이었지만.

「죽은 것 같아요.」 할머니는 증명이라도 하려는 듯 멀찍이 서서 빗자루로 그레고르의 시체를 밀어 보였다. 부인은 말리려는 듯 보였으나 실제로 말리지는 않았다.

「하느님께 감사 기도를 드려야겠군.」 잠자 씨가 성호를 긋자 여자들도 그를 따라서 성호를 그었다.

그때까지 시체를 지켜보던 그레테가 입을 열었다. 「어쩌면 저렇게 야위었을까. 그 동안 통 먹지를 않았으니 그랬을 테지. 먹을 걸넣어 줘도 입도 대지 않았거든요.」

사실 그레고르의 몸은 납작하게 말라 있었다. 다리가 몸통을 받쳐 주지도 못했다. 사람들의 주의를 끌 만한 게 모두 없어져 버린지금에야 비로소 그 사실을 발견한 것이다.

「그레테야, 잠깐 따라오너라.」 잠자 부인이 슬픈 미소를 지으며말했다.

그레테는 자꾸만 시체 쪽을 돌아보면서 부모님을 따라 침실로들어갔다. 할머니는 문을 닫고 창문을 활짝 열어젖뜨렸다. 이른 새벽인데도 상쾌한 공기 속에 뭔지 모를 온기가 감돌고 있었다. 어느새 3월도 다 지나가고 있었다.

하숙생들은 눈을 휘둥그렇게 뜨고 아침 식사를 찾았다. 하지만그들을 챙겨주는 사람은 없었다. 「아침 식사는 어디에 차려 놓았지요?」 연장자가 불쾌한 듯이 물었다.

할머니는 손가락을 입에 대고 빨리 그레고르의 방으로 가 보라는 시늉을 했다. 세 사람은 시키는 대로 낡은 재킷 주머니에 손을찌르고는 이제는 환하게 밝아진 방안에서 그레고르의 시체를 둘러싸고 섰다.

그때 침실문이 열리며 제복 차림의 잠자 씨가 한쪽 팔은 아내에게 또 한쪽 팔은 딸에게 부축을 받으며 나왔다. 세 사람 다 눈물 자국이 보였다. 그레테는 아버지의 팔에 얼굴을 묻기도 했다.

「당장 이 집에서 나가 주시오!」 잠자 씨는 여전히 부축을 받은 채 현관 쪽을 가리켰다.

「무슨 말씀인지요?」 연장자가 놀라는 표정을 지으며 다정한 미소를 지었다. 나머지 둘은 뒷짐을 진 채 손을 비비고 있었다. 자신들에게 유리해진 게임이 시작되는 걸 즐겁게 기다리는 태도였다.

「방금 말한 대로요.」 잠자 씨는 아내와 딸을 동반하고 하숙생들 앞으로 다가갔다.

연장자는 조용히 서서 사태를 새롭게 정리하려는 듯이 방바닥을 내려다보았다. 「정 그렇다면 나가겠습니다.」 이윽고 잠자 씨를 쳐다보며 말했다. 갑자기 겸손해져서 상대방의 허락을 구한다는 태도였다.

잠자 씨는 눈을 크게 뜬 채 고개를 끄덕여 보였다. 연장자는 곧장 문간방을 향해 걸어갔고, 나머지 두 사람은 가만히 귀를 기울이다가 그를 쫓아 달려갔다. 잠자 씨가 문간방으로 가서 그들과 연장자 사이를 가로막을까 봐 두려워하는 모습이었다. 세 사람은 옷걸이에서 모자를, 단장통에서 지팡이를 뽑아 들고 무뚝뚝하게 작별 인사를 한 뒤 사라져 버렸다. 아무 근거도 없는 불신감을 품고. 근거가 없다는 건 곧 알았다.

잠자 씨는 아내와 딸을 거느리고 현관 계단 앞으로 나가서 난간에 기대섰다. 하숙생들이 긴 계단을 내려가면서 층계참에서 한순간 사라졌다가 다시 모습을 나타내는 걸 바라보았다. 그들이 계단을 내려갈수록 잠자 가족의 관심도 사라져 갔다. 그때 푸줏간의 심부름꾼 아이가 그들을 지나쳐 머리에 짐을 이고 거드럭거리면서 계단을 올라왔다. 잠자 씨는 그제야 무거운 짐을 내려놓은 듯한 홀가분한 기분으로 들어왔다.

잠자 씨 가족은 오늘 하루를 산책이나 하며 쉬기로 했다. 쉬어야할 이유가 충분했다. 잠자 씨는 감독 앞으로, 잠자 부인은 주문자 앞으로, 그리고 그레테는 상점 주인 앞으로 각자 결근계를 썼다. 그때 할머니가 와서 아침 일이 끝났으니 돌아가겠다고 했다. 세 사람은 얼굴도 들지 않고 머리만 끄덕거렸다. 하지만 할머니가 돌아갈 생각이 없는 걸 깨닫고는 불쾌하게 얼굴을 쳐들었다.

「무슨 할말이라도?」 잠자 씨가 물었다.

할머니는 엷은 웃음을 띠고 문 앞에 서 있었다. 반가운 소식을 알려 주고 싶은데, 캐묻지 않는다면 입을 열 수 없다는 태도였다. 할머니의 모자 위에서 작은 타조 깃털이 가볍게 흔들리고 있었다. 잠자 씨는 이 깃털이 못 마땅했다.

「대체 무슨 일이에요?」 잠자 부인이 물었다.

할머니는 가족들 중에서 잠자 부인을 가장 존경했다. 「네.」 겨우 대답했으나 다정하게 웃느라고 곧바로 다음 말이 이어지지 않았다. 「옆방에 있는 물건은 이제 걱정하지 않아도 됩니다. 완벽하게 처리했으니까요.」

잠자 부인과 그레테는 쓰다 만 것을 계속 쓰려는 듯이 테이블 위로 다시 몸을 구부렸다. 잠자 씨는 할머니가 일의 전말을 설명하고 싶어하는 걸 눈치 채고 그만두라는 몸짓을 해 보였다. 할머니는 입을 다물지 않을 수 없자, 몹시 바쁜 몸이라는 걸 상기하고는 노골적으로 불쾌한 기분을 드러냈다. 「그럼, 안녕히들 계셔요.」 그리곤 획 돌아서더니 요란스러운 소리를 내며 문을 닫고 돌아갔다.

「저녁에 또 오면 내보냅시다.」 잠자 씨가 말했으나 아내도 딸도 아무런 대답이 없었다. 이제 겨우 마음의 안정을 찾았는데 파출부 할머니 때문에 다시 깨뜨릴까 봐 두려웠던 것이다. 모녀는 창가로 자리를 옮겨 서로 껴안았다.

잠자 씨는 의자에 앉은 채 몸을 돌려 잠시 두 사람을 바라보다가 이윽고 말했다. 「자, 그만 이리 와요. 지난 일은 잊어버려요. 이제는 내 생각도 좀 해줘야지.」

모녀는 방안으로 돌아와서 잠자 씨를 위로하고는 서둘러 결근계를 끝냈다.

그들은 함께 집을 나섰다. 수개월 만에 처음 있는 일이었다. 전차를 타고 교외로 나갔다. 전차 안에는 그들뿐이었다. 따뜻한 햇살이 비쳐 들었다. 느긋하게 등을 기대고 앉아 앞날을 의논하기 시작했다. 잘 생각해 보면 앞날이 그렇게 어두운 것만은 아니었다. 세 사람 다 괜찮은 직업을 찾았고, 서로 대놓고 물어본 적은 없지만 장래가 밝은 편이었다.

지금으로서 가장 빠르고 효과적으로 환경을 바꾸는 건 두말 할 것도 없이 이사였다. 그레고르가 장만한 지금의 집 대신 작고 집세가 싸지만 위치가 좋고, 무엇보다도 살기 편한 집이 필요했다. 그런 이야기를 나누는 동안 차츰 생기를 되찾는 딸을 보고, 잠자 부부는 딸이 안색이 나빠질 정도로 고생했음에도 불구하고 아름답고 탐스러운 숙녀로 성장해 있음을 깨달았다.

잠자 부부는 말없이 시선을 주고받으며 딸아이를 시집 보낼 때가 되었다는 걸 인정했다. 마침내 목적지에 도착하자 잠자 양이 가장 먼저 일어나 싱싱한 팔다리를 쭉 뻗었다. 잠자 부부의 눈에는 그들의 새로운 꿈과 아름다운 미래로 보였다.

유형지에서

장교는 탐험가를 보며 감탄했다.「정말 희귀한 장치입니다.」늘 보아 오던 장치였지만 오늘따라 감탄의 눈길로 들여다보았다. 하지만 탐험가는 항명 및 상관모욕죄를 선고받은 사병을 처형할 때 꼭 입회해 달라는 사령관의 초청을 거절할 수 없어 의례적으로 참석한 듯했다. 유형지에서는 그리 대단한 일도 아니었다. 헐벗은 산허리에 사방이 모래흙으로 둘러싸인 이 깊은 골짜기에는 장교와 탐험가 외에, 악어같이 넓은 입에 아둔하게 생긴데다 얼굴이 까칠한 사형수와 사병이 있을 뿐이었다.

　　사병은 묵직해 보이는 굵은 쇠사슬을 들고 있었다. 쇠사슬 끝이 다시 몇 갈래로 갈라져서 각 쇠사슬마다 사형수의 발목이며 손목, 목을 묶어 놓았고, 그 가느다란 쇠사슬은 또 다른 쇠사슬에 연결되어 있었다. 그런데 사형수는 비굴하게 느껴질 만큼 순해 보였다. 주변의 산허리를 자유롭게 뛰어다니다가도 처형을 시작한다는 호각 소리가 들리면 틀림없이 돌아올 것 같은 모습이었다.

장치 따위에 별 흥미가 없는 탐험가는 노골적으로 무관심한 태도를 보이며 죄수 뒤에서 왔다갔다했다. 하지만 장교는 깊은 구덩이에 설치해 놓은 장치로 기어 들어가거나, 사다리를 타고 올라가 점검하면서 마지막 준비를 서둘렀다. 기계 담당자가 알아서 할 일인데도 장교 자신이 나서서 꼼꼼하게 챙기는 거였다. 이 장치에 각별히 애착이 가는 건지, 다른 이유가 있는 건지 알 수 없는 일이지만 아주 열심히 매달리는 것만은 확실했다.

「드디어 준비를 마쳤습니다.」 장교는 사다리를 타고 내려왔다. 몹시 고단한 듯 입을 크게 벌리고 고통스럽게 숨을 내쉬었다. 군복깃 안쪽에 얇은 거즈 손수건 두 장을 대놓은 게 보였다.

「군복이 너무 무거워서 열대 지방에서는 여간 힘들지 않겠군요?」 탐험가는 장교의 얘기를 무시하고 엉뚱한 얘기만 했다.

「사실 그런 편입니다.」 장교는 기름 묻은 손을 물통에 넣고 씻었다. 「하지만 이 군복은 조국을 상징합니다. 우리는 조국을 지켜야만 하거든요. 자, 이 장치를 보십시오.」 빈틈없이 덧붙이고는 수건으로 물기를 닦으면서 장치를 가리켰다. 「지금까지는 수작업이었지만 지금부터는 기계가 알아서 해낼 겁니다.」 탐험가가 고개를 끄덕이며 뒤따르자, 어떤 사고가 생겨도 자기 책임이 아니라는 듯 말을 이었다. 「물론 고장도 납니다. 오늘만큼은 그런 일이 없기를 바랍니다만. 그래도 고장은 각오해야 됩니다. 12시간 동안 쉴 새 없이 돌아가니까요. 물론 금방 수리할 수 있는 사소한 고장입니다.」

마침내 장교는 산더미처럼 쌓아 놓은 등나무 의자를 빼내어 탐험가에게 권했다. 「좀 앉으시죠.」

탐험가는 거절할 수가 없었다. 커다란 구덩이 가장자리에 앉으면서 힐끗 내려다보았다. 별로 깊은 편은 아니었다. 한쪽에는 구덩이에서 파낸 흙을 높이 쌓아서 둑을 만들었고, 다른 한쪽에 문제의 장치가 설치되어 있었다.

「사령관께 설명을 들었는지도 모르겠군요.」 장교의 말에 탐험가는 아니라는 듯 애매하게 손을 흔들었다. 장교는 드디어 장치를 설명할 때가 왔다고 흐뭇해했다.

「이 장치는.」 장교는 연결봉을 잡고 몸을 기댔다. 「전임 사령관이 발명한 것입니다. 저는 이 계획이 발표되자마자 합류하여 완성될 때까지 제작에 참여했습니다. 물론 전임 사령관의 공적임은 두말 할 여지도 없습니다. 혹시 전임 사령관에 대해 들은 적이 있습니까? 전혀 모른다고요? 지금부터 말씀드리죠. 이 유형지의 조직 형태는 전임 사령관께서 만드신 겁니다. 덕분에 전임 사령관께서 돌아가신 뒤에도 사령관을 숭배하는 우리들은 후임자가 아무리 많은 계획을 가져와 봤자 적어도 몇 년 동안은 새롭게 고칠 필요가 없다는 사실을 알고 있었습니다. 그만큼 조직이 탄탄했던 겁니다.

과연 우리들의 예언은 정확하게 맞았습니다. 신임 사령관께서도 이 사실을 알아야만 합니다. 선생께서 전임 사령관을 잘 모른다니 유감이군요. 그런데…….」 그쯤에서 숨을 돌리곤 말을 계속했다. 「두서없이 늘어놓았습니다만, 바로 저 기계가 전임 사령관께서 발명하신 장치입니다. 보다시피 세 부분으로 나뉘어 있습니다. 세월이 흐르다 보니 각 부분마다 별칭이 생겼습니다. 밑부분은 침대, 윗부분은 녹사기(錄寫機), 그리고 저기 매달린 가운데 부분은 써레라고 부릅니다.」

「써레라고요?」 그렇게 묻긴 했지만 사실 탐험가는 귓등으로 흘려듣고 있었다. 그늘 한 뼘 없이 태양이 작열하는 골짜기에서 다른 사람의 이야기에 집중한다는 것은 도저히 불가능했다. 가만히 있어도 숨이 막혀 버릴 만큼 열기로 후끈거리는 이런 상황에서는. 물론 장교는 달랐다. 열기가 심해질수록 커다란 견장에 술까지 늘어뜨린 거추장스러운 군복을 입고도 자신의 임무를 열심히 설명했다. 그 와중에도 드라이버로 여기저기 박혀 있는 나사를 죄면서. 그야말로 감탄이 절로 나왔다.

옆에 있던 사병도 탐험가만큼이나 나른한 모양이었다. 죄수를 묶은 쇠사슬을 양쪽 팔목에 감고 있었는데, 한쪽 손을 총 위에 올려 몸을 의지하고는 머리를 축 늘어뜨린 채 아무 생각이 없었다. 탐험가는 조금도 이상하게 생각하지 않았다. 장교는 프랑스어로 떠들어 댔는데, 사병도 죄수도 전혀 알아듣지 못했던 것이다. 하지만 죄수는 어떻게든 알아들으려고 애쓰는 모습이 완연했다. 밀려오는 잠기운을 쫓아내려는 듯이 장교가 가리키는 쪽으로 자꾸만 시선을 돌렸다. 지금도 탐험가가 묻는 바람에 장교의 애기가 끊어지자, 죄수 역시 장교처럼 탐험가를 돌아보았다.

「그렇습니다, 써레입니다.」 장교는 분명하게 대답했다. 「써레가 정확합니다. 바늘 여러 개가 써레처럼 늘어서 있기도 하지만, 이 가운데 부분 전체가 써레하고 똑같은 역할을 하거든요. 그 역할이 한 가지 일에만 집중되는 점이 틀린데, 사실 써레보다 훨씬 정교합니다. 곧 확인할 수 있을 겁니다. 여기 침대에 죄수를 눕니다. 이 장치를 설명한 후에 집행 방법을 보여 드릴까 합니다. 그러는 편이 이해가 훨씬 빠를 테니까요. 그런데 녹사기의 톱니바퀴가 너무 닳아 버려서 기계가 돌아가기 시작하면 삐걱거리는 소리가 심합니다. 다른 소리는 전혀 안 들릴 정돕니다. 고치려고 해도 이곳에서는 부품을 구할 수가 없거든요. 자, 이것이 방금 말씀드린 침대입니다. 솜요 하나만 달랑 깔아 놓았는데 곧 그 용도를 보여 드리죠. 우선 이요 위에 발가벗은 죄수가 엎드립니다. 이것은 꼼짝할 수 없도록 손을 묶는 가죽 벨트고, 여기 이것은 발을 졸라매는 것이고, 또 이것은 목을 졸라맬 벨트입니다. 죄수가 얼굴을 파묻을 침대 머리맡에는 이렇게 조그마한 펠트 뭉치가 있습니다. 소리를 지르거나 혀를 깨물지 못하도록 죄수의 입 속에 집어넣을 겁니다. 죄수는 펠트를 물지 않을 수가 없습니다. 목에 묶은 가죽 벨트 때문에 잘못하면

목덜미가 부러져 버리니까요.」

「이게 그 펠트 뭉치입니까?」 탐험가는 확인하려는 듯이 몸을 구부리고 얼굴을 쑥 들이밀었다.

「그렇습니다.」 장교는 빙긋이 웃으면서 말했다. 「자, 한번 만져 보십시오.」 그리곤 갑자기 탐험가의 손을 잡아당겨 침대를 만져 보게 했다. 「특별히 준비한 솜입니다. 그냥 보면 평범한 솜뭉치죠. 참, 요에 대해서는 천천히 말씀드리겠습니다.」

탐험가도 조금씩 흥미를 느끼는지 손바닥으로 햇빛을 가리면서 장치를 위쪽까지 훑어보았다. 정말 거대한 구조였다. 침대와 녹사기는 같은 크기였는데, 거무스름한 궤짝이 2개 놓여 있는 것처럼 보였다. 녹사기는 2미터쯤 떨어진 침대 바로 위쪽에 설치되어 있고, 위아래를 연결하는 놋쇠 막대기 4개로 네 귀퉁이를 고정해 놓았다. 놋쇠 막대기 4개가 햇빛을 받아 번쩍번쩍 빛났다. 궤짝과 궤짝 사이에는 철사 한 가닥으로 써레를 묶어 늘어뜨렸다.

장교는 탐험가의 무관심한 태도를 전혀 아랑곳 않더니, 그가 흥미를 보이기 시작하는 지금은 금방 눈치를 채고 설명을 중지했다. 탐험가가 마음껏 살펴볼 수 있는 시간을 주려는 거였다. 죄수도 탐험가를 흉내내고 있었다. 다만 손을 들어 햇빛을 가릴 수 없었기 때문에 눈을 가늘게 뜨고 깜박거리며 올려다보았다.

「그러면 죄수가 여기에 엎드리는 거군요?」 탐험가는 관심을 보이면서 팔걸이 의자에 몸을 파묻고는 다리를 포갰다.

「그렇습니다.」장교는 군모를 약간 젖혀 쓰고는 벌겋게 달아오른 얼굴을 문질러댔다.「자, 더 들어보십시오. 침대하고 녹사기에 각각 전지가 붙어 있습니다. 침대 자체에 전지가 필요하거든요. 하지만 녹사기는 써레 때문에 전지를 붙인 겁니다. 죄수를 꼼짝 못하게 졸라매면 침대가 작동하기 시작합니다. 매우 빠르고 가볍게 전후좌우로 동시에 흔들리는 거죠. 비슷한 장치를 병원에서 봤을 겁니다. 다른 점이 있다면, 이 침대는 정확한 계산 아래 움직인다는 것입니다. 한 치의 오차도 없이 써레의 움직임과 박자를 맞추지 않으면 안 됩니다. 구체적인 형 집행은 써레 쪽에서 하니까요.」

「도대체 어떤 식의 판결입니까?」탐험가가 물었다.

「모르고 계셨습니까?」장교는 정말 놀랐다는 듯 입술을 깨물었다.「제가 너무 두서없이 설명했나 봅니다. 사과 드립니다. 이해해 주십시오. 원래는 사령관께서 직접 설명해야 하는데, 신임 사령관께서는 그 명예로운 일을 스스로 포기하셨습니다. 이렇게 귀한 분이 찾아오셨는데도 말입니다.」탐험가는 너무 깍듯한 게 부담스러워 두 손을 저어 막으려고 했지만 장교는 끝까지 말투를 고치지 않았다.「이렇듯 귀한 분에게 판결의 형식조차 말씀드리지 않았다는 것은 신임 사령관의 실수입니다. 마땅히 시정되어야 할 일입니다. 그리고…….」욕이 튀어나오려는 걸 억지로 참으며 말을 계속했다.「지시를 받은 게 없었으니까 제 책임은 아닙니다. 하지만 판결 형식에 대해 유감없이 설명할 수 있는 사람은 역시 저밖에 없을 겁니다. 지금 이렇게……」 가슴에 달린 주머니를 두드리면서 말을 계속했다. 「전임 사령관께서 남기신 문제의 도면을 몇 장 가지고 있으니까요.」

「사령관이 직접 그린 도면입니까?」 탐험가가 물었다. 「그러고 보니 완벽한 분이었나 봅니다. 군인에다 재판관이며, 기사이고, 화학자이며, 도안가이기도 하셨습니까?」

「물론입니다.」 장교는 생각에 잠긴 듯 한 곳을 응시한 채 고개를 끄덕였다. 그리고는 이리저리 손을 들여다보았다. 그렇듯 귀중한 설계도를 만지기에는 깨끗하지 않다고 생각했는지 물통으로 가서 다시 한 번 손을 씻었다. 그리곤 조그만 가죽 지갑을 꺼내 들었다. 「너무 엄한 판결이라는 생각은 안 합니다. 써레로 죄수의 몸에 죄목을 새기는 것뿐입니다. 가령 이 죄수에게는……」 장교는 옆에 서 있는 사나이를 가리켰다. 「이자의 몸에는 '너의 상관을 공경하라'는 문구를 새길 겁니다.」

탐험가는 죄수를 힐끗 쳐다보았다. 그는 장교가 왜 자기를 가리키는지 들어보려고 머리를 푹 숙인 채 귀를 기울이고 있었다. 하지만 두툼한 입술을 굳게 다문 걸 보면 아무것도 모르는 듯했다. 탐험가는 묻고 싶은 게 많았지만 죄수를 의식해서 간단히 물었다. 「죄수 본인도 판결 내용을 알고 있습니까?」

「아닙니다.」 장교는 중요한 문제도 아니라는 듯 설명을 계속하려고 했으나 탐험가가 가로막았다.

「자신에게 어떤 판결이 내려졌는지 조차 모른단 말입니까?」

「그렇습니다.」 장교는 탐험가의 질문에 대해 좀더 자세히 설명하려는 듯 잠시 입을 다물었다가 이렇게 내뱉었다. 「알릴 필요도 없습니다. 직접 체험할 테니까요.」

탐험가는 입을 다물기로 했다. 순간적으로 죄수의 눈길이 느껴졌다. 지금 장교가 한 말을 인정할 수 있는지 묻는 듯한 눈빛이었다. 탐험가는 뒤로 젖히고 있던 몸을 앞으로 곧추세우고 물었다. 「하지만 어떤 선고를 받았는지 정도는 알겠지요?」

「그것도 모릅니다.」 장교는 더 이상 희한한 의견이 있으면 해보라는 듯 바라보며 미소를 지었다.

「그렇습니까?」 탐험가는 이마를 어루만지면서 되물었다. 「결국 죄수는 자신의 변론이 얼마나 받아들여졌는지도 모르겠군요?」

「변론의 기회는 없습니다.」 장교는 이렇듯 자명한 얘기를 계속하면 탐험가가 부끄러워할 것 같아 그만두겠다는 듯이 중얼거리고는 눈길을 돌려 버렸다.

「변론의 기회는 줘야 하는 것 아닙니까?」 탐험가는 참을 수 없다는 듯 의자에서 일어섰다.

장교는 장치를 설명하는 데 너무 많은 시간이 걸릴지도 모른다는 걸 깨달았다. 그래서 탐험가에게 다가가 팔을 붙잡고는 한쪽 손으로 죄수를 가리켰다. 죄수는 드디어 올 것이 왔다는 걸 눈치채고는 몸을 똑바로 일으켜 세웠다. 그 바람에 사병도 죄수의 쇠사슬을 힘껏 잡아당겨야 했다.

「사실대로 말씀드리죠. 저는 이 유형지의 판사로 발령 받았습니다. 아직 젊은 나이지만 형사 사건이 일어날 때마다 전임 사령관을 보좌했고, 누구보다도 이 장치를 잘 알기 때문입니다. 판사로서 원칙이 있다면 모든 범죄는 의심할 여지 없이 명확하다는 한 가지 사실입니다. 다른 곳에서는 이런 원칙을 지킬 수 없습니다. 재판에서 끝나는 게 아니라 항소심까지 있으니까요. 이곳에서는 불가능한 일입니다. 적어도 전임 사령관 시절까지는 그랬습니다. 그런데 신임 사령관께서는 벌써부터 저의 재판을 간섭하고 싶어하더군요. 하지만 지금까지도 운 좋게 막아 왔고, 앞으로도 틀림없이 성공할 겁니다. 선생은 이번 사건에 대해 설명을 듣고 싶어하지만 다른 사건들처럼 아주 간단합니다. 오늘 아침 중대장이 고발해 왔더군요. 문 앞에서 자야 하는 당번 사병이 늦잠을 자고 근무를 태만했다는 거였죠. 그 사병의 임무는 1시간마다 일어나 중대장의 방문 앞에서 경례를 붙이는 거였습니다. 결코 힘든 일이 아니죠. 보초를 서고 당번 노릇을 부지런히 하는 게 임무니까요. 그런데 당번이 임무를 수행하는지 어떤지 확인하려고 밤 2시에 문을 열어 보았더니, 저자가 등을 구부리고 앉아 깊이 잠들어 있더랍니다. 중대장은 승마용 채찍으로 저자의 얼굴을 후려갈겼습니다. 그러자 저자는 용서를 빌기는커녕 상관의 두 다리를 붙잡고 늘어지면서 '채찍을 버려라. 물어 뜯어 놓기 전에.' 하고 소리쳤답니다. 이 사건의 전모입니다. 1시간

96

전에 중대장이 찾아왔더군요. 저는 중대장의 진술을 빠짐없이 기록하고 그 자리에서 판결을 내렸습니다. 그리고 저자를 쇠사슬로 묶으라고 명령했습니다. 아무리 보아도 간단한 사건입니다. 처음부터 저자를 불러내어 신문했다면 일이 시끄러워졌을 겁니다. 저자는 저 자대로 거짓말을 늘어놓을 테고, 제가 사실을 밝혀내면 또다시 새로운 거짓말을 들고나올 테니까요. 계속 그 타령을 하고 있겠죠. 하지만 일단 붙잡아 놓은 이상 그냥 놔둘 생각은 없습니다. 자, 이제 설명이 됐습니까? 이런, 시간이 너무 지체되었군요. 서둘러야겠는데요. 지금쯤이면 형을 집행하기 시작했어야 합니다. 그런데 아직 장치에 대한 설명도 못 끝냈잖아요.」장교는 탐험가를 억지로 의자에 앉히고는 장치 쪽으로 가서 다시 설명하기 시작했다. 「보다시피 써레는 인간의 몸에 맞게 만들었습니다. 이것이 상체 쪽으로 향하는 써레이고 저것이 다리 쪽으로 향하는 써레입니다. 머리에는 이 작은 조각칼 하나만 사용하지요, 알겠습니까?」이번에는 탐험가를 기분 좋게 돌아보면서 허리를 굽혔다. 본격적인 설명으로 들어가겠다는 태도였다.

탐험가는 이마를 찌푸리며 써레를 찬찬히 쳐다보았다. 재판 과정은 마땅치 않았다. 그렇지만 이곳은 유형지이고, 특별한 조치가 필요하며 군대식으로 처리하지 않으면 안 된다는 사실을 인정할 수밖에 없었다. 마음 한편으로 신임 사령관에게 작은 희망을 걸어 보긴 했지만. 신임 사령관은 앞뒤가 꽉 막힌 장교로서는 도저히 이해할 수 없는 방식을 도입할 게 분명했다. 탐험가는 그렇게 믿으면서 물었다. 「사령관께서도 입회하십니까?」

「모르겠습니다.」 장교는 기분이 상한 듯 유쾌하던 얼굴 표정이 갑자기 어두워졌다. 「그래서 더더욱 서둘러야 합니다. 유감스럽지만 저도 설명을 끝내야겠습니다. 하지만 이 장치가 다시 깨끗해지면 내일이라도 자세한 설명을 계속하겠습니다. 집행하고 나면 몹시 더러워지는 게 이 장치의 유일한 단점이거든요. 어쨌든 지금은 꼭 필요한 사항만 얘기하겠습니다. 죄수가 누우면 침대가 가볍게 흔들리기 시작하고 써레가 몸 쪽으로 내려옵니다. 몸에는 써레 끝만 살짝 닿습니다. 물론 자동으로 움직이지요. 그러다 갑자기 철사가 팽팽하게 당겨지면서 막대처럼 됩니다. 마침내 써레의 활동이 시작되는 겁니다. 잘 모르는 사람이 보면 형태가 다르다는 걸 깨닫지 못합니다. 써레는 똑같은 운동을 반복하는 것처럼 보이니까요. 써레가 가늘게 떨면서 뾰족한 부분을 몸에 박으면 몸 또한 침대를 따라 흔들립니다. 써레는 집행 과정을 한눈에 검사할 수 있도록 유리로 만들었습니다. 유리에다 바늘을 끼워 넣고 고정시키는 데 기술적인 어려움이 있었습니다만, 연구를 거듭한 끝에 성공했지요. 저희는 사실 어떤 고생도 감수했습니다. 덕분에 죄명이 어떻게 새겨지는지 유리를 통해 볼 수 있는 것입니다. 어떻습니까? 가까이 와서 바늘을 보지 않겠습니까?」

탐험가는 천천히 다가가서 허리를 굽히고 써레를 들여다보았다.

장교의 설명은 계속되었다. 「자, 보세요. 두 종류의 바늘이 여러 줄로 늘어서 있습니다. 긴 바늘 옆에는 반드시 짧은 바늘이 붙어 있습니다. 긴 바늘이 글자를 새기면 짧은 바늘이 물을 뿜고 피를 씻어 내려서 글자를 선명하게 드러냅니다. 핏물은 이 작은 통으로 떨어졌다가 다시 큰 통으로 흘러 들어갑니다. 큰 통에는 배수관이 달려 있어서 핏물을 땅속으로 뽑아내고요.」 장교는 손가락으로 핏물이 흘러가는 통로를 하나하나 가리키며 정성껏 설명했다. 핏물을 설명할 때는 배수관 끝에다 두 손을 가까이 대고는 실제로 받는 시늉을 해 보였기 때문에, 탐험가는 고개를 돌리고 등을 긁적거리면서 의자 쪽으로 돌아가려고 했다.

그 순간 죄수 역시 장교가 설명하는 대로 써레 장치를 보고 있었다는 걸 알았다. 꾸벅꾸벅 졸던 사병은 쇠사슬에 이끌려 약간 앞으로 나왔고, 죄수는 유리 장치 위로 몸을 굽히고 있었다. 죄수는 의아해하는 눈빛이었다. 그렇게 들여다봐도 처음부터 설명을 듣지 않으면 알 수가 없었던 것이다. 죄수는 앞으로 고꾸라질 것 같은 자세로 이리저리 살펴보았다. 시선을 돌려 유리 장치를 위아래로 훑기도 했다. 탐험가는 그러다 처벌을 또 받을까 봐 죄수를 쫓아 보내려고 했다.

그런데 장교가 한손으로 탐험가를 꼭 붙잡은 채 다른 손으로 흙덩어리를 주워 들고는 사병을 향해 던졌다. 사병은 깜짝 놀라 눈을 떴다. 그리곤 괘씸한 행동을 용서할 수 없다는 듯 총을 버리고 구두 뒤축으로 땅을 구르면서 죄수를 힘껏 잡아당겼다. 죄수는 그 자리에서 쓰러졌다. 사병이 다가가 내려다보니 죄수는 몸부림을 치면서 쇠사슬을 철렁거리고 있었다.

「일으켜 세워!」 장교가 외쳤다. 탐험가가 죄수에게 지나친 관심을 보인다는 걸 깨달았던 것이다. 사실 탐험가는 써레 따위는 안중에도 없었다. 써레 뒤로 몸을 굽히면서 죄수를 살필 뿐이었다.

「조심해서 다뤄!」 장교가 거듭 소리쳤다. 그리곤 장치를 돌아달려가서는 발버둥치는 죄수의 겨드랑이에 손을 넣고 사병의 도움을 받아 일으켜 세웠다.

「어느 정돈 알겠습니다.」 탐험가는 장교가 돌아오길 기다리고 있다가 말했다.

「하지만 가장 중요한 게 남았습니다.」 장교는 갑자기 탐험가의 팔을 잡더니 손가락으로 머리 위쪽을 가리켰다. 「저 녹사기 속에 써레의 운동을 결정하는 톱니바퀴 장치가 들어 있습니다. 이 톱니바퀴는 판결 내용을 나타내는 도표에 따라 조절됩니다. 저는 지금까지도 전임 사령관의 도표를 사용하고 있습니다. 바로 이겁니다.」 가죽 지갑에서 종이 쪽지를 몇 장 꺼내 들었다. 「하지만 직접 들고 보는 건 곤란합니다. 제겐 너무 귀중한 거거든요. 제발 앉으세요. 이만큼 떨어져서 보여 드리겠습니다. 그러는 편이 더 잘 보일 겁니다.」 그리곤 우선 한 장만 보여 주었다. 탐험가는 적당히 칭찬해 줄 작정이었지만 가지각색으로 교차되는 복잡하고 무수한 선이

종이를 가득 채운 것뿐이었다. 간간이 하얀 여백이 보이는 정도였다. 「읽어보십시오.」

「전혀 모르겠는데요.」 탐험가가 거침없이 대답했다.

「일목요연하지 않습니까?」 장교는 점점 다가섰다.

「매우 교묘하군요.」 탐험가는 몸을 슬쩍 피했다. 「하지만 뭐가 뭔지 전혀 모르겠습니다.」

「알 수 있습니다.」 장교는 웃으면서 지갑을 주머니에 집어넣었다. 「학교에서 가르치는 아름다운 서체가 아닐 뿐입니다. 물론 독해하는 데 시간이 걸릴 겁니다. 하지만 선생이라면 틀림없이 읽어 낼 수 있습니다. 간단한 서체는 곤란하거든요. 그 자리에서 죽이는 것이 아니라, 평균 12시간은 지나야 겨우 숨이 끊어지는 서체가 아니면 안 됩니다. 특히 다시 조절하는 전환점은 6시간이 지나야 되도록 계산해 놓았습니다. 실제로 문자 주위에 여러 가지 복잡한 장식을 그려 놓았고 진짜 문자는 띠 모양으로 가늘고 길게 몸통을 둘러싸는 거지요. 그 부분만 제외하고 온몸에 무늬가 나타납니다. 이제 써레를 비롯해서 이 장치가 얼마나 근사한지 짐작할 수 있겠죠? 좀 보십시오.」 그리곤 사다리를 타고 올라가서 톱니바퀴 하나를 회전시키며 소리쳤다. 「조심하세요. 옆으로 좀 비켜서세요!」 그 순간 모든 장치가 돌아가기 시작했다. 톱니바퀴가 삐걱거리는 소리만 아니었으면 장관이었을 것이다.

장교는 톱니바퀴에서 나는 소음이 의외라는 표정으로 톱니바퀴에다 주먹을 휘둘렀다. 그리곤 변명을 하면서 탐험가 쪽으로 돌아서 서 양팔을 벌렸다. 이번에는 장치가 돌아가는 모습을 밑에서 관찰하기 위해 사다리에서 뛰어내렸다. 아직 순조롭지 못한 부분이 있는 모양인데, 그걸 깨달은 사람은 장교뿐이었다. 장교는 다시 사다리를 타고 올라가서 두 손을 녹사기 안에 집어넣었다. 잠시 후 조금이라도 빨리 내려오려고 사다리 대신 놋쇠 막대기를 타고 내려왔다. 그리곤 몹시 긴장된 목소리로 소리쳤다. 소음 때문이었다. 「이제 진행 과정이 이해되십니까? 써레가 이미 글자를 새기기 시작했습니다. 써레가 죄수의 등에 첫 번째 글자를 다 새기고 나면 요가 흔들리면서 죄수의 몸을 옆으로 천천히 돌려줍니다. 써레가 다음 글자를 새기도록 빈자리를 마련해 주기 위해서지요. 그 동안에 글자가 새겨진 부분은 요에 직접 닿는 겁니다. 요 속에 든 솜이 특수한 재질이어서 상처의 출혈을 멎게 해주고, 또 새로운 글자를 새기게끔 준비해 주는 거지요. 이쪽 써레 가장자리에 톱니 모양으로 생긴 장치 보이죠? 이건 몸을 원래대로 돌릴 때 상처에 붙은 솜을 떼어내서 구멍에 던지는 역할을 합니다. 그러면 써레는 같은 동작을 반복하는 겁니다. 이렇게 12시간 동안 점점 깊이 글자를 새기는 거지요. 처음 6시간 동안은 고통만 느낄 뿐, 아직 기운을 잃은 건 아닙니다. 2시간이 더 지나면 펠트가 떨어져 나가는데, 이제 소리칠 기운조차 없다는 증거입니다. 그쯤이면 이쪽 베갯머리에 있는 작은 그릇에 따뜻한 미음이 담겨 나옵니다. 전기로 그릇을 데운 거죠. 원한다면 혀로 핥아서 얼마든지 먹을 수 있습니다. 지금까지 이 미음을 거부한 죄수는 한 명도 없었습니다. 식욕마저 잃는 것은 6시간이 더 흐른 뒤입니다. 저는 여기서 무릎을 꿇고 상태를 관찰합니다. 죄수는 마지막 한 입을 삼키지 못하고 있다가 그대로 구멍에 뱉어 버립니다. 그럴 때마다 저는 얼굴에 음식이 튀지 않도록 머리를 숙이고 피해야 합니다. 하지만 6시간이 지나고 나면 참으로 온순해집니다. 아무리 우둔한 자라도 지성이 보이기 시작합니다. 눈빛을 보면 압니다. 그 지성이 온몸으로 퍼집니다. 그걸 보면 누구든지 써레 밑에 누워 보고 싶다는 유혹을 느낄 겁니다. 죄수는 열심히 귀기울이는 것처럼 입을 뾰족하게 내밀고 있습니다. 그런데 선생도 봐서 알겠지만 문자를 판독한다는 게 쉬운 일은 아닙니다. 하지만 죄수는 상처를 보고 문자를 판독합니다. 물론 대단히 힘든 일이지요. 앞으로 6시간은 걸릴 겁니다. 마침내 다 끝나면 써레는 죄수의 몸을 쿡 찔러서 구덩이에 내던집니다. 죄수는 핏물이며 솜뭉치가 가득한 구덩이로 철썩 소리를 내며 떨어집니다. 이것으로 재판이 끝나는 겁니다. 저는 사병과 함께 시체를 묻어 줍니다.」

장교의 말에 귀기울이던 탐험가는 두 손을 재킷 주머니에 찌른 채 기계 장치가 돌아가는 걸 바라보았다. 죄수도 바라보긴 했지만 잘 모르겠다는 표정이었다. 몸을 살짝 굽히고는 전후좌우로 움직이는 바늘의 방향을 눈으로 좇을 뿐이었다. 그때 장교의 신호를 받은 사병이 죄수의 등뒤에서 셔츠와 바지를 칼로 두 동강 냈다. 순식간에 벌어진 일이었다. 죄수는 알몸을 가리느라 흘러내리는 옷을 잡으려고 했다. 그러나 사병이 죄수를 똑바로 세워 놓고는 몸에 달라붙은 천조각을 남김없이 벗겨 버렸다. 그러자 장교가 기계를 멈추라고 지시했다.

한순간에 정적이 흘렀다. 죄수는 써레 밑에 누웠다. 쇠사슬 대신 가죽 벨트가 그를 졸라맸다. 죄수는 순간적으로 형이 가벼워졌다고 생각하는 듯했다. 한쪽에서는 써레가 더 밑으로 내려가고 있었다. 죄수가 무척 야위었기 때문이다. 마침내 써레의 바늘 끝이 죄수의 몸에 닿았다. 죄수의 살갗으로 표현할 수 없는 전율이 스쳐 지나갔다. 죄수는 오른손을 사병에게 맡긴 상태였으므로 자기도 모르게 왼손을 쑥 내밀었다. 탐험가가 서 있는 방향이었다. 장교는 줄곧 탐험가를 훔쳐보고 있었다. 그가 이제부터 시작되는 사형 집행을 어떻게 바라볼지 얼굴 표정을 읽으려는 듯했다.

그런데 손목을 졸라매는 가죽 벨트가 끊어져 버렸다. 사병이 너무 힘껏 잡아당긴 모양이었다. 장교가 해결해 주기를 바라면서 끊어진 벨트 조각을 흔들어 보였다.

아니나다를까 장교는 장치를 돌아 사병에게 가면서 탐험가를 보고 말했다. 「구조가 매우 복잡합니다. 가끔씩 끊어지거나 부러지는 건 어쩔 수 없는 일입니다. 그렇다고 판결에 지장이 생기는 건 곤란합니다. 벨트 정도는 당장 해결할 수 있습니다. 저 쇠사슬을 쓰면 되니까요. 물론 오른쪽 진동이 영향을 받을 겁니다.」 장교는 쇠사슬을 감는 동안에도 말을 계속했다.「지금은 기계를 관리하는 데도 제약이 많습니다. 전임 사령관 시절에는 제가 쓸 수 있는 기계 관리비가 따로 책정되었을 뿐 아니라 보충품을 넣어두는 보관 창고까지 있었습니다. 솔직히 말씀드리자면 비용을 좀 낭비한 편입니다. 다 옛날 얘기지만요. 지금은 전혀 불가능합니다. 뭐든 꼬투리만 잡으면 낡은 제도를 타파하려는 구실로 삼는 신임 사령관의 고집 때문이지요. 지금은 기계 쪽 경비도 신임 사령관이 직접 관리합니다. 가죽 벨트를 신제품으로 달라고 급사를 보내면 끊어진 부분을 증거물로 제시하라고 합니다. 하지만 열흘은 지나야 겨우 도착하는 실정이고 그나마 품질이 나빠서 오래 사용할 수도 없답니다. 그 사이에 벨트도 없이 어떻게 기계를 돌리라는 것인지 답답할 뿐입니다. 그걸 신경 쓰는 사람은 아무도 없습니다.」

탐험가는 깊은 생각에 잠겨 있었다. 사실 다른 나라 일에 결정적으로 끼여든다는 건 일단 생각해 볼 일이었다. 유형지에 사는 주민도 아니고, 유형지가 속한 국가의 국민도 아니었다. 그런 그가 사형 집행을 반대하거나 끝까지 막으려고 든다면, 외국인은 잠자코 구경이나 하랄 게 뻔했다. 단 한 마디도 반박할 수 없는 건 당연했다.

이런 상황을 마주할 때마다 어떻게 해야 좋을지 판단이 서질 않았다. 견문을 넓히기 위해 여행할 뿐 다른 나라의 재판 제도를 놓고 개혁 운운할 의도는 전혀 없었다. 하지만 재판 과정이 불법적이고 사형 집행이 비인간적임은 의심할 여지가 없었다. 평범한 탐험가의 개인적인 의견이라고 넘겨버리는 건 부당했다. 사실 이 죄수는 낯선 타인이고 같은 민족도 아닌데다 동정이 가는 것도 아니었다. 게다가 이곳에는 고관들의 초청장을 가지고 왔으므로 은근히 성대한 대접을 받기도 했다.

한편으로 생각해 보면 그를 사형 현장으로 안내했다는 것은, 이 재판에 대해 비판해 주기를 요구하는 것이 아닌가 싶기도 했다. 조금 전에 들었듯이 신임 사령관은 이 재판을 결코 찬성하지 않을 뿐더러, 장교에게 적의를 품은 걸로 보아 일리가 있는 추측이었다.

그때였다. 탐험가는 장교의 고함 소리를 들었다. 장교가 고생 끝에 죄수의 입을 벌려 펠트 뭉치를 밀어 넣는 순간, 죄수가 구역질을 참지 못하고 눈을 감더니 토하기 시작했던 것이다. 장교는 급하게 펠트 뭉치를 떼고 죄수를 일으켜 구멍 쪽으로 머리를 돌리려고 했다. 그러나 지저분한 오물이 벌써 기계를 따라 흘러내리고 있었다. 「모든 게 다 사령관 때문이야!」 장교는 정신을 잃은 사람처럼 외치며 놋쇠 막대기를 흔들었다.

「기계를 돼지우리처럼 더럽히다니.」 장교는 양손을 부들부들 떨면서 무슨 일이 벌어졌는지 한번 보라는 듯 탐험가를 가리켰다. 「집행 전날에는 절대로 먹을 걸 주면 안 된다고 입이 닳도록 강조했건만 이 모양입니다. 나는 신임 사령관의 온화한 방침이 정말 못마땅합니다. 한술 더 떠서 사령관의 숙녀들은 이자를 끌고 온다는 말을 듣고는 목구멍이 단 것으로 막혀 버릴 때까지 잔뜩 먹이고,

또 먹여대더군요. 지금까지 썩은 생선이나 먹으며 살아온 자가 이제 와서 사탕이나 케이크를 먹는다는 게 말이 됩니까? 그것까지도 괜찮아요. 저도 특별히 반대하는 건 아닙니다. 문제는 펠트입니다. 석 달 전부터 청구하는데도 감감 무소식이니 어쩌라는 건지 모르겠어요. 백 명도 더 되는 사내들이 죽으면서 물고 빨던 펠트를 입 속에 넣고 구역질 나지 않을 자가 어디 있겠습니까?」

머리를 숙인 죄수의 모습이 아주 평온해 보였다. 사병은 죄수의 셔츠로 기계를 열심히 닦아냈다. 장교가 탐험가에게 다가왔다. 탐험가는 어쩐지 불안한 생각이 들어 한 걸음 물러섰으나, 장교는 상관없다는 듯 탐험가의 손을 잡아 한쪽으로 끌고 갔다. 「선생을 믿고 몇 가지 의논했으면 하는데 괜찮겠습니까?」

「물론 괜찮습니다.」 탐험가는 눈을 내리깔고 귀를 기울였다.

「재판 과정과 처형 방법을 직접 보셨으니 감탄하고 계시겠지만, 이 유형지에는 당당하게 지지하는 사람이 없어졌습니다. 지지자라곤 저 혼자뿐입니다. 전임 사령관의 유산을 보존하려고 애쓰는 것도 저 혼자뿐입니다. 상황이 상황이니 만큼 이 방법을 계속 확대해 나간다는 것은 생각할 수도 없는 일입니다. 저도 지금 상태를 유지하는 데 온힘을 쏟을 뿐입니다. 전임 사령관 시절엔 유형지가 그의 지지자들로 넘쳤는데 말입니다. 사실 저도 전임 사령관처럼 설득력이 있긴 합니다만, 가장 중요한 권력이 없습니다. 지지자들이 비겁하게 숨어 버린 것도 그 때문이지요. 누구 한 사람 드러내 놓고 지지하는 자가 없습니다. 오늘처럼 형을 집행하는 날 선술집에라도 가서 평판을 들어보십시오. 애매한 의견들뿐일 겁니다. 그들이 바로 지지자들입니다. 하지만 그런 지지자들은 신임 사령관이 생각을 바꾸지 않는 한 아무 짝에도 도움이 안 됩니다. 그래서 선생께 묻습니다만, 신임 사령관 일가 때문에 평생의 역작을 없애야겠습니까? 무작정 보고만 있어도 되는 걸까요? 외국인이긴 하지만 그래도 이 섬에 며칠이나마 머물렀다면 구경만 하는 건 곤란합니다. 지금 이 순간에도 저의 재판권을 박탈하려는 음모가 진행중이니까요. 사령부에서 이미 회의가 여러 차례 열렸습니다. 저만 빼놓고요. 이런 정세에 비추어 볼 때 오늘 선생이 이곳을 찾은 건 각별한 의미를 가집니다. 그들은 본인들이 나서기 전에 외국인인 당신을 앞세운 것입니다. 사실 예전에는 정말 달랐습니다. 집행이 있는 날이면 유형지가 구경꾼으로 가득했지요. 사령관께서는 새벽부터 숙녀들과 함께 등장했고, 팡파르가 울려퍼지면 유형지 전체가 깨어나는 듯했습니다. 그때쯤 제가 달려가서 준비를 마쳤다고 보고합니다. 마침내 내빈들은 기계 주위에 늘어섭니다. 당시만 해도 고관들은 한 명도 빠짐없이 참석했지요. 당시를 알 수 있는 비참한 유물이 바로 저 등나무 의자들입니다. 산더미처럼 쌓여 있지 않습니까? 하도 닦아서 기계는 번쩍번쩍 빛나고, 부속품도 집행 때마다 새것으로 바꿀 정도였지요. 저쪽 언덕까지 가득 차는 바람에 까치발을 들고 봐야 하는 수백 명의 관중들 앞에서 사령관이 직접 죄수를 써레 밑에 뉘는 걸로 처형이 시작되지요. 지금은 한낱 사병들이 맡아하지만, 당시만 해도 재판관이나 저의 임무이자 명예였습니다. 기계가 돌아가는 걸 방해할 만한 소란 따위는 전혀 없었습니다. 물론 사형엔 관심이 없는 듯 모래 위에 누워 눈을 감는 관중도 꽤 됐습니다. 지금은 어떻습니까? 집행이 정의롭게 이루어진다는 것만은 누구나 인정하지 않습니까? 침묵 속에서 펠트 뭉치에 막힌 죄수의 신음 소리만 희미하게 새어나올 뿐이었습니다. 지금은 펠트로 막아도 새어나오는 거친 신음 소리를 어떻게 해볼 도리가 없습니다. 당시에는 문자를 새기는 바늘 끝에서 부식액이 계속 떨어졌답니다. 그 부식액 역시 지금은 사용할 수 없습니다만 어쨌든 6시간이 걸립니다. 모든 사람이 다 가까이 다가와서 자세히 구경할 수는 없는 노릇이지요. 사령관은 독자적인 판단에 따라 아이들부터 구경하라고 명령합니다. 그러면 저는 한 번에 두 명씩 오른팔과 왼팔에 각각 안고 기계 옆에 앉아 보여 줍니다. 원하는 아이들이 다 볼 때까지 몇 번이고 반복해야 합니다. 그게 아니라도 직무상 기계 옆에 서 있어야 합니다만. 아아, 고통으로 일그러진 얼굴에서 신성한 표정의 변화를 보는 순간의 기쁨이란, 그리고 마침내 해냈다는 판단과 함께 순간적으로 사라져 버리는 진지한 정의의 빛을 받으면서 상기되던 관중들의 얼굴이란! 얼마나 멋진 시절이던가, 그렇지, 여보게!」

장교는 앞에 누가 있는지 조차 확실히 몰랐다. 탐험가를 안으며 그의 어깨에 머리를 기댔다. 탐험가는 너무 당황하여 장교의 어깨너머로 초조한 시선을 던졌다. 사병은 어느새 청소를 끝내고, 그릇에 미음을 담는 중이었다. 죄수도 회복을 한 듯 혓바닥으로 미음을 핥기 시작했다. 그런데 미음은 좀더 있다가 줘야 하기 때문에 사병은 몇 번이고 죄수를 밀어냈다. 하지만 침을 질질 흘리는 죄수 앞에서 사병이 더러운 손으로 미음을 먹는 건 몹시 잔인했다.

장교는 곧 침착해져서 말했다. 「선생을 혼란스럽게 만들 생각은 없었습니다. 그때 사정을 이해해 달라는 게 무리라는 건 저도 잘 압니다. 어쨌든 기계는 여전히 돌아가고 자동으로 움직이니까요. 이 골짜기에 기계 하나만 덩그러니 남았는데도 말입니다. 시체 역시 당시처럼 수많은 파리떼가 구멍 주위에 몰려들지는 않지만, 신기할 정도로 매끄럽게 허공을 가르며 구멍 속으로 떨어집니다. 당시에는 구멍 주위에 튼튼한 방책을 쳐야 했는데, 이미 오래전에 제거해 버렸지요.」

탐험가는 장교를 보고 싶지 않아서 시선을 돌렸다. 장교는 황폐해진 골짜기를 바라보는 줄 알고 탐험가의 손을 잡아 자기 쪽으로 돌려세웠다. 「자, 이제 좀 아시겠습니까, 이 치욕을?」 탐험가는 입을 꼭 다물 뿐이었다. 장교는 잠시 떨어져서 시간을 줄 수밖에 없었다. 양쪽 다리를 벌린 채 두 손을 허리에 얹고는 말없이 땅을 쳐다보다가 이윽고 활기 있게 웃으며 말했다. 「어제 사령관이 선생을 초대했을 때 저도 곁에 있었습니다. 초청사를 듣는 순간 사령관의 속셈을 확실히 알았습니다. 사령관의 성격이라면 잘 아니까요. 저

하나쯤은 마음대로 처리해 버릴 수 있을 만큼 대단한 권력을 가졌으면서도 자기 뜻대로 과감하게 실행하지 못하는 성격이죠. 선생처럼 명망 있는 외국인이 저를 비판하게 하려는 속셈입니다. 아주 치밀한 작전이죠. 선생은 이 섬에 오신 지 이틀밖에 안 되었으니까 전임 사령관의 넓은 뜻을 모를 테고, 또 유럽식 사고방식에 젖은 만큼 사형 제도나 우리의 처형 방법에 대해 원칙적으로 반대할 겁니다. 게다가 이젠 이곳 주민들에게조차 외면 당하고 기계 역시 이곳저곳 고장나기 시작하여 초라하기 짝이 없으니까요. 결과적으로 선생이 저를 비난하게 되어 있는 것 아닙니까? 사령관도 그걸 노렸을 테고요. 게다가 선생은 옳지 않다고 생각하는 일을 그대로 두고 볼 성격은 절대 아니지 않습니까? 제가 지금까지 사령관의 입장에서만 말씀드리고 있다는 건 알겠지요? 어쨌든 선생은 자신의 신념에 대해 많은 시련을 겪은 만큼 깊은 확신을 가졌을 테니까요. 물론 여러 민족의 갖가지 특색을 보아 왔고 그것을 존중할 줄도 알겠지요. 그렇기 때문에 저의 처형 방법에 대해서도 선생의 힘을 이용해 비난하는 일은 없을지도 모르겠습니다. 사실 사령관도 그런 걸 원하지는 않을 겁니다. 무의식적으로 슬쩍 한 마디만 흘리면 됩니다. 선생의 신념과 일치하는 말이든 아니든 별로 문제될 건 없습니다. 다만 겉으로 보기에 사령관의 뜻과 일치하면 되는 겁니다. 두고 보면 알겠지만 사령관은 온갖 방법을 다 동원하여 선생께 캐물을 것입니다. 그의 숙녀들도 빙 둘러앉아서 귀를 기울이겠지요. 물론 선생은 '우리나라는 재판 과정이 전혀 다르다'라든가, '우리나라는 판결 전에 피고를 신문한다'라든가, '우리나라는 사형 말고도 여러 가지 형벌이 있다', 혹은 '우리나라는 중세 이후로 고문하지 않는다.' 하고 말하겠지요. 다 옳은 말입니다. 선생 역시 당연한 일이라고 생각할 테고요. 저한테도 아무런 피해를 주지 않는 의견입니다. 자, 그럼 사령관은 어떻게 받아들일까요? 사령관이 의자를 점잖게 밀쳐 놓고 발코니로 뛰어나가는 모습이 눈에 선합니다. 숙녀들도 우르르 따라갑니다. 마침내 숙녀들이 우레 같다고 말하는 사령관의 목소리가 들려 옵니다. '유럽의 위대한 학자로서 세계 각국의 재판 제도를 조사하고 계시는 그분께서는 낡은 관례에 따라 이루어지는 이곳의 재판이 너무나 비인도적이라고 말씀하셨다. 그런 저명한 분에게 비판을 받은 이상 더 이상 허용할 수는 없다. 당장 오늘 이 자리에서 명령하겠다.' 뭐 이 정도겠지요. 물론 선생은 사령관이 말한 이야기를 한 적도 없고 저를 향해 비인도적이라고 말씀하신 적도 없습니다. 오히려 깊은 식견을 가진 분으로서 더없이 인도적이고 인간적인 처사라고까지 생각하시겠지요. 게다가 이 기계 장치에 대해서는 경탄을 금할 수 없다고 말하면서 사령관에게 항의하려고 하실 겁니다. 그러나 이미 때는 늦었습니다. 발코니가 이미 숙녀들로 가득 차 있어 당신은 그리로 나갈 수가 없습니다. 선생은 어떻게 해서든지 사람들의 시선을 끌려고 하시겠지요. 큰소리로 고함을 치려고 해도 숙녀들이 선생의 입을 막아 버릴 것입니다. 결국 저와 전임 사령관의 역작인 이 장치는 마침내 끝장나고 말 겁니다.」

탐험가는 빙그레 웃을 수밖에 없었다. 머리를 쥐어짜며 고민하던 문제가 의외로 간단하게 해결될 것 같았던 것이다. 탐험가는 이 일에서 발을 뺄 것처럼 말했다.「장교께서는 저를 과대 평가하고 있군요. 저는 그만한 영향력이 없습니다. 사령관 역시 제가 가져온 소개장을 읽었으므로 저를 재판 제도 연구가라고 생각하지 않습니다. 제가 입을 열어 봤자 개인적인 의견에 지나지 않으며, 아무런 효력이 없습니다. 당신이 상상하는 것처럼 사령관의 입장이 단호하다면, 저의 미약한 도움이 없어도 이 장치는 결국 종말을 보지 않을까 싶군요.」

이 정도면 장교도 알아들었을 것이다. 그런데 아니었다. 장교는 머리를 세게 흔들면서 죄수와 사병 쪽을 힐끗 돌아보았다. 죄수도 사병도 깜짝 놀라 미음 그릇에서 물러났다. 장교는 탐험가에게 가까이 다가섰을 뿐 눈도 마주치지 못하고 목소리를 낮추어 말했다. 「선생은 사령관을 모릅니다. 이런 표현을 용서해 주셨으면 하는데요, 사실 사령관이나 저희 편에서 보면 선생은 무해한 분입니다. 제 말이 맞습니다. 선생은 굉장한 영향력을 가지고 있습니다. 사실 저는 선생 혼자만 입회한다는 얘기를 들었을 때 몹시 기뻤습니다. 사령관이 그렇게 손을 쓴다면, 저 역시 그걸 유리한 쪽으로 이용하면 되니까요. 선생은 근거 없는 속닥거림이나 경멸의 시선 따위에 흔들리지 않고 제 설명을 진지하게 들어주셨고, 이 기계를 보셨으며,

마침내는 집행하는 현장까지 보실 참입니다. 이미 확고한 판단을 내렸으리라 생각합니다. 혹시나 미심쩍은 부분이 있더라도 집행하는 것을 보시는 동안에 저절로 아실 겁니다. 자, 마지막으로 다시 한 번 부탁드립니다만, 제발 사령관하고 다른 입장에 있는 저를 위해서 힘 좀 써 주십시오!」

탐험가는 장교의 입을 막고 싶었다.「저로서는 무리입니다!」단호하게 외쳤다.「전혀 불가능한 일입니다. 저는 당신을 방해할 수도 없고 도울 수도 없습니다.」

「할 수 있습니다.」장교가 주먹까지 쥐자 약간 두렵기도 했다.「할 수 있고 말고요.」격렬한 어조로 확인하듯 반복했다.「반드시 성공할 수 있는 묘안이 있습니다. 선생은 아무 영향력이 없다고 하셨지만 저는 그것만으로도 충분하다고 믿습니다. 한 발 양보해서 선생이 옳다고 가정하더라도, 제 임무를 지켜 나가려면 아무리 천박해 보이는 방법이라도 모든 수단을 다해 시도해 봐야 하지 않을까요? 하여튼 저의 복안을 좀 들어보십시오. 가장 필요한 것은, 선생이 오늘 이 유형지에서 본 저의 처사를 비판하지 않는 겁니다. 간단하고 애매하게 말하십시오. 이런 일을 이야기한다는 건 아주 고통스럽고 불쾌할 뿐이며, 숨김없이 이야기하려고 생각해도 욕만 튀어나온다는 걸 분명히 해주십시오. 지금 선생을 붙잡고 거짓말을 해달라는 건 결코 아닙니다. '네, 집행 과정을 보고 왔습니다'라든가, '네, 설명은 모두 들었습니다'라는 식으로 간단하게 대답해 주시면 됩니다. 특별한 건 없습니다. 선생이 몹시 불쾌하다는 것만 알려주면 되는 겁니다. 선생이 불쾌해하는 건 설득력이 있습니다. 사령관은 전혀 뜻밖이겠지만요. 물론 사령관 쪽에서는 자기에게 유리한 쪽으로 판단하겠지요. 제 복안의 성공 여부도 사실은 여기에 있습니다. 내일 사령부에서는 사령관이 의장이 되어 고위급 행정관들의 회의가 대규모로 열립니다. 사령관은 그러한 회의가 있을 때마다 전시회를 함께 준비합니다. 최근에도 미술관이 건립되었는데 언제나 관람객들로 붐빕니다. 저도 그 회의에 참석하고는 있지만, 몸이 떨릴 정도로 불쾌해서 견딜 수가 없습니다. 선생도 반드시 초대받을 겁니다. 방금 말씀드린 복안대로만 움직여 주면 됩니다. 만에 하나 초대를 받지 못하면, 스스로 나서서 초대를 요구해야 합니다. 그러면 선생은 사령관의 칸막이 특별석에 숙녀들과 함께 자리할 것입니다. 사령관은 몇 번이고 눈을 치켜 뜨면서 선생이 와 있는 걸 확인하겠지요. 이렇게 해서 방청객들을 위해 예정된 쓸데없는 의제들, 즉 항상 반복되는 항구 축조 문제가 끝나면, 반드시 재판 제도가 의제로 오를 겁니다. 혹시 사령관측에서 이 문제를 끄집어내지 않는다면, 혹은 늦어진다고 생각되면, 제가 나서서 처리하겠습니다. 제가 갑자기 일어서서 오늘의 집행 결과를 보고하는 겁니다. 아주 짧게. 물론 그런 자리에서 보고한 적은 없지만 구애받지 않고 해치울 작정입니다. 사령관은 평소처럼 미소를 지으며 저를 치하하겠지만, 잠시 후에는 더 이상 자신을 억제하지 못하고 갑자기 이 좋은 기회를 포착하여 '방금 사형 집행에 대한 보고가 있었습니다. 지금 들은 보고에 이어서 본관이 꼭 덧붙여두고 싶은 말이 있습니다. 이번에 위대한 학자께서 찾아주신 데 대해 유형지의 대단한 영예라고 여긴다는 건 여러분도 잘 아는 사실입니다. 그분께서 몸소 이번 집행에 입회해 주셨습니다. 오늘은 이 회의까지 참석해 주셔서 회의를 더욱 빛내 주고 계십니다. 그럼 학계의 위대한 분께서는 낡은 관례에 의한 사형 집행과 재판 절차에 대해 어떻게 생각하시는지 직접 물어보겠습니다.' 하고 말하겠지요. 박수가 터지겠지요. 저는 누구보다도 크게 칠 겁니다. 이제 사령관은 선생에게 고개를 숙여 보이며 이렇게 말할 것입니다. '그럼 회의 참석자들을 대표하여 본관이 질문을 드리겠습니다.' 드디어 선생은 난간에 모습을 나타냅니다. 모든 사람들이 똑똑히 볼 수 있도록 두 손을 난간에 올려놓으십시오. 그렇지 않으면 숙녀들이 붙잡고 손가락을 만지작거릴 테니까요. 저는 그때까지 긴장 속에서 몇 시간을 어떻게 견뎌낼지 지금도 걱정입니다. 선생은 답변하는 걸 사양해서는 절대로 안 됩니다. 진실만을 큰소리로 말씀해 주십시오. 난간에서 상반신을 내밀고 사자후를 토해내는 겁니다. 사령관을 향해 선생의 흔들리지 않는 의견을 열렬히 외치는 것입니다. 혹시 이런 걸 내켜하시지 않을지도 모르겠습니다. 성격에 맞는 일이 아니겠지요. 모국에서 이런 일을 당했다면 다른 태도를 보였겠지요. 그렇다면 좋습니다. 새삼스럽게 일어설 것까지는 없습니다. 하지만 서너 마디라도 해주십시오. 기어 들어가는 목소리여도 관리들의 귀에만 들리면 됩니다. 사형 집행에 대한 일반인들의 관심사라든가 삐걱거리는 톱니바퀴, 혹은 끊어진 가죽 벨트나 욕지기가 치미는 펠트 얘기까지는 안 해주셔도 됩니다. 나머지는 제가 맡겠습니다. 그렇게만 된다면 문제없습니다. 그 친구를 회의장에서 내쫓아버리든지 무릎 꿇게 하여 '전임 사령관이시여, 귀하 앞에 머리를 숙입니다'라고 고백하도록 만들겠습니다. 이상이 저의 복안입니다. 제 편이 되어 도와주시리라 믿습니다. 이것이 바로 당신의 의무니까요.」

장교는 탐험가의 양팔을 난폭하게 움켜쥐고 숨을 거칠게 몰아쉬며 뚫어지게 쳐다보았다. 장교가 마지막 말을 울부짖듯이 내뱉었기 때문에 사병과 죄수까지도 귀를 기울이고 있었다. 두 사람은 아무 것도 이해하지 못했지만, 입안에 든 미음을 우물거리면서 탐험가 쪽으로 눈길을 돌렸다.

탐험가는 처음부터 대답이 정해져 있었다. 지금까지 세상 경험을 실컷 했기 때문에 새삼스럽게 자신의 거취에 대해 망설이지 않았다. 더구나 공정한 성격에다 조금도 주저할 줄 모르는 사람이었다. 그럼에도 불구하고 방금 사병과 죄수를 본 순간 잠시 망설였지만 마침내 「거절하겠습니다.」 하고 대답했다. 장교는 눈을 깜박거리면서 잠시도 그에게서 시선을 떼지 않았다.

「설명이 필요한가요?」 탐험가가 물었다. 장교는 잠자코 고개를 끄덕였다. 마침내 탐험가가 설명을 시작했다. 「저는 그와 같은 입장에는 반대하는 사람입니다. 당신이 생각을 털어놓기 전에 이곳의 일에 대해 간섭해도 좋을 것인지, 또는 저의 간섭이 조금이라도 성공할 가능성이 있는지에 대해 깊이 생각했습니다. 만일 간섭한다면 먼저 누구부터 상대해야 하는지에 대해서도 확실한 목표가 서 있었습니다. 물론 사령관입니다. 당신이 설명해 준 덕분에 그 동안 결심이 서지 않았는데 이제 분명해졌습니다. 아니, 그뿐만이 아니라 당신의 한결같은 신념에 대해서는, 그것 때문에 저의 판단이 흔들린 것은 아니지만 깊은 감명을 받았습니다.」

장교는 여전히 입을 다문 채 기계 쪽으로 돌아서서 놋쇠 막대기를 붙잡고는 몸을 살짝 젖혀 녹사기를 올려다보았다. 이상이 없는지 검사라도 하는 듯한 모습이었다. 사병과 죄수는 어느 틈엔가 서로 친해진 것 같았다. 죄수는 단단히 묶인 처지라 매우 거북스러웠음에도 불구하고 사병을 향해 눈짓으로 신호했다. 그러자 사병은 죄수 쪽으로 몸을 굽혔고, 그가 속삭이는 말을 듣고 고개까지 끄덕였다.

탐험가는 장교를 따라가며 말했다. 「당신은 제가 무슨 생각을 하는지 아직 잘 모릅니다. 문제가 된 그 조치에 대해 저의 견해를 이야기하겠지만, 회의석상이 아닌 단둘이 있을 때 하겠습니다. 사실 회의에 초청 받을 때까지 한가롭게 머물 여유도 없습니다. 내일 새벽에는 이미 이곳을 출발했거나, 적어도 배에 타고 있을 겁니다.」

장교는 귀담아 듣는 것 같지 않았다. 「제 얘기를 납득하지 못하셨군요?」혼잣말처럼 내뱉고는 미소를 지었다. 노인이 아이의 철없는 행동을 보고 미소를 지으면서 그 미소 뒤에 자신의 진짜 생각을 감출 때처럼.「그렇다면 이젠 때가 되었군요.」잠시 후 입을 열어 말하고는 독촉하듯이 도움을 구하는 시선으로 쳐다보았다.

「무슨 때가 되었다는 말입니까?」탐험가가 근심스럽게 물었으나 그는 대답하지 않았다.

「너는 석방이다.」장교는 죄수에게 그들의 언어로 말했다. 하지만 죄수는 믿을 수 없는 모양이었다.「자, 이젠 석방이다.」장교가 다시 한 번 되풀이하자, 비로소 죄수의 얼굴에 생기가 돌았다. '과연 진심일까. 언제 변할지 모르는 장교의 변덕이 아닐까. 이국의 탐험가가 압력을 넣어 장교가 특별히 사면해 준 것일까. 도대체 무슨 일일까.' 죄수의 얼굴은 이렇게 묻는 것 같았다. 하지만 그것도 오래 가지 않았다. 죄수는 영문을 알 수 없지만 일단 용서를 받은 이상 한시라도 빨리 풀려나고 싶었던 것이다. 써레가 허용하는 한 몸을 흔들기 시작했다.

「그러면 벨트가 끊어져 버리잖아!」장교는 신경질적으로 외쳤다.「가만히 있어. 금방 풀어 줄 테니까!」그리고 사병에게 신호하여 함께 죄수를 풀기 시작했다. 죄수는 소리를 죽인 채 빙긋이 웃으면서 왼쪽의 장교와 오른쪽의 사병 얼굴을 번갈아 쳐다보았다. 물론 탐험가 쪽도 잊지 않고 쳐다보았다.

「끌어내라!」장교가 사병에게 명령했다. 그러나 써레 때문에 조심스럽게 끌어내야 했다. 죄수는 초조한 나머지 성급하게 굴다가 등에 작은 상처를 입었다.

장교는 더 이상 죄수에게 신경 쓰지 않았다. 탐험가 옆으로 서슴 없이 다가와서는 조그만 가죽 지갑을 꺼내 뒤적거리더니 종이 쪽지를 꺼내 들었다. 그리고 탐험가에게 내보였다.

「한번 읽어보십시오.」

「읽지 못합니다. 이미 조금전에도 말했듯이 그런 건 읽지 못합니다.」

「자, 주의해서 잘 보십시오.」 장교는 함께 읽기 위해 탐험가하고 나란히 섰다. 하지만 아무 도움이 안 되자 이번에는 종이 쪽지를 못 만지게 하려는 것처럼 높이 쳐들고는 새끼손가락으로 더듬었다. 이렇게 하면 탐험가가 좀 쉽게 읽을 수 있을 거라는 생각인 듯했다. 탐험가 역시 장교를 기쁘게 해주려고 고심했지만 헛수고였다. 결국 장교가 직접 소리내어 읽기 시작했다. 「'자이 게레히트', 즉 '공정하라!'고 쓰여 있습니다」 장교가 설명해 주었다. 「이젠 선생도 읽을 수 있을 겁니다.」 탐험가가 엎어지듯 고개를 숙이고 들여다보았기 때문에 장교는 만지지 못하도록 종이를 높이 쳐들었다. 탐험가는 더 이상 아무 말도 하지 않았지만 여전히 읽을 수 없는 것이 분명했다. 「이것은 '공정하라!'는 말입니다.」 장교는 다시 한 번 되풀이했다.

「그런지도 모르겠군요. 어쩐지 그렇게 쓰여 있을 거라는 생각이 듭니다.」 탐험가가 대답했다.

「이제 됐습니다.」 장교는 웬만큼 만족했는지 쪽지를 들고 사다리를 올라갔다. 종이를 아주 조심스럽게 녹사기 속에 깔고는 톱니바퀴 장치를 갈아 끼웠다. 상당히 까다로운 작업인 듯했다. 아주 작은 톱니 하나까지도 문제가 되기 때문이었다. 장교의 머리가 녹사기 속으로 쏙 들어가기도 했다. 톱니바퀴 장치를 검사하려면 그 정도로 세심하게 해야 했던 것이다.

탐험가는 장교의 작업을 올려다보았다. 계속 그러고 있으려니까 목덜미가 뻣뻣하고 하얀 햇살 때문에 눈이 따가웠다. 사병과 죄수는 이제 자기 일에만 열중하고 있었다. 사병은 구멍 속으로 들어갔던 셔츠와 바지를 총검 끝에 걸어 끌어올렸다. 셔츠는 누더기가 되어 버린 상태였다. 죄수는 셔츠를 받아 물통에 넣고 빨았다. 이윽고 셔츠와 바지를 다 입고 나서는 사병도 죄수도 큰소리로 웃음을 터뜨렸다. 애써 입은 옷이 등줄기에서 두 조각으로 갈라져 있었던 것이다. 죄수는 사병을 즐겁게 해주겠다는 생각에 갈라진 옷을 걸친 채 원을 그리며 춤을 추었다. 사병은 땅바닥 위에 책상다리를 하고 앉아서 무릎을 치며 깔깔거렸다. 그러면서도 상관이 신경 쓰이는지 조심하느라 애쓰는 게 느껴졌다.

장교는 겨우 작업을 끝냈는지 빙그레 웃으면서 기계를 다시 한 번 둘러보고는, 녹사기 뚜껑을 덮은 뒤 다시 내려왔다. 구멍을 들여다본 다음 죄수한테 시선을 옮겨서 그가 옷을 끄집어내는 걸 확인하고는 만족스러운 듯 손을 씻으러 갔다. 그런데 물통 속에는 이미 메스꺼운 오물이 떠 있는 게 아닌가. 장교는 난감한 표정을 짓다가 모래 속에 손을 집어넣었다. 그리고는 군복 단추를 끄르기 시작했다. 그때 갑자기 여성용 손수건 두 장이 손에 떨어졌다. 옷깃 안에 들어 있었던 모양이다.

「자, 손수건 받아라.」 죄수에게 던져 주고는 탐험가를 돌아보며 설명하듯이 말했다. 「숙녀들이 준 선물입니다.」 그리곤 서둘러 옷을 벗더니 하나하나 정성스럽게 개기 시작했다. 군복에 붙은 은빛 술은 특별히 손가락으로 쓰다듬은 뒤 다시 흔들어서 가지런히 손질했다. 그런데 갑자기 이해할 수 없는 일이 벌어졌다. 가지런히 개켜 놓은 옷들을 쳐다보더니 불쾌한 듯 구덩이 속에다 던져 버리는 거였다. 마지막까지 쥐고 있던 건 가죽끈이 달린 단검이었다. 장교는 칼을 뽑아 두 동강을 낸 뒤 칼집이며 가죽끈과 함께 구덩이에다 힘껏 던져 버렸다. 그것들이 떨어지면서 서로 부딪치는 소리가 들려왔다.

장교는 알몸으로 서 있었다. 탐험가는 입술을 깨문 채 아무 말도 하지 않았다. 지금부터 무슨 일이 벌어질지 눈에 선했지만 장교를 막을 권리는 없었다. 장교가 목숨을 걸고 집착하던 재판 제도가 폐지될 운명이라면 지금 그의 결심은 옳기도 하고, 또 당연했다. 어쩌면 탐험가가 간섭했기 때문일지도 모르지만, 탐험가는 그것이 자신의 의무라고 느끼는 상황이었다. 탐험가가 장교의 입장이었어도 똑같은 결정을 내릴 수밖에 없었을 것이다.

사병이나 죄수는 아무 눈치도 못 채고 있었다. 한동안 이쪽을 쳐다보지도 않았던 것이다. 죄수는 사병이 갑자기 손수건을 잡아채는 바람에 더 이상 기뻐하지 않았다. 사병이 벨트에 손수건을 끼우는 걸 보곤 죄수가 다시 빼앗으려고 했다. 사병도 순순히 돌려줄 생각은 없었다. 이렇게 해서 진 반 농 반으로 다투고 있었던 것이다.

그러다 장교가 알몸이 된 걸 보고서야 주의를 기울이기 시작했다. 특히 죄수는 심상치 않은 변화가 일어날지도 모른다는 두려움에 가슴이 쿵쾅거리는 모양이었다. 자기가 겪었던 일을 이제는 장교가 경험하려 하는 거였다. 자칫하면 돌이킬 수 없는 지경까지 갈 수도 있었다. 틀림없이 탐험가의 제안이었을 거라고 믿는 눈치였다. 말하자면 복수인 셈이었다. 죄수 자신은 최후의 고통을 면했지만, 장교는 어림없을 터였다. 그 순간 죄수의 얼굴에 무언의 미소가 떠올라 사라질 줄 몰랐다.

장교는 이미 기계 쪽으로 걸음을 내딛고 있었다. 장교가 이 기계에 익숙하다는 사실을 아는 사람이라 할지라도, 지금 그가 기계를 조종하거나 기계가 그의 조작에 따르는 걸 본다면 깜짝 놀랄 수밖에 없을 것이다. 장교가 손을 대는 순간 써레는 위아래로 작동하기 시작하여 이내 알맞은 위치가 되었다. 그리고 장교가 침대 가장자리에 손을 대자마자 역시 진동을 시작했다. 이번에는 펠트 뭉치가 장교의 입으로 다가왔다. 장교도 펠트만은 내키지 않는 모양이었다.

하지만 순간적으로 주저했을 뿐 곧 체념하곤 입에 물었다. 준비는 끝났다. 가죽 벨트만이 침대 끝에 매달려 있었는데, 지금은 불필요한 부분이었다. 장교는 붙잡아 맬 필요가 없기 때문이었다.

그런데 죄수가 가죽 벨트를 발견했던 것이다. 벨트를 꼭 잡아매지 않는 이상 완전한 집행이 아니라고 생각했는지 눈짓으로 재빨리 사병에게 알렸다. 이윽고 두 사람은 장교를 침대에 붙잡아 매기 위해 달려가기 시작했다. 장교는 이미 한쪽 발을 뻗어 녹사기를 작동시키는 핸들을 밀려고 했다. 그러나 두 사람이 달려온 것을 보고는 붙잡아 매는 대로 몸을 내맡겼다. 물론 이제 핸들은 장교의 손에 닿지 않았다. 하지만 사병도 죄수도 정확한 위치를 몰랐다. 탐험가는 절대 움직이지 않으려 했으나 소용없는 일이었다. 가죽 벨트가 걸리자마자 기계가 움직이기 시작했던 것이다. 침대가 진동하기 시작하고 여러 개의 바늘이 살갗 위에서 춤추는가 싶더니 써레가 위아래로 작동했다. 탐험가는 녹사기 속의 톱니바퀴 하나가 삐걱 소리를 내리라고 예상했으나, 희미한 마찰음조차 들리지 않았다.

아무런 소리도 들리지 않았으므로 모두들 기계에 쏠렸던 관심이 흩어져 버렸다. 탐험가는 사병과 죄수를 바라보았다. 죄수는 예상 밖으로 생기를 띠었는데, 기계가 흥미로운지 허리를 굽히거나 발돋움을 하면서 사병에게 집게손가락으로 무언가를 가리켜 보였다. 그 모습을 바라보자니 탐험가는 가슴이 에이는 듯 고통스러웠다. 마지막까지 현장에 있겠다고 결심했지만, 더 이상 두 사람을 보고 있을 수가 없었다.

「자네들은 그만 돌아가게.」 탐험가가 단호하게 말했다. 안 그래도 사병은 돌아갈 생각인 모양이었다. 그런데 죄수는 처벌로 쫓아내는 줄 착각했는지 두 손을 마주 잡고 제발 있게 해달라고 애원했다. 탐험가가 고개를 흔들면서 완강하게 버티자 이번에는 아예 무릎을 꿇었다. 탐험가는 계속 말해 봤자 아무 소용이 없다는 것을 깨닫고는 몸으로 쫓아 버리려고 두 사람에게 다가갔다.

그때 머리 위의 녹사기 속에서 요란한 소리가 들려 왔다. 탐험가는 얼떨결에 위를 올려다보았다. 역시 그 톱니바퀴가 고장난 걸까? 아니, 전혀 다른 일이었다. 녹사기의 뚜껑이 서서히 위로 올라간다고 생각하는 순간 '탕' 소리와 함께 완전히 열려 버렸다. 동시에 톱니 하나가 밀려 올라오듯이 나타나더니 마침내 톱니바퀴가 모습을 드러냈다. 강한 힘으로 녹사기를 압착했기 때문에, 이 톱니바퀴를 받아들일 자리가 없어진 것 같았다. 톱니바퀴가 빠져 나와 흔들흔들 녹사기 가장자리까지 왔다고 생각하는데, 갑자기 밑으로 툭 떨어졌다. 모래 위를 얼마간 굴러가다가 옆으로 쓰러져 버렸다. 그때 이미 머리 위에는 또 다른 톱니바퀴가 모습을 드러내고 있었다. 이렇게 해서 큰 것, 작은 것, 구별이 안 되는 크기가 차례대로 수없이 나타나서는 똑같은 과정을 반복하는 거였다. 사람들은 이쯤이면 녹사기 안이 텅 비었으리라 생각하며 조마조마하게 지켜보고 있었다.

하지만 톱니바퀴들은 여전히 떼를 지어 나타나서는 완전히 밀려

올라갔다가 다시 떨어져서 모래 위를 굴러가다가 옆으로 쓰러져 버리는 거였다. 그 바람에 죄수는 탐험가의 명령을 까맣게 잊고 말았다. 죄수는 사병의 도움을 받아서 다만 하나라도 톱니바퀴를 정지시켜 보려고 했지만, 붙잡으려고 손을 내밀었다가도 깜짝 놀라서 거둬들이지 않을 수 없었다. 갑자기 다른 톱니바퀴가 뒤를 이어 굴러오는 통에 두려웠던 것이다.

반대로 탐험가는 아주 불안해했다. 아무리 봐도 기계가 해체되는 게 분명했다. 조금전에 조용히 돌아갔던 건 속임수에 불과했다. 장교는 이미 자신의 몸조차 추스르지 못하는 지경이었으므로 이제야말로 그의 몸을 지켜줘야 했고, 그건 탐험가 자신의 몫이었다. 그런데 톱니바퀴가 떨어지는 것만 신경 쓰다가 다른 부분은 미처 생각하지 못했던 것이다. 바로 지금 마지막 톱니바퀴가 녹사기 앞으로 떨어지는 걸 확인하고는 써레를 들여다보는 순간 더욱 크게 놀라고 말았다. 써레는 더 이상 글자를 새기지 않았다. 갑자기 장교의 몸을 찌르고 있었던 것이다. 침대 또한 몸을 천천히 진동시켜서 돌리는 대신 바늘 쪽으로 올라가고 있었다. 탐험가는 당장이라도 손을 뻗어서 가능하다면 기계를 정지시키고 싶었다.

지금 눈앞에 펼쳐진 광경은 장교가 자청한 고문이 아니었다. 살인이었다. 장교는 두 손을 쭉 뻗은 채 늘어져 있었다. 써레는 평소라면 12시간이 지나야 작동되는 일을 곧바로 시작하여 급소를 찌른 후 몸을 들어 올려서는 옆으로 돌리고 있었던 것이다. 핏물이 강물

126

처럼 흘러내렸다. 배수관들도 아무 소용이 없었다. 그런데 마지막 순간에 또다시 어이없는 일이 벌어졌다. 장교의 몸이 긴 바늘 끝에 꽂힌 채 피를 폭포처럼 쏟으면서 구덩이 위에 매달려 있는 것이었다. 써레는 벌써부터 제 위치로 돌아가려고 하다가 아직 이 무거운 짐을 버리지 못했음을 깨달은 듯이 여전히 구덩이 위에 머물러 있었다.

「이것들 보게, 와서 좀 도와주게!」 탐험가는 사병과 죄수를 향해 소리치며 장교의 두 발을 붙잡았다. 그는 장교의 발에다 몸을 대고 밀어붙일 생각이었다. 동시에 두 사람은 건너편에서 머리를 붙잡는다면 장교의 몸뚱이를 바늘에서 뽑아낼 수 있을 터였다. 그러나 결심이 서지 않는지, 죄수는 노골적으로 외면해 버렸다. 결국 두 사람을 강제로 끌고 와야만 했다. 그 와중에 탐험가는 시체의 얼굴을 보고야 말았다. 살아 생전의 얼굴 그대로였다. 그가 자신 있게 강조했던 구원의 그림자는 전혀 찾아볼 수 없었다. 다른 사람들을 이 기계에 뉘었을 때 발견해낸 것을 장교는 끝내 발견하지 못한 것이었다. 입술을 굳게 다물고 두 눈을 부릅뜬 모습이 아직도 산 사람처럼 보였다. 평안하면서도 깊은 확신으로 가득 찬 눈빛이었다. 이마에는 커다란 쇠바늘이 뾰족하게 튀어나와 있었다.

유형지의 첫 번째 마을에 접어들자 사병이 조그만 집을 가리키며 말했다. 「저기가 카페입니다.」

건물 아래층은 깊숙하고 천장이 낮은데다 천장과 벽이 심하게 그을어서 동굴에 들어온 것만 같았다. 거리 쪽 벽은 자유롭게 드나들 수 있도록 전체를 비워 놓았다. 말이 카페일 뿐 유형지의 다른 집들하고 다를 게 없이 낡아 보였다. 그래도 탐험가는 역사적인 유적 같은 감명을 받았다. 지나간 시절의 권세를 느꼈던 것이다. 점점 더 가까이 다가가 보았다. 두 사람을 거느린 채 가게 앞에 내놓은 빈 테이블 사이를 빠져나갔다. 그들은 안에서 풍겨 나오는 곰팡내 나는 찬 공기를 들이마셨다.

「그 노인은 이곳에 묻혔습니다.」사병이 알려 주었다. 「묘지를 만들려고 했지만 목사가 승낙하지 않는 바람에 이리저리 헤매다 결국 이곳에 묻었습니다. 장교를 만나 봤자 이 사건에 대해서는 한 마디 언급도 없을 겁니다. 그도 면목이 없었을 테니까요. 장교 나름대로는 야밤을 이용하여 그 노인을 파가려고 여러 차례 시도했지만, 마을 사람들이 쫓아내는 통에 뜻을 이루지 못했습니다.」

탐험가는 사병의 이야기가 믿어지지 않는 듯 물었다. 「그 무덤이 어디에 있소?」

사병과 죄수는 그 말을 듣자마자 재빨리 달려가더니, 무덤이 있음직한 곳을 가리키면서 탐험가를 맞은편 벽 쪽으로 데리고 갔다. 테이블에 손님들이 앉아 있었다. 부두 노동자들인 모양이었다. 짧고 검은 수염을 텁수룩하게 기른데다 체격도 좋아 보이는 사나이들이었다. 모두들 재킷을 입지 않은데다가 셔츠는 누더기처럼 낡은 것이 그냥 보기에도 가난한 사람들 같았다. 탐험가가 다가가자 서너 사람이 자리에서 일어나 벽에다 몸을 붙이고는 경계하는 눈빛으로 바라보았다. 「외국인이로군.」 탐험가의 귀에 속삭이는 소리가 들렸다. 「무덤을 보러 온 모양이야.」 노동자들이 테이블 하나를 옆으로 밀어내자, 그 밑에서 실제로 묘석이 나타났다. 조잡한 돌로 만든데다 테이블에 가려질 정도의 높이였다. 깨알같은 글씨로 묘비명이 새겨져 있었다. 탐험가는 묘비명을 읽기 위해 무릎을 꿇었다.

여기 노사령관이 잠들다. 지금은 이름을 새길 수 없지만, 그를 추종하는 자들이 시신을 묻고 묘석을 세운다. 훗날 사령관이 다시 살아나 이 집에서 추종자들을 거느리고 유형지를 되찾으리라는 예언이 있다. 믿고 기다려라!

탐험가 다 읽고 몸을 일으켜 보니 어느 틈에 사나이들이 모여 있었다. 자기들도 다 읽어봤는데 말도 안 되는 소리 아니냐고 조롱하는 듯한 미소를 지어 보였다. 탐험가는 짐짓 모르는 체하며 은화 몇 닢을 나눠주고는, 무덤 위로 테이블을 옮겨 놓는 걸 확인한 뒤 카페를 나와 항구로 향했다.

사병과 죄수는 카페에서 친구들을 만나 붙잡혔다. 하지만 금방 따라 나온 게 분명했다. 탐험가가 작은 배에 오르기 위하여 기다란 계단 중간에 다다랐을 무렵 두 사람이 벌써 달려오고 있었던 것이다. 결정적인 순간에 탐험가에게 애원하여 따라갈 작정인 듯했다. 탐험가가 계단을 내려가서 기선까지 실어다 주었으면 하여 뱃사공과 협상하는데, 두 사람이 계단을 뛰어 내려오고 있었다. 지금 소리를 지르면 모든 게 끝날 터였다. 그러나 두 사람이 계단을 다 내려왔을 때 탐험가는 이미 작은 배에 올랐고, 뱃사공은 닻줄을 모두 푼 후였다. 두 사람은 작은 배에 뛰어오를 수도 있었겠지만, 탐험가가 굵은 닻줄을 집어들고 위협했기 때문에 올라탈 수가 없었다.

관찰

— M.B.를 위하여 —

국도의 아이들

격자 울타리를 타고 마차 소리가 들려 왔다. 정원의 나뭇잎이 약하게 흔들릴 때면 언뜻언뜻 지나가는 모습도 보였다. 한여름의 무더운 공기를 뚫고 수레가 삐걱거렸다. 남자들은 민망스러울 만큼 껄껄거리며 지나갔다. 하루종일 들판에서 일하다 이제야 돌아가는 길이다.

나는 아름드리 나무에 매달아 놓은 작은 그네에 앉아 쉬고 있었다. 울타리 너머로 지나가는 소리가 끊이지 않았다. 방금 전에도 아이들이 달음박질을 하며 지나갔다. 짐수레 가득 쌓아 올린 보릿단 꼭대기에 앉은 사람들의 그림자도 보였다. 소녀들은 팔짱을 끼고 가다가 석양을 등에 지고 천천히 산책하는 노신사를 만나면 길 옆 풀밭으로 비켜서면서 인사했다.

그리고 참새가 날았다. 단숨에 너무 높이 올라갔기 때문에 새들이 날아올랐다기보다는 오히려 내가 떨어져 내리는 듯한 느낌이 들었다. 불안한 마음에 밧줄을 꽉 붙잡아 그네를 흔들기도 했다. 어느결에 그네를 조금씩 세게 흔들고 있노라면 벌써 서늘한 바람이 불고, 하늘에는 떨고 있는 듯한 별이 나타났다.

촛불을 켜놓고 저녁을 먹었다. 너무 피곤한 나머지 나무 테이블에 두 팔을 올려놓은 채 버터 바른 빵을 씹기도 했다. 커튼이 미풍에 날려 부풀어올랐다. 누군가 지나가다가 내 얼굴이나 보든가 얘기나 해보려는 요량으로 올이 성긴 커튼을 잡아당겼다. 그 바람에 촛불이 꺼지면 검은 연기 속으로 모기떼가 날아다녔다.

창 밖에서 누가 말을 걸어오면 마치 거대한 산맥이나 하늘을 바라보듯 쳐다보았다. 상대방 역시 딱히 뭐라고 반겨 주기를 기다리는 건 아니었다.

그러다가 창틀을 넘어 들어와서 아까부터 친구들이 기다린다고 재촉하면 마지못해 일어나기도 했다.

「무슨 한숨을 그렇게 쉬는 거야? 왜 그러는 건데? 뭐 안 좋은 일이라도 있었니? 어떻게 해볼 수 없는 일이야? 정말 모든 게 끝장난 거냐고?」

끝장난 건 없었다. 나는 친구들이 기다리는 집 앞으로 뛰어갔다.

「너희들이 와서 천만다행이다!」

「너는 항상 늦는구나.」

「뭐, 내가 늦는다고?」

「그래. 정 내키지 않으면 안 쫓아와도 괜찮아.」

「염려하지 마!」

어둠이 내려앉는 저녁 공기를 뚫고 달려나갔다. 우리는 단추끼리 맞닿아 이 부딪치는 소리가 날 만큼 아프리카 초원을 달리는 짐승처럼 맹렬하게 달려갔다. 전장을 달리는 기마병처럼 땅을 세차게 디뎠다가 높이 날아오르며 추격전을 방불케 할 정도로 골목길을 내달려 국도로 몰려갔다. 그리곤 제멋대로 흩어져서 도랑으로 뛰어들어가 어두컴컴한 경사면에 몸을 숨겼다고 생각하는 순간, 그들은 이미 들길에서 이방인처럼 내려다보고 있었다.

「여기로 내려와.」

「너희가 올라오는 게 좋을걸!」

「밀어 버리려는 거 다 알아. 싫어, 우리가 그렇게 쉽게 속아넘어갈 줄 알고.」

「뭐가 그렇게 무섭냐? 올라와, 올라오라고!」

「너희들, 진짜로 우리를 떨어뜨릴 작정이냐? 그게 가능할 것 같냐고?」

우리는 돌격했다. 도랑의 날카로운 풀잎이 가슴을 찔러댔지만 세차게 달려나가다 풀숲에 쓰러지고 말았다. 발이 꺾여 넘어지기도 하고 장난 삼아 구르기도 했다. 따뜻한지 차가운지 아무 느낌도 없었다. 맥이 풀리고 피곤할 뿐이었다.

팔을 베고 오른쪽으로 눕자 그대로 잠들고 싶었다. 턱을 내밀어 다시 한 번 일어나 보려고 했지만 점점 더 도랑 밑으로 빨려 드는 느낌이었다. 그래서 다리를 비스듬히 쳐들고 공중으로 몸을 퉁겨서 반동을 이용할 생각이었지만 마찬가지였다. 하지만 우리는 포기하지 않았다.

도랑 바닥에 몸을 쭉 뻗고 누워서 정말로 잠들어 버리면 어떠랴 싶은 생각은 아무도 못한 채 울음이 북받쳐 오르는 걸 참으며 뒹굴고 있었다. 그러다가 한 명이 허리에 손을 얹고 새까만 발바닥으로 우리를 밟으며 길 위로 뛰어나갔지만 우리는 두 눈만 깜박거릴 뿐이었다.

어느새 높이 떠오른 달빛을 받으며 우편 마차가 지나갔다. 도랑 속에서도 산들바람이 느껴졌다. 이제는 혼자 있는 게 따분해졌다.

「다들 어딨어?」

「여기로 와봐!」

「다들 모여라!」

「이제 그만 숨고 나와.」

「우편 마차가 지나갔다고!」

「그럴 리가! 벌써 지나갔어?」

「그렇다니까. 네가 자는 동안에.」

「내가 잤다고? 말도 안 돼.」

「입 다물어. 네 얼굴에 다 쓰여 있으니까.」

「제발 그만해.」

「이리 와!」

우리는 꼭 붙어서 달렸다. 손을 잡고 가는 아이들도 있었다. 내리막이어서 가능한 한 고개를 높이 쳐들어야 했다. 누군가가 아메리카 인디언처럼 함성을 질렀다. 힘껏 내달리면서 한 번씩 뛰어오를 때마다 바람이 허리를 휘감았다. 우리를 멈출 수 있는 건 아무것도 없었다. 달음박질을 하면서도 뒤에서 달리는 친구를 돌아볼 만큼 여유도 있고 기분도 좋았다.

마침내 우리는 빌트바하 다리에 이르렀다. 앞서 달리던 아이들도 되돌아왔다. 다리 밑을 흐르는 물이 돌과 나무 뿌리에 부딪치며 하얗게 부서져서 깊은 밤처럼 느껴지지 않았다. 다리 난간을 뛰어오르지 않을 이유가 없었다.

저 멀리 무성한 관목숲 뒤에서 열차가 나타났다. 유리창을 꼭 닫아 놓고 대낮같이 등불을 밝힌 열차 칸도 있었다. 누군가 유행가를 부르기 시작했다. 나머지 아이들도 따라 부르기 시작하여 어느새 기차보다도 빠르게 불렀다. 소리만 지르는 걸로는 부족하여 팔까지 휘둘렀다. 그렇듯 하나가 되어 가는 게 유쾌했다. 자기 목소리를 친구의 목소리와 맞추다 보니 낚시 바늘에 걸린 물고기처럼 꼭 붙잡혀 있는 느낌이었다.

이렇듯 숲을 등지고 서서 저 멀리 지나가 버린 여행객들에게 노래를 보냈다. 마을에선 어머니들이 잠자리를 준비하고 있을 것이다.

마침내 시간이 되었다. 나는 옆 아이에게는 키스를, 다음 세 아이들에게는 악수를 하고 왔던 길을 달리기 시작했다. 나를 불러 세우는 아이는 없었다. 암흑에 묻힌 첫 번째 네거리에서 길을 돌았다. 그리고 들길을 따라 숲 속으로 달렸다. 남쪽 마을을 향하여. 우리 마을에서는 그 거리를 이렇게 말했다.

「그 마을은 잠을 안 잔대.」

「왜지?」

「피곤하지 않은가 보지.」

「왜 그럴까?」

「바보니까.」

「바보는 피곤하지도 않은가 봐?」

「바보가 어떻게 피곤하겠어!」

사기꾼

밤 10시경에 귀족관 앞에 이르렀다. 안면이 있을 뿐인 남자가 따라 붙는 바람에 2시간 동안이나 거리를 빙글빙글 돌았지만 결국 함께 오고 만 것이다. 오늘밤 귀족관에서 열리는 파티에 초대받아 온 거였다.

「그럼.」 이제는 그만 헤어져야겠다는 신호로 두 손을 탁 쳤다. 이렇듯 분명한 표현은 아니었지만 여러 차례 같은 시도를 하느라 이제는 기진맥진한 상태였다.

「지금 곧바로 올라갈 겁니까?」 그리곤 이가 부딪치는 소리를 냈다.

「네.」

초대받은 사실을 이미 말한 뒤였다. 사실 나는 분위기가 한참 무르익었을 파티에 초대받은 것이지, 이렇듯 문 앞에 서서 귀족관 안쪽을 쳐다보려고 초대받은 건 아니었다. 특히 입을 꾹 다문 채 그와 마주보고 있을 생각은 더더욱 없었다. 주위의 집들까지도, 그 집들 위로 별까지 이어진 암흑까지도 내 침묵을 지켜보고 있었다. 보이진 않지만 발자국 소리가 들렸다. 하지만 그 소리가 어디를 향하는지 생각해 볼 여유조차 없었다. 그리고 계속해서 건너편 보도로 몰려가는 바람이 느껴졌다. 축음기에서 흘러나오는 노랫소리도 들려 왔다. 이 침묵이 오랜 옛날부터 앞으로도 영원히 그들의 소유인 것처럼.

그는 이름을 말하고 살짝 미소지은 다음 내 이름을 불렀다. 그리곤 오른팔을 들어올려 벽을 짚고는 눈을 감으며 얼굴을 그 팔에 기댔다.

나는 그의 미소를 끝까지 쳐다보지 않았다. 문득 수치스러운 느낌이 들어 얼굴을 돌려 버렸다. 미소를 보는 순간 그가 사기꾼일 뿐이라는 걸 깨달았던 것이다. 더군다나 이 도시에 수개월을 머무는 동안 사기꾼들만큼은 확실하게 안다고 믿었던 것이다.

밤이면 골목에 숨어 있다가 식당 주인처럼 두 손을 앞으로 내밀고 나타나는 것도, 우리가 서 있는 광고용 기둥을 빙빙 돌며 곁눈질하는 것도, 네거리에서 왠지 불안해할 때마다 갑자기 모습을 나타내는 것도!

나는 그들을 잘 알고 있었다. 허름한 여관에서 만난 이 도시의

토박이들이었다. 덕분에 태어나 처음으로 불굴(不屈)이라는 걸 보았고, 지금은 그 불굴을 빼놓고는 아무것도 생각할 수 없는 지경이 되었다. 그들에게서 멀리 도망쳐 버려 이젠 더 이상 붙잡힐 게 없다 싶을 때면 다시 나타나 마주 서 있는 것이다. 그들이 주저앉거나 넘어지는 일 따위는 결코 없다. 멀리 떨어져 있지만 확신에 찬 눈빛으로 조용히 지켜보고 있다. 그리고 언제나 똑같은 수법을 쓴다. 우르르 몰려나와 넓게 흩어져서 앞길을 막아 버리곤 와락 달려들어 포옹을 하는 것이다. 그 동안 쌓아 두었던 감정이 참고 참다가 고개를 쳐들 때면.

그런데 이번에는 아주 한참을 함께 걸은 후에야 비로소 이 오랜 놀이를 깨달은 것이다. 나는 피가 날 만큼 손가락 끝을 문질러서 이 치욕을 떨쳐 버리려고 했다.

그러나 상대방은 여전히 사기꾼을 자처하며 자신의 운명이 만족스러운 듯 뺨을 붉혔다.

「알았어.」 그의 어깨를 가볍게 치며 한마디했다. 그리곤 계단을 빠르게 뛰어올라 위쪽 대기실로 달려갔다. 하인들이 충성을 다해 모시겠다는 듯한 표정으로 다가오는 걸 보자 내게 아주 근사한 일이 벌어진 것처럼 기뻤다. 내 외투를 벗기고 구두를 닦는 동안 나는 그들을 둘러보았다. 그리곤 안도의 숨을 내쉰 뒤 어깨를 펴고 연회장으로 들어갔다.

산책

　저녁 어스름이 내려앉고 있었다. 오늘은 그냥 집에 있어야겠다고
굳게 마음먹은 것처럼 보일 무렵, 편한 옷으로 갈아입고 저녁을 먹
은 뒤 등불을 밝히고 앉아 습관처럼 게임을 시작했을 무렵, 날씨가
너무 궂어서 집에 있을 수밖에 없다는 생각이 들었을 무렵, 하루종
일 책상 앞에 있다가 지금 나간다고 하면 모두들 놀라 기절할 것
같은 무렵이었다. 계단 쪽은 이미 어둑어둑하고 현관문도 잠가 버
렸지만, 갑자기 밀려든 불쾌감을 견딜 수가 없어 웃옷만 갈아입은
뒤 금방 돌아온다고 말해 버렸다.
　방문을 얼마나 세게 닫는가에 따라 불쾌감을 남기는 정도가 다
르다는 생각을 하며 거리로 나왔다. 갑작스러운 자유를 얻은 보답
이라도 하듯이 팔다리를 가볍게 움직였다. 그렇게 거리를 걷다 보

면 무슨 일이라도 하겠다고 결심할 힘이 생기는 것과 함께 나에게 요구되는 것 이상으로 변화할 수 있음을 자신하면서 가족의 울타리에서 벗어나 진정한 자신의 모습을 찾는 나를 발견한다.

이렇듯 깊은 밤에 친구를 찾아가면 이 모든 느낌이 한결 강해지지 않을까.

결심

몸을 움직여야 했다. 이 비참한 느낌을 떨쳐 버리려면. 안락 의자
에서 벌떡 일어나 테이블 주위를 뛰어다녔다. 목을 돌리고 두 눈에
힘을 주어 근육을 긴장시켰다. 지금 A가 찾아오면 정열적으로 인사
한 뒤, B가 내 방에 있는 걸 참아내면서 다정하게 대접하고, C의 집
에서 거론되는 일들에 대해서도 고통을 참으며 어떤 수고도 마다하
지 않을 것이다. 분노를 참으며 숨을 길게 들이마셨다.

하지만 그런 식으로 흐르다 보면 실패할 수밖에 없을 테고, 쉬운
일이든 어려운 일이든 모든 게 불가능해질 것이다. 결국 나는 옛
모습으로 되돌아가야 했다.

모든 걸 받아들이기 위해서는 스스로 진지해져야 한다. 그래도
힘들 것 같으면 유혹에 넘어갈 만한 행동을 아예 하지 말 것. 상대

방을 예리하게 관찰하여 후회할 짓을 하지 말 것. 요컨대 유령처럼 간신히 목숨을 부지하는 생명체는 손으로 눌러서 죽여 버릴 것. 즉 무덤과 같은 최후의 안식 말고는 아무것도 남기지 않는 것이다.

그대로 실천할 수 있는 건 새끼손가락으로 눈썹을 살짝 쓰다듬는 일이다.

등산

    나는 알 수가 없다. 나는 도무지 알 수가 없다. 아무도 오지 않는다면 아무도 오지 않는 것이다. 내가 해코지한 적도 없고 남이 나를 해코지한 적도 없다. 그런데도 나를 돕겠다는 사람이 없다. 사실 그렇게 말할 생각은 없었다. 오히려 나를 도와줄 사람이 없다는 게 다행이다. 나는 낯선 사람들과 섞여 걷고 싶었다. 당연했다. 물론 산으로. 그들은 걸으면서도 입을 다물 줄 모른다. 서로 팔짱을 낀 채 발뒤꿈치를 맞대고 걷는다. 물론 연미복 차림이다. 우리는 의기양양하게 걸어간다. 바람이 우리를 휘감았다가 손발 사이로 다시 빠져나간다. 산 속에 들어오니 목청이 높아진다. 노래를 안 부를 수가 없다.

독신자

나이 들어서 독신으로 산다는 건 괴로운 일이다. 어쩌다 하룻밤 같이 보내고 싶어지면 품위 있게 애원해야 한다. 몸이 아플 때도 텅 빈 방 안에서 몇 주일이고 침대에 누워 있어야 한다. 언제나 문 앞에서 헤어져야 할 뿐 아내와 나란히 계단을 오르는 일도 없다.

방안에 들어와 봤자 옆집으로 통하는 쪽문만 보일 뿐이고, 날마다 저녁거리를 사들고 돌아와야 한다. 남의 집 아이들이 자라는 모습에 경탄하며 '나는 하나도 없다'고 중얼거릴 수도 없다. 그것만이 아니다. 젊은 시절에 보았던 독신자를 흉내 내어 외모나 몸가짐을 연출해야 하는 것이다.

당연히 괴로울 것이다. 누구든지 지금, 혹은 앞으로 그런 처지가 될지도 모른다. 주먹으로 이마를 칠 일이다.

상인

나를 동정하는 사람들이 있을지도 모른다. 정작 나는 전혀 느낄 수 없지만. 머릿속이 온통 장사 걱정뿐이다. 관자놀이가 쿡쿡 쑤시고 아플 지경이다. 물론 낙관적인 전망은 보이지 않는다. 장사라고 해봤자 보잘 것도 없다.

일을 시작할 때마다 몇 시간을 고심한 끝에 결정 내려야 하고, 심부름꾼이 잘 기억하게 해놓아야 하며, 실패하지 않도록 경계해야 한다. 그뿐인가, 유행이 시작되었는가 싶으면 다음 계절의 유행을 생각해야 된다. 우리 지역의 유행이 아니라 낯선 사람들끼리 통하는 다른 지방의 유행을 말이다.

내 돈이라고 해도 결국은 남의 주머니에서 나오는 것이다. 남의 형편 따위는 내가 알 바 아니다. 그들에게 어떤 불행이 닥칠지 알

필요도 없다. 내가 막을 수 있는 것도 아니다. 어느 날 갑자기 레스토랑을 통째로 빌려 파티를 열 만큼 낭비벽이 생길지도 모른다. 또 다른 패거리는 아메리카를 향한 여정의 한때를 이 파티에서 보낼지도 모를 일이다.

어느 주말 저녁이었다. 상점의 셔터를 내리는 순간 갑자기 장사와 상관없는 시간이 눈앞에 펼쳐진 느낌이었다. 아침부터 설레던 흥분이 다시 밀물처럼 밀려온다. 흥분을 주체할 수 없어 목표도 없이 나 자신을 흘려 보낸다.

하지만 집으로 돌아갈 수밖에 별 도리가 없다. 얼굴도 손도 땀범벅에다 지저분하기 때문이다. 작업용 모자에 옷도 먼지투성이고, 구두는 짐상자를 나르다 못에 걸려 여기저기 찢어져 버렸다. 도리 없이 흐느적흐느적 걸을 뿐이다. 딱딱 소리내어 손가락을 꺾는다. 아이들이 지나갈 때마다 머리를 쓰다듬어 준다.

길을 나섰는가 싶으면 금세 집 앞이다.

엘리베이터에 올라타는 순간 갑자기 홀로 된 나를 발견한다. 다른 집들은 계단으로 올라가야 한다. 계단을 다 오르면 너무 지쳐서 누군가 문을 열어 줄 때까지 숨을 몰아쉬며 기다려야 한다. 화가 치밀고 초조해지는 것도 당연하다. 그들은 현관으로 들어가 모자를 걸어 놓고 복도를 지나 유리문을 몇 개쯤 여닫고 난 뒤 방으로 들어가야 비로소 혼자가 되는 것이다.

그런데 나는 엘리베이터에 오르자마자 바로 혼자가 될 수 있다.

무릎을 짚고 거울을 들여다보다가 엘리베이터가 올라가기 시작하면 이를 악물고 말한다.「가만히 틀어박혀 있거라. 나무 그늘로 가고 싶은가? 유리창 커튼 뒤로, 나뭇잎 터널 속으로?」그러자 계단 난간이 우윳빛 유리창 위로 폭포처럼 쏟아져 내린다.「날아가거라. 한 번도 보지 못한 너희들의 날개가 산골 마을로, 혹은 파리 한복판으로 데려다 주면 좋겠구나. 하지만 세 방면에서 다가온 행렬이 양보 없이 서로 뒤엉켰다가 다시 질서를 찾을 때까지 창 밖을 바라보아라. 그리고 즐겨라. 손수건을 흔들어라. 깜짝 놀라 하늘을 쳐다보며 눈물을 머금어라. 아름다운 부인이 지나가는 걸 보고 감탄하라. 시냇물을 가로지르는 나무 다리를 건너 물장구 치는 아이들에게 고개를 끄덕여 주어라. 저 멀리 원양선 갑판 위의 마도로스들이 부르는 만세 소리에 귀를 세워라. 가엾은 사나이를 골목 안으로 몰아넣어 주머니를 턴 다음 터덜터덜 모퉁이를 돌아가는 그의 뒷모습을 바라보아라. 기마 경찰들이 우르르 달려와 너희들을 격퇴시킨다. 하고 싶은 대로 내버려두어라. 경찰들은 텅 빈 거리를 보며 비참해한다. 나는 알고 있다. 그들은 다시 말에 올라탄 뒤 삼삼오오 짝을 지어 광장을 가로지르며 돌아간다.」

이제 내려야 한다. 엘리베이터를 내려보내고 벨을 울린다. 하녀가 문을 열어 준다. 나는 그녀에게 고맙단 말을 던진다.

창 밖

　이 분주한 봄날, 무엇을 할 수 있을까? 아침 하늘은 잿빛으로 잔뜩 흐려 있었다. 지금 창가로 다가갔다가 깜짝 놀라 나도 모르게 뺨을 창문 손잡이에 대고 말았다.

　창 아래 거리를 지나던 소녀가 불현듯 돌아다본다. 아이 같은 얼굴 위로 환한 햇살이 쏟아진다. 이미 저물어 가는 햇살이. 급하게 뒤따라오던 남자의 그림자가 동시에 떨어진다.

　남자는 금세 지나가 버린다. 이제 아이의 얼굴이 환해진다.

귀로

소나기가 지나간 뒤에 숨을 크게 들이마셔 보라. 지나간 일들이 되살아나 순간적으로 나를 압도해 버린다.

힘차게 걷는다. 걷는 속도가 이 길의 속도가 되고 이 주변 일대의 속도가 된다. 문을 두드리는 소리, 테이블을 두드리는 소리, 이모든 소리는 당연히 내 책임이다. 축하하며 건배하는 소리에 대해, 침대 속에, 혹은 새로 짓는 건물의 골조나 어두운 거리에서 벽에 착 달라붙어 있는 연인들, 또는 사창가의 벤치를 차지한 두 사람에 대해 내가 책임을 느낀다는 게 의아할 건 없다.

미래 못지않게 과거도 소중하다. 양쪽 다 매력적이어서 어느 하나를 선택할 수가 없다. 내게 은혜를 베푸는 신의 뜻이 불공평한 걸 탓할 수밖에 없다.

방에 들어선 순간 생각에 잠긴다. 계단을 올라오는 동안 특별한 생각이 떠오른 것은 아니다. 창문을 활짝 열어 젖혔다. 어느 집 뜰에선가 노랫소리가 울려왔지만 별 도움은 되지 않는다.

달리는 사람들

눈앞에 펼쳐진 도로는 오르막길이다. 마침 보름달빛이 밝다. 거리를 산책하는데 멀리서부터 눈에 띄던 사나이가 우리 쪽으로 달려오더라도 그를 붙잡을 생각은 없다. 허약하게 생긴데다 누더기를 걸쳤을지라도, 누군가 그를 뒤쫓아오면서 소리를 지른다 할지라도, 오히려 우리는 그가 달리는 대로 내버려 둘 것이다.

보름달이 휘영청 밝은 오르막길이 펼쳐져 있는데 어떻게 우리가 책임지겠는가. 어쩌면 두 사람은 달리기 시합을 하는지도 모르고, 두 사람이 함께 다른 사람을 뒤쫓는 건지도 모르며, 앞선 사나이는 죄가 없는데도 쫓기는 건지도 모르며, 뒤쫓는 사나이가 그를 죽이려 하는 건지도 모르는 일이다. 그렇다면 우리는 살인방조죄가 되리라. 아니면 완전한 타인으로서 각자 자기 침대를 향해 달리는 건지도 모른다. 혹시 몽유병 환자일지도 모른다. 그뿐인가, 앞선 사나이가 흉기를 가졌을지도 모른다.

사실 우리가 너무 지친 나머지 게으름뱅이가 된다고 해서 나쁠 게 뭐란 말인가. 두 번째 사나이가 완전히 사라진 걸 확인하고서야 안심할 수 있었다.

승객

전차의 플랫폼에 서 있다. 이 세계, 이 도시, 또 우리집에서의 내 위치를 생각할수록 불안해진다. 내가 어떤 방향으로 어떤 요구를 할 수 있을까. 아무 말도 할 수가 없다. 가죽 손잡이를 붙잡고 전차에 실려 가는 나 자신을 조금도 변호할 수가 없다. 사람들이 전차를 피하거나 조용히 걸어가거나, 또는 쇼윈도 앞에 서 있는 것에 대해서도 변호할 수가 없다. 그런 걸 요구하는 사람도 없지만. 요구한다 해도 달라질 건 없다.

전차가 정거장에 가까워지자 소녀가 내릴 준비를 한다. 그녀를 만져 본 것처럼 확실히 알 수 있다. 검게 차려 입었고 스커트 주름도 흔들리지 않는다. 가슴이 꼭 끼는 블라우스엔 올이 가는 하얀 레이스 깃이 달려 있다. 왼손으론 벽을 짚고 오른손으론 양산을 들었다. 갈색 얼굴에다 양옆이 살짝 눌린 것처럼 생긴 코끝은 둥글고 통통하다. 다갈색 머리카락이 탐스러워 보인다. 오른쪽 관자놀이께의 가는 머리카락이 바람에 날린다. 작은 귀는 뒤로 달라붙어 있다. 하지만 바로 옆에 서 있었기 때문에 나는 오른쪽 귀 뒤를 완전히 보았고, 귀밑에 그늘진 부분까지 모두 들여다보았다.

그 순간 나 자신에게 물었다. 그렇게 생긴 여자가 자신에 대해 아무 회의 없이 당당할 수 있는 게 어떻게 가능하냐고.

옷

장식이 펄럭거린다. 주름이 여러 겹이라 몸에 휘감긴 모습이 아름답다. 하지만 영원히 그 모양을 간직할 수는 없다는 생각이 앞선다. 구겨지면 처음처럼 다려 놓을 수 없으며, 장식에 먼지가 끼어버리면 털어내기도 힘들다. 특히 아침마다 그 비싼 옷을 입었다가 저녁이면 벗어버리는 슬프고 어리석은 짓을 누가 하겠는가.

하지만 나는 그런 모습을 종종 본다. 아름답고 매혹적인 몸매와 팽팽한 피부, 거기에 머리카락까지 부드러운 소녀다. 싫증도 안 나는 모양이다. 날마다 가장 무도회 의상을 입고 나타나는 것을 보면. 그것도 강렬한 원색이다. 물론 손거울에 비춰보는 걸 잊지 않는다.

하지만 파티를 끝내고 돌아와 온통 구겨지고 먼지투성이가 되어버린 옷을 보면 더 이상 입을 수 없다는 걸 깨달을 것이다.

거절

아름다운 아가씨를 만나 묻는다. 「어때? 나하고 가지 않겠소?」

그냥 가 버린다면, 그녀는 마음속으로 이렇게 말하는 것이다. '당신은 사람들의 입에 오르내리는 이름난 귀족이 아니에요. 용맹하면서도 평온한 눈과 초원의 바람을 맞으며 시냇물로 씻은 피부에 체격이 좋은 미국인도 아니죠. 그뿐인가요, 미지의 세계를 찾아 항해한 적도 없죠. 아름다운 내가 당신과 동행할 까닭이 있을까요?'

「아가씨가 잊은 게 있군. 아가씨는 멋진 자동차에 앉아 거리를 질주하는 것도 아니고, 거추장스런 옷을 차려 입고 잔뜩 긴장해 있는 아가씨를 호위할 사람들도 없소. 아가씨를 위해 축복의 기도를 읊조리며 등뒤에서 따라가는 사람들 말이오. 가슴은 코르셋으로 훌륭하게 잡아맸지만 허벅지나 허리는 별로 신경 쓰지 않았군. 그러고 보니 작년 가을에 우리를 즐겁게 했던 주름 드레스를 입고 있군. 그렇게 위험한 옷을 걸치고도 무심히 미소짓고 있다니.」

　「다 맞는 말이에요. 하지만 상대방을 너무 의식해서 어떻게 해볼 도리가 없어지기 전에 각자 집으로 돌아가는 게 좋겠군요.」

기수를 위한 사색

경마에서 반드시 우승하겠다고 결심할 이유가 없다.

마을 최고의 기수라는 영예는 오케스트라의 힘찬 연주와 함께 너무 들뜨게 만들어 버리기 때문에 이튿날 아침에 눈을 뜨면서부터 후회하고 만다.

말주인들은 무조건 이기고 보자는 생각에 우리를 다그친다. 마침내 우리는 울타리처럼 빽빽하게 둘러선 사람들을 뚫고 평지로 나간다. 하지만 평지는 어느 틈에 텅 비고 뒤쳐진 기수 두셋이 지평선 끝으로 사라지는 모습만 조그맣게 보일 뿐이다.

당첨금을 노린 친구들이 창구로 달려들어 서둘러대며 어깨너머로 우리에게 '만세'를 외친다. 그러나 진정한 친구들은 우리 말에 거는 법이 없다. 우리 말에 걸었다가 돈을 잃으면 원망할 게 뻔하기 때문이다. 그런데 우리 말이 우승하자 한 푼도 걸지 않은 그들은 우리를 외면한 채 관객석만 바라본다.

성적이 나쁜 기수들은 말에서 내려오지도 않은 채 자신들에게 찾아온 불행을 되씹으며 혹시 부정이 있지 않았을까 머리를 굴려본다. 그리고 애써 활기찬 모습을 보인다. 이제부터 다시 경주가 시작되기라도 할 것처럼. 게다가 이번 경주가 진짜고 아까 한 것은 아이들 장난이라도 되는 것처럼 말이다.

부인들은 승자를 비웃는다. 지금은 우쭐해하지만 결국 계속 이어질 악수나 축사, 인사말 등에 당황하여 어쩔 줄 몰라하기 때문이다. 한편 패자들은 입을 다문 채 말을 가볍게 두드려 주고 있다.

마침내 잔뜩 찌푸린 하늘에서 비가 내리기 시작한다.

거리로 난 창

혼자 살아가지만 때로는 어딘가에 속하고 싶은 사람, 하루 동안
의 시간과 날씨의 변화, 직업의 변화 같은 것들에 대해 무작정 매
달리는 걸 보고 싶은 사람은, 거리로 난 창 없이는 도저히 참고 견
딜 수가 없다. 특별히 원하는 것도 없는 그가 지친 몸으로 창틀에
기댄 채 사람들과 하늘을 바라보며 아무런 욕망도 없이 머리를 젖
히고 있으면, 어느새 창문 밑을 지나가던 말들이 수레와 소음 속으
로 그를 끌어들여, 마침내 함께 사는 인간의 세계로 이끈다.

소망

아메리카 인디언이 될 수 있다면! 서슴지 않고 말에 올라타 비스
듬히 허공을 가르며 진동하는 대지를 흔들 것이다. 그리고 박차를
내던질 것이다. 왜냐하면 박차 같은 것은 없었으니까. 마침내 고삐
도 내던질 것이다. 역시 고삐 같은 것도 없었으니까. 황야 같은 대
지마저도 눈에 들어오지 않는다. 말머리가 사라져 버렸다.

나무

인간은 눈보라 속에 서 있는 나무 줄기하고 다를 게 없다. 나무는 미끄러운 눈을 밟고 서 있다. 슬쩍 밀면 간단히 밀려날 것 같다. 물론 그렇지는 않다. 뿌리를 굳게 내리고 있기 때문이다. 하지만 그것마저도 겉치레에 지나지 않는다.

불행

11월 어느 날 해질 무렵이었다. 더 이상 참을 수 없어진 순간 침실의 조그만 카펫을 트랙 삼아 달리기 시작했다. 등불을 밝힌 거리가 눈에 들어오자 비로소 깜짝 놀라 방향을 바꿨다. 침실 한구석의 거울 안에서 새로운 목표를 발견하고는 고함을 지르지만, 단지 고함 소리를 들으려는 것일 뿐 불만은 없다. 또한 고함의 위력을 빼앗는 것도 없기 때문에 그 소리는 접시저울의 한쪽이 비었을 때처럼 올라가기만 하고 이제 그만 입을 다물려고 해도 멈출 줄을 모른다. 그때 갑자기 벽 속에서 잽싸게 문이 열렸다. 무슨 일이 있어도 서둘러야 했던 것이다. 게다가 창 아래 포도 위에는 마차를 끄는 말이, 미친 듯이 날뛰는 전쟁터의 말처럼 목구멍까지 드러내면서 꼿꼿이 서 있었다.

불도 켜지 않은 어두운 복도에서 유령처럼 아이가 슬쩍 나와 약간씩 흔들리는 마루의 들보 위에 발돋움을 하고 섰다. 방안에서 나오는 희미한 빛이 부신 듯 얼른 손을 들어 얼굴을 가리려고 하다가 문득 창을 보고는 그대로 있었다. 격자 무늬 창살 앞에 가로등 불빛이 안개처럼 뿌옇게 떠올랐다가는 어둠 속으로 녹아 버렸다.

아이는 열린 문 앞에서 오른쪽 팔꿈치를 벽에 대고 똑바로 선 채 바람을 맞고 있다. 바람이 다리와 목, 관자놀이를 스치고 지나가는 대로 그냥 내맡긴 채.

나는 잠시 바라보다가 인사를 한 뒤 재킷을 집어들었다. 외투도 없이 서 있고 싶지 않았던 것이다. 그리곤 몸 속에서 요동치는 흥분이 입으로라도 나가라고 잠시 입을 벌리고 있었다. 몸 속에서는 불쾌한 침이 솟아 나오고, 얼굴에서는 속눈썹이 경련을 일으켰다. 그토록 기다리던 이 방문이 몹시 불쾌할 뿐인 것이다.

아이는 아직도 같은 자리에 있었다. 뺨이 붉게 상기된 채 흰 벽의 거칠게 도드라진 부분을 손가락으로 문지르고 있었다.

내가 먼저 물었다. 「정말로 나를 찾아오셨나요? 잘못 찾아온 건 아닌가요? 집이 워낙 크다 보니 곧잘 실수가 생긴답니다. 나는 4층에 살아요. 자, 도련님이 찾아온 게 맞습니까?」

「너무 떠들지 마세요.」 아이는 어깨너머로 잡아채듯 경고했다. 「전부 다 틀림없습니다.」

「그럼 들어오세요. 그만 문을 닫고 싶으니까요.」

「문이라면 내가 방금 닫았습니다. 그대로 계셔요. 아무 걱정 마세요.」

「특별히 걱정하는 건 아니에요. 다만 이 복도 양쪽에는 많은 사람들이 살고 있어요. 물론 알고 지내는 사람들이에요. 마침 퇴근해서 돌아올 시간입니다. 두런거리는 소리가 들리면 무슨 일인지 내다보고 싶어하겠죠. 그래요, 이 사람들은 하루 일을 끝내고 돌아온 겁니다. 저녁 한때 잠시 자유를 얻은 건데 다른 사람 말을 따르겠습니까? 그런 것쯤은 도련님도 알고 있겠죠. 문을 닫아 주세요.」

「아니, 왜 그러십니까? 도대체 무슨 생각을 하는 겁니까? 저는 사람들이 몽땅 튀어나온다고 해도 상관없습니다. 그리고 다시 말씀 드립니다만 문은 제가 닫았습니다. 문은 당신만 닫을 수 있다고 생각하시나요? 게다가 자물쇠까지 채웠습니다.」

「그렇다면 좋아요. 그 이상을 바라진 않아요. 자물쇠는 채우지 않는 게 나아요. 어쨌든 이미 왔으니까 편히 지내세요. 도련님은 손님입니다. 나를 믿고 편안히 쉬세요. 도련님을 억지로 붙잡지도 않겠지만 내쫓는 일도 없을 겁니다. 그런데 이런 말을 꼭 내 입으로 해야 하나요? 나를 그렇듯 나쁜 사람으로 알고 있나요?」

「천만에요. 사실 그런 말씀은 하실 필요도 없고 해서도 안 됩니다. 저는 아이입니다. 왜 그렇게 저를 어려워하십니까?」

「그렇게 나쁘게 보진 말아요. 물론 도련님은 아이입니다. 하지만 그렇게 작은 것만은 아닙니다. 벌써 어른 체격입니다. 만일 소녀였다면 나랑 한방에 있지 못했을 겁니다.」

　「그런 건 우리가 걱정할 일이 아닙니다. 사실 당신을 잘 안다는 것만으로는 안심이 되지 않습니다. 저에게 거짓말을 할 필요가 없는데도 당신은 겉치레로 인사를 하더군요. 이제 그만두십시오. 부탁이에요. 제발 그만두십시오. 더욱이 제가 언제 어디서나, 심지어는 이런 어둠 속에서까지 당신을 아는 건 아닙니다. 이제 그만 등불을 밝히는 게 좋겠군요. 아니에요, 차라리 이대로가 낫겠어요. 하지만 당신이 저를 협박하고 있다는 사실을 깨닫는 중입니다.」

　「뭐라고요, 내가 도련님을 협박했다고요? 말도 안 돼요. 도련님이 오신 걸 이렇게 반가워하지 않습니까? 오히려 너무 늦었다고 생각하는 걸요. 당신이 왜 이렇게 늦게 왔는지 알 수가 없군요. 너무 기쁜 나머지 횡설수설 지껄여 버린 걸 가지고 도련님이 오해한 것 같습니다. 내가 그런 식으로 얘기했다는 건 다시 한 번 인정합니다. 게다가 도련님이 원하는 일을 내가 먼저 말해 버리는 바람에 협박한 꼴이 되었는지도 모르겠습니다. 제발 부탁이니 말싸움은 이쯤에서 끝내지요. 그런데 도련님이 어쩌다 그런 걸 믿게 되었을까요? 나를 이토록 언짢게 만드는 이유가 뭘까요? 도련님이 여기에 얼마나 묵는다고, 그 짧은 시간을 이렇게 흥을 깨며 보내려고 하십니까? 아무리 낯선 사람이라도 도련님보다는 친절할 겁니다.」

　「그야 그렇겠죠. 별로 새삼스러운 일도 아니군요. 낯선 사람이라면 당신에게 영합할 수도 있겠지만 저는 그런 짓을 할 수 없을 만큼 처음부터 당신 곁에 있었습니다. 당신도 알지 않습니까? 그런데 왜 언짢아하십니까? 희극을 연출하시겠다는 말씀인가요? 그렇다면 저는 당장 나가겠습니다.」

「그래요? 그렇게까지 극단적으로 말하겠단 겁니까? 좀 지나치다 싶게 대담하군요. 잊었나 본데, 도련님은 지금 내 방에서 미친 사람처럼 벽을 문지르고 있어요. 내 방이고 내 벽입니다. 그런데 도련님은 뻔뻔스러울 정도로 우습게 말하는군요. 태어날 때부터 이런 식으로 얘기할 수밖에 없었다는 말이잖아요. 정말인가요? 그렇게 태어났으니 어쩔 수 없다는 말인가요? 훌륭한 천성이군요. 도련님의 천성이 그렇다면 내 천성도 그런 거니까 내가 먼저 친절을 베풀면 도련님도 따라 할 수밖에 없겠군요.」

「이런 게 친절입니까?」

「난 지난 일을 말하는 겁니다.」

「제가 나중에 어떻게 될지 아십니까?」

「나는 아무것도 몰라요.」

그리곤 책상으로 가서 촛불을 켰다. 그 무렵 침실에는 가스등도 전등도 없었다. 싫증이 날 때까지 잠시 책상 앞에 앉았다가 재킷을 걸치고 모자를 집어든 다음 촛불을 껐다. 그리고 나가려다 안락 의자의 다리에 걸리고 말았다.

계단에서 같은 층에 사는 사람을 만났다.

「벌써 나가십니까? 실업자처럼 보이는군요?」 그는 계단 사이에

다리를 벌리고 서서 물었다.

「나도 어떻게 해야 좋을지 모르겠군요.」나 역시 내키지 않는 듯 퉁명스럽게 대답했다. 「방금 방에서 유령을 만났거든요.」

「기분이 안 좋은 걸 보니 수프 먹다 머리카락이라도 건져낸 것 같군요.」

「농담도 잘하는군요. 그래도 유령은 역시 유령이니까요.」

「맞는 말입니다. 하지만 유령 따위를 믿지 않으면 되는 일 아닙니까?」

「맞아요. 내가 유령을 믿는다고 생각하십니까? 하지만 믿지 않는다고 해서 무슨 소용이 있겠습니까?」

「아주 간단합니다. 유령이 진짜 나타나도 무서워하지 않으면 되는 겁니다.」

「그래요. 그건 이차적인 공포일 뿐입니다. 진짜 공포는 유령이 나타나는 원인입니다. 그 공포는 절대 벗어날 수 없어요. 내가 지금 그런 상태입니다.」

그리곤 안절부절못하면서 주머니를 뒤지기 시작했다.

「하지만 유령이 무섭지 않다면 그 원인을 침착하게 생각하시지 그러세요!」

「당신은 아직 유령하고 얘기한 적이 없는 것 같군요. 유령이란 놈은 확실한 게 없습니다. 언제나 이것도 아니고 저것도 아니지요. 놈들 자신도 유령의 존재에 대하여 우리 이상으로 의혹을 갖고 있답니다. 유령의 무상함을 생각해 보면 무리도 아니지요.」

「하지만 유령도 기를 수 있다는 말을 들은 것 같은데요?」

「잘 아는군요. 가능합니다. 그런데 과연 누가 그런 짓을 하겠습니까?」

「하고 말고요. 여자 유령이라면 말입니다.」 그리곤 계단 위로 몸을 날려 버렸다.

「아아, 그렇군.」 나 역시 수긍하며 말했다. 「그렇지만 역시 내가 떠맡을 수는 없어.」

나는 깊이 생각했다. 그 사람은 이미 올라가 버렸기 때문에 나를 보려면 둥근 천장 밑에서 머리를 내밀고 내려다보지 않으면 안 되었다.

「하지만 그래도.」 나는 그를 향해 소리쳤다. 「그 위에서 유령을 내쫓아 준다 해도 이제 우리들 사이는 끝장이에요. 영원히.」

「아니, 모두 농담이었어요.」 그리고는 내밀었던 머리를 다시 집어넣었다.

「그렇다면 좋아요.」 비로소 안정을 찾은 느낌이었다. 산책도 할 수 있을 것 같았다. 그러나 외로움이 밀려들었으므로 다시 올라가 잠자리에 들었다.

선고

― F를 위하여 ―

게오르크 벤데만은 2층 서재에 앉아 있었다. 일요일 오전이라 화창한 봄날씨가 나른하게 느껴졌다. 게다가 날림으로 지은 이 집은 지붕이 낮았다. 강을 따라 길게 늘어선 집들은 하나같이 일자형으로 지붕 높이와 벽 색깔이 조금씩 다를 뿐이었다. 외국에 사는 죽마고우에게 편지를 쓰고 난 참이었다. 장난하듯 만지작거리면서 천천히 봉투에 넣었다. 그리고 책상에 팔꿈치를 괸 채 창 너머로 강물을 바라보았다. 다리가 보였다. 강 건너편 언덕이 신록으로 뒤덮여 있다.

멍하니 사색에 잠겨 들었다. 수년 전에 도망치듯 러시아로 떠나버린 친구였다. 고국의 생활에 만족하지 못했던 것이다. 어쨌거나 지금은 페테르부르크에서 장사를 하고 있다. 처음에는 경기가 좋았던 모양인데, 얼마 전부터 별 재미를 못 보다가 지금은 더 이상 물러날 곳이 없는 듯했다. 고국을 찾는 일도 뜸해지고, 그나마 만나면 경기가 영 안 좋단 얘기뿐이었다. 이역만리에서 혼자 몸으로 밑 빠진 독에 물 붓기를 하는 셈이었다. 게다가 어린 시절부터 낯익은 얼굴은 수염으로 흉하게 뒤덮여 있었다. 안색까지 누렇게 떠서 중병 환자처럼 보였다.

페테르부르크에 사는 교민들하고도 가깝게 지내지 않을 뿐더러 러시아인 가정하고는 거래 관계마저 끊었다고 했다. 그런 식으로 자신만의 독신 생활을 끌어 나갈 수밖에 다른 도리가 없었던 모양이다.

막다른 골목에 갇혀 버린 인간, 동정해 봤자 어떻게 해볼 도리가 없는 가엾은 남자. 뭘 어쩌자고 새삼스럽게 편지를 썼을까. 고향으로 돌아와서 다시 시작하라고, 그리고 지난날의 우정을 되찾자고, 힘닿는 데까지 도와줄 테니 옛 친구를 믿으라고 하는 충고가 얼마나 의미를 가진단 말인가. 그런 편지일수록 날카롭기보다는 부드럽게 써야 더욱 절박해져서 그에게 고통을 주고 모든 노력들이 물거품이 되어 버렸음을 깨닫게 해줄 것이다. 동시에 전부 다 포기하고 돌아오라는 타이름이 될 것이다.

사람들은 그를 고향으로 돌아온 패잔병쯤으로밖에 쳐다보지 않을 것이다. 결국 그는 이곳에 남아 자수성가한 사람들을 따라다니는 덩치 큰 어린아이에 지나지 않을 것이다. 그나마 옛 친구들은 조금이나마 그를 이해할 것이다. 한 가지 목적을 가지고 그에게 고통을 가하리라는 건 확실했다. 그러므로 누구 하나 나서서 그를 고향으로 불러들이지 못하는 상황이었다. 그 스스로도 고향이 어떻게 바뀌어 가는지 이해하기 힘들다고 고백했다. 결국은 주변의 호의적인 충고에 고통만 당하다가 친구들하고도 멀어져 버린 채 한 많은 이역 하늘 아래에서 최후를 맞이할 것이다.

만에 하나 고향에 돌아와 굴욕적으로 산다 해도 평화와 휴식이 주어지는 건 아니었다. 물론 평화를 얻자고 굴욕을 택하는 건 아니다. 어쩔 수 없는 서글픈 운명일 뿐이다. 그건 친구들과 함께 있든 떨어져서 혼자 있든 마찬가지다. 그는 자존심 때문에 가슴앓이를 하며 자신은 고향도 없고 친구도 없다고 체념할 것이다. 역시 이역 땅에서 고독하게 사는 편이 낫지 않을까. 고향에 돌아와 다시 장래를 설계한다는 건 아무리 생각해도 불가능한 일이다.

이런 이유 때문에 편지 왕래를 계속하면서도 마음을 전부 털어놓을 수가 없었을 것이다. 이 친구는 최근 3년 동안 한 번도 고향을 찾지 않았다. 러시아의 정치적 혼란 때문에 자신 같은 영세 상인은 짧은 출장 여행조차 허가 받지 못한다는 거였다. 10만 명도 더 되는 러시아인들이 세계 각국을 돌아다니는데 말이다.

어쨌거나 이 3년 동안 게오르크는 많은 변화를 겪었다.

우선 2년 전 어머니를 잃었다. 페테르부르크의 친구에게도 부고를 보냈는데, 멀리 있는 그로서는 상상하기 어려운 슬픔일 터였으므로 비교적 담담하게 부고 소식을 알렸다. 장례식이 끝나는 대로 아버지와 함께 사업을 꾸려 나가면서 게오르크는 사업뿐 아니라 모든 일에서 단호하게 대처했다.

어머니가 계실 때는 아버지가 당신 고집대로만 밀고 나가려 했으므로, 게오르크의 독자적인 의견은 자연스럽게 묵살 당했던 것이다. 하지만 어머니가 돌아가신 뒤로는 물러나 앉지는 않았지만 전보다 훨씬 소극적으로 변했다. 최근 2년 동안 행운이라고 해도 좋을 만큼 사업을 번창시켰기 때문일 것이다. 종업원을 두 배로 늘렸고, 수입은 다섯 배로 불어났는데, 그 이상의 발전 가능성도 의심할 필요가 없을 정도였다.

페테르부르크의 친구는 상상할 수도 없는 일이었다. 어머니의 죽음을 위로하는 마지막 답장에서 러시아로 오라고 설득하며, 페테르부르크에 회사 지점을 개설하는 문제에 대해 자세하게 썼다. 하지만 게오르크의 현재 실적에 비하면 새발의 피였다. 게오르크는 친구에게 사실대로 말하지 않았다. 갑자기 그런 내용을 편지에 쓰면 안 좋은 인상만 남길 게 뻔했다.

그러다 보니 그에게 보내는 편지에는 자잘한 일들만 늘어놓기 일쑤였다. 한가한 일요일날 이런저런 궁리를 하면서 두서없이 떠오르는 대로 여러 가지 일들을 적었다. 러시아 친구가 잊을 만하면 보내오는 편지 속에 적은 고향 도시에 대한 상상을 깨뜨릴 생각이 없었던 것이다. 친구는 자기만의 공상에 흡족해할 터였다. 게오르크는 심지어 별 상관도 없는 사람들의 결혼 소식을 세 번에 걸쳐 보고하기도 했다. 그런데 게오르크의 예상을 깨고 친구가 자잘한 일들에 관심을 보이기 시작했다.

그래서 부잣집 딸인 프리다 브란덴펠트하고 한 달 전에 약혼한 사실을 밝히는 대신 또다시 무의미한 일들만 늘어놓았다. 약혼녀에게 이 친구 얘기를 하며 편지 왕래에 대해서도 자세히 설명했다.

「그 친구는 우리 결혼식에 참석할 수 없겠군요?」 그녀는 날카롭게 지적했다. 「나는 당신 친구라면 누구든 다 알고 지낼 권리가 있다고 생각하는데요?」

「그 친구를 불편하게 만들고 싶지 않을 뿐이오.」 그는 나름대로 양해를 구했다. 「내 심정을 이해해 줘요. 내가 초대하면 반드시 와 줄 친구요. 그 사실만은 틀림없소. 하지만 강요당했다고 생각하면 친구가 깊은 상처를 받을 것이오. 게다가 나를 부러워하는 마음 한편으로 자기 처지를 한탄할 거요. 그리고 쓸쓸하게 러시아로 돌아갈 테지. 혼자서. 그게 뭘 의미하는지 당신도 잘 알 거요.」

「듣고 보니 그렇겠군요. 그럼 우리 결혼을 알릴 방법이 달리 없을까요?」

「전혀 불가능하다고 잘라 말하지는 않겠소. 하지만 그 친구 입장에서 생각하면 딱히 방법이 없는 게 사실이오.」

「게오르크, 그런 친구가 있으면서 어떻게 약혼을 했지요?」

「맞는 말이오. 약혼은 우리 두 사람의 책임이오. 하지만 이제 와서 파혼할 생각은 결코 없소.」

그리고 입을 맞추자 그녀는 가쁜숨을 내쉬며 목소리를 낮춰 말했다.「하지만 당신 친구가 마음에 걸려서 괴로워요.」

그는 이제야말로 사실대로 털어놓을 수 있으며 마음도 편할 거라고 자신에게 타일렀다. '나는 원래 이런 사람이다. 그 역시 이런 나를 받아들여야 한다. 더 이상 마음속에서 한 사람을 밀어낼 수가 없다. 이역 땅의 친구에게 나보다 더 진실한 우정을 쏟는 한 사람을.'

그는 장문의 편지를 써서 약혼 사실을 알렸다. 바로 이번 주 일요일 오전에 쓴 편지였다.

미처 전하지 못한 중대한 소식이 있네. 사실은 프리다 브란덴펠트하고 약혼했네. 부잣집 딸인데, 자네가 이곳을 떠난 뒤에 이사온 집 안이라 잘 모를 걸세. 가까운 기회에 더 자세히 들려 줄 수 있을 거라 믿고 오늘은 내가 행복하다는 소식 정도로 만족해 주길 바라네. 그리고 자네에게 평범한 마음의 친구 대신 행복한 친구가 생겼다는 사실 말고는 우리의 오랜 우정이 아무것도 달라지지 않았다는 걸 알았으면 하네. 동시에 내 약혼녀는 자네에게 아주 솔직한 여자 친구가 될 걸세. 독신으로 지내는 자네에게 결코 무의미한 일은 아니겠지. 그녀가 안부를 전해 달라면서 빠른 시일 안에 직접 연락하겠다고 하더군. 자네가 오고 싶어도 형편이 여의치 않다는 건 물론 알고 있네. 하지만 내 결혼식을 기회로 삼아 보게. 모든 난관을 한 번에 무너뜨릴 절호의 기회로 말일세. 하지만 큰 걱정은 안 해도 될 걸세. 자네 뜻대로 하는 게 최선일세.

게오르크는 편지를 든 채 창 쪽을 보며 오랫동안 책상 앞에 앉아 있었다. 이따금 골목을 지나가다가 인사를 건네는 사람들에게 넋 나간 표정으로 미소를 지어 보일 따름이었다.

마침내 주머니에 편지를 집어넣고 아버지 방으로 건너갔다. 몇 달 전부터 발도 들여놓지 않았는데. 따지고 보면 꼭 그럴 필요도 없었다. 아버지하고는 가게에서 만났고, 점심도 레스토랑에서 함께 먹었다. 밤시간은 각자 좋은 대로 보냈는데, 대개는 거실에서 신문을 읽곤 했다. 게오르크가 친구들을 만나거나 약혼녀가 찾아올 때를 제외하곤.

게오르크는 오늘처럼 화창한 일요일 오전에도 아버지 방이 어둠침침한 걸 보곤 적잖이 놀랐다. 넓지도 않은 안마당 건너편에 버티고 선 건물의 높은 벽 때문에 그늘진 거였다. 아버지는 창가에 앉아 있었다. 어머니의 추억이 담긴 물건들이 보였다. 시력이 약해서 신문을 눈에 바짝 갖다댄 채 읽고 있었다. 테이블에 아침상을 봐놓긴 했지만 거의 손대지 않은 듯했다.

「오, 게오르크구나!」 아버지가 다가왔다. 걸음을 옮길 때마다 두툼한 잠옷 자락이 펄럭였다.

아버지는 역시 거인 같다는 생각이 들었다.

「방이 너무 어두운데요?」

「그래, 어느새 이렇게 어두워졌구나.」

「창도 열지 않았군요?」

「그게 더 좋구나.」

「바깥 날씨가 아주 따뜻해요.」 게오르크는 무심하게 말하면서 의자에 앉았다.

아버지는 접시를 집어서 상자에 올려놓았다.

「아버지께 드릴 말씀이 있었어요.」 늙은 아버지를 멍하니 바라보면서 말을 꺼냈다. 「페테르부르크에 있는 친구에게 약혼 사실을 전할 생각입니다.」 그리곤 주머니에서 편지를 꺼냈다가 다시 집어넣었다.

「페테르부르크에?」

「네, 페테르부르크에 있는 친구한테요.」 게오르크는 아버지의 눈을 쳐다보았다. 가게에서 본 아버지하고는 판이하게 다른 모습이었다. 왜 저렇게 점잖을 빼고 계신지· 궁금했다. 팔짱까지 낀 채 말이다.

「음, 페테르부르크에 있는 친구에게 알린다 이 말이지?」 아버지는 한 마디 한 마디를 강조하듯 말했다.

「아버지도 아시는군요? 처음에는 약혼했단 말을 안 할 작정이었습니다. 뭐 꼭 그래야 할 이유가 있는 건 아니고, 작은 배려였을 뿐입니다. 그 친구 성미가 꽤 까다롭다는 건 아버지도 아시죠? 그냥 누군가에게 듣겠지 했어요. 아무도 안 만나고 고독하게 사는 걸 생각하면 크게 기대할 수 없지만요. 제가 그것까지 막을 수는 없을 테니까요. 어쨌거나 제가 직접 알릴 생각은 아니었습니다.」

「그럼 갑자기 생각이 바뀌었다는 거냐?」 아버지는 신문을 창틀에 던진 뒤 그 위에 안경을 내려놓았다.

「네. 우리가 정말 친구라면 제 약혼을 행복하게 받아들일 테니까요. 그러니까 망설일 이유가 없어진 거죠. 아버지께 이 말씀을 드리려고 편지 부치러 나가기 전에 잠깐 들어온 겁니다.」

「게오르크야!」 아버지는 다시 이가 다 빠져 버린 입을 꾹 다물었다. 「내 의견을 듣고 싶어서 왔구나. 참 잘했다. 그런데 나를 보고도 모든 사실을 다 털어놓지 않는 까닭이 궁금하구나. 그건 좀 곤란하지. 솔직히 말하면 몹시 괘씸하구나. 물론 이 문제하고 상관없는 일까지 들춰낼 마음은 없다. 하지만 네 어머니가 돌아가신 뒤로 계속 불미스러운 일들뿐이다. 그럴 때가 된 거겠지만 생각보다 빠른 것 같구나. 가게일만 해도 나 모르게 돌아가는 일이 꽤 되는 것 같더구나. 너는 숨기는 게 없다고 할지도 모르고, 나 역시 그런 의심은 하기 싫다. 내가 너무 나약해진 탓이다. 기억력도 희미해지고 모든 일을 하나하나 신경 쓴다는 것도 힘에 부치는구나. 모두 나이 탓이다. 그리고 네 어머니가 이 세상에 없다는 게 너무 충격적이다. 물론 지금 꺼낸 문제하고는 상관없는 얘기들이지만. 그래서 다시 네 편지 얘기를 해야겠는데, 이 아비를 속이는 건 안 되는 짓이다. 그야말로 대수로울 것도 없는 얘긴데 말이다. 자, 다시 물어보마. 페테르부르크에 친구가 있다는 게 사실이냐?」

게오르크는 당황하여 벌떡 일어섰다.「친구 얘기라면 그만두지요. 친구가 천 명이라도 아버지하고 바꿀 수는 없습니다. 아버지도 잘 아시지 않습니까? 지금 아버지는 자신에게 너무 소홀하십니다. 나이가 들수록 자기 관리를 잘해야지요. 게다가 제 사업에 꼭 필요한 분입니다. 그것도 잘 아시지 않습니까? 아버지 건강이 사업 때문에 나빠진 거라면 당장 정리하겠습니다. 마땅히 그래야지요. 아버지를 위해 다른 길을 모색하겠습니다. 찾아보면 지금하고는 근본적으로 다른 생활이 있을 겁니다. 아버지는 이 어둠이 편안한 모양입니다. 거실로 나가면 밝은 햇살이 가득한데 말입니다. 아침 식사는 또 어떻고요. 손만 댔다가 말았지 않습니까? 든든히 드셔야 힘을 내지요. 창문까지 닫아 놓고 방안에만 계시면 어떡합니까? 아버지한테 바깥 공기가 얼마나 중요한지 모르십니까? 이렇게 지내는 건 곤란합니다. 당장 가서 의사를 데려오겠습니다. 의사의 지시대로 따라야 합니다. 방을 바꿔 보는 건 어떨까요? 아버지가 바깥쪽 방으로 옮기시고, 이 방은 제가 쓰겠습니다. 분위기를 몽땅 바꾸자는 건 아닙니다. 아버지가 쓰시던 물건까지 함께 옮겨 놓을게요. 하지만 모든 일에는 때가 있는 법이니까 지금은 침대에 누워 잠시 쉬는 게 좋을 것 같습니다. 조용히 쉬는 게 절대적으로 필요합니다. 자, 옷부터 갈아입으세요. 제가 도와드릴게요. 그 정도는 너끈히 해

널 수 있습니다. 혹시 당장 옮기실래요? 그러는 편이 나을 수도 있
겠군요. 그럼 제 침대에 누워서 기다리세요.」

「게오르크야!」 아버지는 백발이 뒤엉킨 머리를 푹 숙이고 있다
가 메마른 목소리로 조용히 불렀다.

게오르크는 무릎을 꿇고 앉았다. 그토록 지쳐 보이는 얼굴과 달
리 눈동자만은 노기로 가득 차 있다는 걸 깨달았던 것이다.

「너한테 페테르부르크 친구가 어디 있다는 거냐. 또 장난치려는
모양인데, 그만 좀 성가셨으면 좋겠다. 페테르부르크에 친구가 있
다니, 도무지 믿을 수가 없다.」

「잘 생각해 보세요, 아버지.」 게오르크는 안락 의자에서 아버지
를 일으켜 세웠다. 그리고 잠옷을 벗기기 시작했다. 「벌써 3년이 지
났군요. 그 친구가 우리집에 온 적이 있습니다. 그때 일이 눈에 선
합니다. 아버지가 그 친구를 못마땅해하시는 통에 적어도 두 번은
거짓말을 했던 것 같습니다. 그 친구가 제 방에 버젓이 앉아 있는
데도 오지 않았다고 했거든요. 사실은 아버지가 왜 그토록 싫어하
시는지 몰랐습니다. 그 친구는 보통 사람하고는 묘하게 다른 부분
이 있었거든요. 하지만 아버지도 나중엔 격의 없이 말씀하시곤 했
습니다. 그 친구 말을 귀담아 듣기도 하시고 가만히 고개를 끄덕이
시며 한두 마디 묻기도 하시는 걸 보곤 솔직히 좀 우쭐해지기도 했
습니다. 잘 생각해 보세요. 분명히 기억 나실 겁니다. 한번은 그 친
구가 러시아 혁명에 관한 일화를 들려주기도 했습니다. 사업차 키

예프에 갔을 때, 폭동의 와중에서도 발코니에 서 있는 신부를 보았다는 이야기 말입니다. 그 신부는 손바닥에 커다란 십자가를 새겨서 피를 흘리며 군중들에게 호소했다고 했지요. 아버지도 이 이야기를 꽤 여러 사람들에게 들려주곤 했습니다.」

게오르크는 아버지를 다시 의자에 앉히고 속바지와 양말을 벗겼다. 지저분한 속옷들을 보자 아버지한테 너무 소홀했다는 생각에 죄송스러웠다. 속옷을 챙겨 보는 것 정도는 당연한 의무인데 말이다. 아버지를 모시는 문제에 대해 약혼녀하고 진지하게 의논해 본 적도 없었다. 두 사람은 분가하고 아버지 혼자 이 집을 지키는 걸 당연시했던 것이다. 하지만 지금 단호하게 결심했다. 결혼 후에도 반드시 아버지를 모시겠다고. 사실 자식 된 도리로서 너무 늦은 반성이었다.

아버지를 안고 서너 걸음이나 옮겼을까, 아버지가 갑자기 아기처럼 그의 시계줄을 만지작거리는 걸 보고 순간적으로 섬뜩했다. 아버지를 침대에 내려놓을 수가 없었다. 아버지가 시계줄을 꼭 붙잡고 있었던 것이다.

하지만 침대에 뉘는 순간 모든 게 해결된 듯 보였다. 아버지는 이불을 어깨 위까지 끌어올렸다. 그리곤 맑은 눈빛으로 게오르크를 쳐다보았다.

「네, 아버지, 이제 페테르부르크 친구가 생각나셨죠?」그리곤 아버지가 기운을 차리도록 고개를 끄덕여 보였다.

「이불을 잘 덮었는지 봐주렴.」 아버지는 발까지 잘 덮었는지 어떤지 살펴볼 힘이 없는 듯했다.

「침대에 누우니까 좋으시죠?」 그리곤 슬쩍 이불을 만져 주었다.

「내가 이불을 잘 덮었니?」 아버지는 같은 말을 했을 뿐 딱히 대답을 원하는 것 같진 않았다.

「좋아요. 잘 덮었습니다.」

「말도 안 되는 소리 말아라!」 아버지는 게오르크의 대답을 기다렸다는 듯이 고함을 지르면서 이불을 거칠게 밀어젖혀 바닥에 떨어뜨렸다. 그리곤 몸을 똑바로 세우고 앉았다. 한 손으로 천장을 짚어서 몸을 지탱하고 있었다. 「나를 이불로 덮어 버릴 생각이었다는 것도 다 안다. 그 정도쯤은 이미 짐작했다. 그래 봤자 이렇게 막아낼 수 있다. 나한테는 마지막 남은 힘이다. 너는 이걸로도 충분하겠지만. 아니, 너무 넘친다고 하겠지. 그 친구라면 나도 잘 안다. 아주 마음에 드는 청년이었지. 아들을 삼고 싶을 만큼 아끼고 있다. 너는 친구랍시고 그 청년을 오랫동안 속여 왔겠지. 특별히 그래야 할 이유가 있으면 말해 봐라. 내가 그 청년을 위해서 눈물 흘린 적이 한 번도 없다고 생각하는 거냐? 너는 아무도 못 들어오게 하고는 사무실에 틀어박혀 있었다. 일에 몰두하는 사장을 방해하면 안 된다고. 사실은 러시아로 보낼 거짓말투성이 편지를 쓰기 위해서였는데 말이다. 다행스럽게도 나한테 와서 자식의 속셈을 들여다보라고 충고하는 사람은 아무도 없었다. 너는 이 아비를 완전히 눌러 버렸다고 생각하겠지. 몸뚱이 하나 제대로 못 움직일 만큼 완전히 눌렀다고 믿을 것이다. 그래서 사랑하는 내 아들은 마침내 결혼을 결심한 것이다.」

게오르크는 아버지의 노기 띤 얼굴을 쳐다보았다. 아버지가 갑자기 페테르부르크 친구를 잘 안다는 말에 가슴이 먹먹해졌다. 친구가 광활한 러시아 땅에서 점점 사라지는 듯한 느낌이었다. 그는 약탈당한 가게 앞에 그 친구가 서 있는 모습을 보았다. 친구는 난도질당한 상품 진열장에 매달린 가스등 밑에 서 있었다. 어쩌다 그렇게 멀리까지 가버려야 했을까?

「나를 똑바로 봐라.」 아버지가 외쳤다. 게오르크는 무너져 내리는 걸 붙잡으려는 듯이 침대로 달려가다가 발을 멈췄다. 「그 여자가 스커트를 걷어 올렸기 때문에……」 신경질적으로 말을 시작했다. 「그 여자가, 정말 꼴도 보기 싫은 그 계집애가 스커트를 이렇게 걷어 올렸기 때문에……」 이쯤에서 좀더 쉽게 설명하려고 긴 옷을 훌쩍 걷어 올렸다. 굵은 허벅지가 보이고 전쟁에서 부상당한 상처가 드러났다. 「그 여자가 이렇게…… 이것 좀 봐라. 이렇게 스커트를 걷어 올렸기 때문에 너는 꼼짝없이 끌려간 거야. 그 계집애랑 네 맘대로 즐기고 싶어서 어머니하고의 아름다운 추억을 망가뜨리고, 친구를 속이고, 너를 낳아 준 아비를 꼼짝하지 못하도록 침대에 내동댕이쳐 버린 것이다. 하지만 꼼짝하는지 못하는지 똑바로 지켜 봐라.」

아버지는 두 다리를 쭉 뻗어 우뚝 서 보였다. 스스로 생각해도 놀라운 통찰력이라는 듯 두 눈을 반짝였다.

게오르크는 아버지한테서 떨어져 한쪽 구석에 서 있었다. 처음에는 모든 상황을 분명하고 자세하게 판단할 작정이었다. 사방에서 달려드는 불의의 습격을 당하고 싶지는 않았다. 얼마나 시간이 지났을까, 잊었던 결심을 다시 떠올렸으나 이내 다시 잊어버렸다.

「네 친구 역시 계속 속아 주진 않을 거다.」 아버지는 강조하듯이 집게손가락을 앞뒤로 움직였다. 「바로 내가 그 청년의 대리인이니까.」

「코미디!」 게오르크는 더 이상 참지 못하고 외쳤다. 그렇지만 자신이 불리하다는 걸 깨닫고 혀를 꽉 깨물어 버렸다.

「맞아, 네 말이 맞다. 내가 코미디 한 편을 만드는 거나 같다. 코미디라, 아주 정확한 표현이구나. 늙어빠진 홀아비 아비에게 더 이상 어떤 위로가 필요하겠니? 다시 한 번 말해 봐라. 대답하는 순간만큼은 너도 살아 숨쉬는 아들이다. **이제** 말해 보렴. 나는 의리가 뭔지도 모르는 고용인들한테 학대당하고, 머릿속까지 늙어 버려 골방에 틀어박힌 신세다. 내게 더 이상 뭐가 남았겠니? 너는 아들이랍시고 내가 평생을 바쳐 쌓아 올린 가게를 폐업한 뒤 세상을 **활보**하고 다닌다. 그렇게 마음껏 즐기다가 이제 와서 신사의 얼굴을 하고는 아비에게서 달아날 궁리만 하고 있다. 내가 너를 사랑하지 않은 것 같으냐, 너를 낳아 준 이 아비가?」

'아버지가 곧 쓰러지겠구나.' 그런 생각이 들었다. '당장 쓰러져 버리는 게 아닐까!' 생각이 입으로 튀어나올 듯이 머릿속을 스쳤다.

아버지는 몸을 구부리기는 했지만 그대로 쓰러지지는 않았다. 게오르크는 감히 다가갈 엄두를 내지 못했다. 결국 아버지 스스로 몸을 일으켰다.

「못 본 걸로 하고 그대로 있어라. 네 부축을 받을 생각은 없으니까. 너는 나를 부축하러 올 힘이 있으면서도 꼼짝하지 않는구나. 그대로 있고 싶은 거겠지. 아직은 네놈에게 지지 않을 자신이 있다만 이쯤에서 물러서마. 우리 어머니는 그런 식으로 힘을 주시곤 했지. 나는 네 친구랑 연락할 수 있다. 이 주머니 속에 네 정보가 들었다.」

'속옷에도 주머니를 달고 계시다니!' 게오르크는 마음속으로 중얼거렸다. 이런 사실을 안다면 아버지를 상대해 줄 사람은 아무도 없을 것이다. 한순간 그런 생각을 하다가 그것도 잊어버렸다.

「그런 모양으로 약혼녀에게 매달려 살아라. 그리고 나한테 덤벼라! 분명히 말하는데 약혼녀가 너를 떠나게 만들어 주마. 어떤 식으로 할지는 네가 상관할 일이 아니다.」 게오르크는 믿을 수 없다는 듯 얼굴을 찌푸렸다. 아버지는 게오르크를 보며 진심으로 하는 말임을 증명하듯 고개를 끄덕였다. 「오늘은 내 방까지 찾아와서 페테르부르크의 친구에게 약혼 소식을 알리는 문제를 의논했다. 그래, 애썼다. 하지만 그는 모든 사실을 알고 있다. 내가 직접 편지를 써서 알렸다. 진작에 펜하고 잉크를 치울 것이지, 큰 실수를 했구나. 그가 몇 년 동안 이곳을 찾지 않는 것도 너보다 사정을 잘 알기 때문이다. 오른손에 내 편지를 쥐고 읽으면서 네 편지는 왼손으로 구겨 버렸을 것이다.」 아버지는 너무 흥분해서 팔을 높이 쳐들고 외쳤다. 「그가 너보다 수천 배는 더 잘 알고 있단 말이다.」

「천 배 아니라 만 배도 더 되겠죠!」 아버지를 조롱하려고 한 말이었지만, 진지한 목소리였다.

「언젠가는 이런 고민을 털어놓겠지 하고 몇 년 동안이나 조용히 기다려 주었다. 나한테 달리 마음 쓸 일이 뭐가 있겠니? 나는 조용히 틀어박혀 신문만 읽는 사람이라고 생각했겠지. 그래, 이것 좀 봐라!」 아버지는 신문을 던져 주었다. 무심결에 들고 왔던 것이다. 그런데 몇 년 전 날짜가 찍힌 헌 신문이라 게오르크는 이름조차 낯설었다. 「네가 사람 구실을 하기까지 정말 오랜 시간이 걸렸구나. 네 어머니가 세상을 뜬 뒤로 행복할 수가 없었다. 네 친구 역시 몸을 다쳐서 2년 전부터는 눈뜨고 보기 어려울 만큼 비참하게 변하고 말았다. 나는 또 어떠냐? 네 눈으로 직접 봤으니 잘 알 것이다. 네 눈은 정확할 테니까 말이다!」

「아버지가 그런 식으로 저를 지켜보고 계셨다니!」 게오르크가 절규하듯 외쳤다.

아버지는 동정 어린 목소리로 중얼거렸다. 「그 말을 좀더 일찍 했더라면 좋았을 텐데. 안타깝지만 너무 늦었다.」 그리곤 목소리를 높였다. 「이제야 너 말고도 누가 있는지 깨달았을 것이다. 지금까지는 너 자신밖에 모르고 살았을 텐데. 너는 순진한 아이의 얼굴을 하고 있으면서도 악마처럼 살아왔다. 이제 잘 들어라! 나는 너에게 사형을 선고한다. 익사형을 말이다!」

게오르크는 무서운 힘에 밀려 쫓겨나는 것처럼 방에서 나왔다. 등뒤에서 아버지가 침대로 쓰러지는 소리가 들렸다. 언덕을 달려 내려가듯 계단을 뛰어 내려가며 거실을 치우려고 올라오는 하녀를 밀쳤다.

「오, 하느님 맙소사!」 그녀는 비명을 지르며 앞치마로 얼굴을 감쌌다.

하지만 그는 바람처럼 내달릴 뿐이었다.

차도를 가로질러 강 쪽으로 달렸다. 굶주린 사자가 먹이를 잡듯이 다리 난간을 힘껏 붙잡았다. 그리고 난간 위로 올라갔다. 그는 소년 시절부터 장래를 촉망받는 체조선수로서 부모님의 자랑이었다. 손힘이 빠져나가는 걸 느끼면서 버스가 다가오기만 기다렸다. 버스 달리는 소리가 그가 물에 떨어지는 소리를 없애 줄 터였다.

그는 낮은 소리로 외쳤다. 「아버지, 어머니, 마음을 다 바쳐 두 분을 사랑합니다.」 그리고 손을 놓았다.

바로 그 순간, 다리 위로 차들이 달리기 시작했다.

아버지께

사랑하는 아버지.[1]

아버지를 그토록 두려워하는 까닭이 뭐냐고 물으셨지만, 이번에
도 대답을 드릴 수가 없었습니다. 역시 아버지가 두렵기도 했고, 또
이것저것 사소한 얘기들을 꺼내지 않불가능고는 설명이 하기 때문

---

[1] 프란츠 카프카는 이 편지를 1919년 11월 리보호(보헤미아) 근처의 슐레지엔에
서 썼다. 하지만 수신인에게 전해지지 못했으므로 편지의 역할을 다하지 못했
기 때문에 『카프카 서간집』이 아닌 작품집에 수록했다. 이 부분은 『카프카
평전』 제1장에서 자세히 다루었다. 이 작품에서 그는 큰 규모의 종합적인 자
서전을 시도했다. 카프카가 직접 타이프라이터로 친 다음 펜으로 교정했다. 대
형 타이프 용지 44와 4분의 1장 분량인데, 각 장은 평균 34행이다. 45장째는
빈 종이인 셈이다. 원고는 중간에서 끊겨 "당신은 무능력합니다. 하지만 그것
을 당신에게 …하기 위하여"라는 말에서 끝나고 있다. 하지만 결말의 2장 반
이 좀더 작은 용지에 펜으로 쓰여 있으므로 텍스트에는 빠진 문장이 없다(각
주는 막스 브로트가 달았다).

이었습니다. 막상 얘기를 시작한다 해도 일단 입을 열면 정리가 안
될 것 같았거든요. 대신 이 편지를 드리기로 했습니다. 물론 제 마
음을 다 전할 수는 없겠지만요. 지금 이 순간에도 아버지가 언짢아
하실까 봐 자꾸만 움츠러듭니다.

아버지 눈에는 언제나 간단한 일들이었습니다. 적어도 저를 상대
로, 혹은 아무나 붙잡고 이 문제를 의논하실 땐 늘 그랬습니다. 아
버지 생각을 말해 볼까요? '나는 평생을 개미처럼 일했다. 내 자식
들을 위해, 특히 너를 위해 모든 걸 다 바쳤다. 그 덕에 너는 별 어
려움 없이 멋대로 즐길 수 있었다. 나는 조건 없이 주기만 했다. 하
지만 효도가 뭔지는 안다. 적어도 고마워할 줄은 아는 게 도리인데
도 그러기는커녕 제 방으로, 제 책 속으로, 히피 같은 친구놈들에게
로, 가당치도 않은 공상의 나라로 달아나 버렸다. 마음을 열고 얘기
를 나눈 적도 없고, 내가 다니는 교회에 가본 적도 없다. 심지어는
프란첸스바트로 온천 치료를 하러 갔는데도 병문안조차 오지 않았
다. 그런 일들이 아니라도 아버지와 아들이라는 걸 느껴 본 적이
없다. 사업을 비롯해 내 일이라면 관심도 두지 않았다. 공장일 역시
나에게 떠맡겨 버렸다. 그것도 모자라서 오틀라²⁾의 방종을 부추기

---

2) 프란츠 카프카의 막내 여동생. 이 편지에 등장하는 엘리, 발리와 함께 세 자매
이다. 엘리는 1910년 카를 헤르만과, 발리는 1913년 요제프 폴라크와, 오틀라
는 1920년 요제프 다비드 박사와 결혼했다. 셋 다 제2차 세계대전 중에 학살
당했기 때문에 『카프카 평전』을 발표했던 1937년에는 이 편지를 발췌해서 인
용할 수밖에 없었다. 하지만 이번에는 삭제도 수정도 없었고, 단지 구두점만
조금씩 보완하였다.

다니. 내 일이라면 손가락 하나 까딱하지 않으면서, 그 흔한 영화표 한 장 가져오지 않으면서, 친구 일이라면 발 벗고 나섰다.'

결국 아버지는 저의 방종이나 부도덕함이 아니라 아버지께 냉담한 태도가 못마땅하신 겁니다. 제 결혼 문제는 예외겠지만요. 아버지는 모든 게 제 탓이며, 마음을 조금만 돌렸어도 상황이 달라졌을 거라고 말씀하십니다. 저한테 너무 잘해 주었다는 것 말고는 아무 책임 없다는 거지요.

하지만 우리 두 사람이 이렇게 서먹서먹해지기까지 아버지는 아무 책임이 없다는 것을 저도 인정해야만 가능한 얘기가 아닐까요? 하지만 제 탓도 아닙니다. 아버지가 그걸 인정하실 수만 있다면 얼마나 좋을까요? 그렇다 해도 새로운 삶이 펼쳐지진 않겠지만요. 우리 둘 다 그럴 나이는 지났잖아요. 하지만 작은 평화는 찾아오겠지요. 아버지의 훈계는 계속되겠지만 조금은 부드러워지지 않을까요?

한 가지 흥미로운 건 제가 무슨 말을 할지 이미 짐작하셨다는 겁니다. 지난번에도 이렇게 말씀하셨지요. '나는 언제나 널 사랑했다. 다른 아버지들처럼 드러내 놓고 표현하지 않은 건 그들처럼 허풍을 칠 수 없기 때문이었다.'

그런데 아버지, 지금까지 제게 베푸신 호의를 의심해 본 적은 없지만 그 말씀은 받아들이기 어렵습니다. 아버지가 허풍이나 치는 성격이 아니라는 건 잘 압니다만, 다른 아버지들은 다 허풍이나 친다는 주장은 독선이든지, 우리 부자 사이가 원만하지 않은 데는 아버지도 절반의 책임이 있다는 걸 완곡하게 표현한 말에 불과합니다. 아버지가 진심으로 그렇게 생각하신다면 우린 의견 일치를 본 셈입니다.

물론 제가 이렇게 된 게 아버지 탓이라는 건 아닙니다. 어떻게 자랐든지 아버지 마음에 들 수 없었을 거라는 가정일 뿐입니다. 마음 약하고 소심하고 우유부단한데다 덤벙댔겠지요. 로베르트 카프카도 카를 헤르만도 될 수 없었겠지요. 하지만 지금하고는 전혀 달라서 아버지랑 잘 지내지 않았을까 생각합니다.

아버지가 친구였어도, 사장이었어도, 작은아버지나 할아버지였어도, 혹은 장인이었어도 행복했을 겁니다. 하지만 아버지로서는 감당하기 힘들었습니다. 동생들은 어려서 죽었고, 여동생들은 터울이 많이 졌기 때문에 더더욱 견딜 수 없었습니다. 아버지가 처음으로 공격했을 때도 혼자서 막아낼 수밖에 없었습니다. 너무나도 연약한 몸으로 말입니다.

우리 부자를 한번 살펴볼까요? 아주 간단히 말해서 저는 카프카적인 뢰비3)입니다. 제가 움직일 수 있는 건 카프카적인 생활력이나 성취욕, 정복욕보다는 뢰비적인 자극 때문인 것 같습니다. 이 자극은 비밀리에 소심하게 작용하다가 완전히 멈춰 버리기도 합니다. 반대로 아버지는 카프카 가문에 맞습니다. 강인한 체력과 식욕, 풍

---

3) 카프카의 어머니인 율리에 카프카는 뢰비 가문 출신이다. 뢰비 가문의 영적인 특성에 대해서는 『카프카 평전』을 참조하라.

부한 성량, 설득력 있는 웅변, 자기 만족, 인내력, 침착한 일처리, 세상사는 이치에 밝은 것까지 영락없습니다. 물론 쉽게 흥분하거나 화를 벌컥 내는 약점도 있지만요.

하지만 사물을 보는 시각은 카프카적이 아닌 것 같습니다. 아버지를 삼촌들하고 비교해 보면 그런 생각이 들거든요. 필립 삼촌이나 루드비히 삼촌, 하인리히 삼촌까지 모두들 활달하고 씩씩한데다 여유도 있고 낙천적이어서 아버지처럼 숨막힐 듯 엄격해 보이진 않습니다. 저는 아버지를 닮았으면서도 견줘 볼 만한 자질이 없습니다. 하지만 반대로 생각하면 아버지는 여러 시대를 두루 거친 셈입니다. 아버지의 자식들, 특히 제가 아버지를 실망시키고 집안 분위기를 답답하게 만들기 전에는 아버지도 활달했을지 모릅니다. 실제로 손님들 앞에서는 다른 모습을 보여 주셨으니까요. 지금은 발리까지 포함해서 자식들이 주지 못했던 따뜻한 정을 손자나 사위들에게 받으면서 활달해지셨는지도 모르겠습니다.

어쨌든 우리는 다른 점이 너무 많고, 그 방법 또한 아주 위태롭습니다. 저처럼 늦된 아이와 아버지처럼 완벽한 어른의 관계를 미리 예측했더라면 결국 저한텐 아무것도 남지 않으리라는 걸 알았겠지요. 하지만 인생은 예측한 대로 흘러가지 않습니다. 오히려 더욱 끔찍한 일이 생긴 셈이죠. 제가 이런 말씀을 드린다고 모든 책임을 아버지에게 돌리는 건 결코 아니라는 걸 믿어 주십시오.

저는 어려서부터 소심했습니다. 아이다운 고집도 있었고요. 어머니가 오냐오냐하며 받아준 건 사실이지만, 조금만 따뜻하게 대해 주셨어도 다른 사람 말이라면 무조건 귀를 틀어막는 아이가 되지는 않았을 겁니다. 아버지는 친절하고 정다운 분입니다. 하지만 자식들에겐 언제나 고함을 지르며 화를 낼 뿐이었습니다. 특히 저에겐 씩씩하고 건강한 아들로 기르려면 당연하다고 생각했던 것입니다.

제가 아주 어렸을 때는 버릇을 어떻게 가르치셨는지 페릭스[4]를 다루는 걸 보고 짐작할 수 있습니다. 그때는 지금보다 훨씬 젊고 힘도 좋으셨으니까 난폭하고 무심하셨을 겁니다. 게다가 가게일에만 매달리느라 제게는 하루에 한 번 정도나 얼굴을 보여 주셨겠지요. 그 때문에 더욱 심각해졌을 겁니다.

또렷하게 떠오르는 장면이 있습니다. 어느 날 밤이었습니다. 저는 물을 달라고 울어댔습니다. 목이 말라서라기보다는 어른들을 성가시게 하거나, 제 기분을 바꾸고 싶었던 것 같습니다. 아버지는 심하게 꾸짖어 봤자 소용없다는 생각에 저를 침대에서 끌어내려 마루[5]에 세워 두고는 방으로 들어가셨습니다. 아버지가 잘못했단 말이 아닙니다. 그 방법이 아니었으면 밤새 시끄러웠을지도 모르는 일이니까요. 다만 아버지의 가정 교육 때문에 제가 어떻게 변했는지 말하려는 겁니다. 실제로 저는 아주 순한 아이가 되었습니다. 어

---

4) 페릭스 헤르만은 엘리의 아들이며, 그도 학살당했다.
5) 마루(die Pawlatsche)는 체코어에서 유래한 말로 긴 발코니를 의미한다. 프라하의 옛날 가정집을 보면 뒤뜰 쪽으로 길게 나 있으며 대부분 여러 집이 함께 사용한다(우리나라의 마루하고 비슷하다).

린아이가 그냥 물 좀 달라는 거였는데, 마루로 끌려나가 공포에 떨어야 한다는 건 도저히 이해할 수 없는 일입니다. 아버지한테는 제가 그 정도밖에 안 되는 존재란 말이니까요.

그 일은 시작일 뿐이었습니다. 종종 저라는 존재가 무의미해지는 것도 다 아버지 때문입니다. 용기를 북돋워주고 따뜻한 시선으로 인생의 길잡이가 되어 주길 바랐는데 말입니다. 그런데 오히려 엉뚱한 길을 강요하셨습니다. 저한테는 영 맞지 않는 길을.

아버지는 제가 공손하게 경례를 붙이거나 당당하게 행진하면 격려하셨습니다. 군인하고는 영 거리가 먼데 말입니다. 또한 뭘 먹든 탐스럽게 먹거나 맥주를 곁들이면, 혹은 내용도 모르는 노래를 흥얼거리거나 아버지 특유의 말버릇을 흉내내면 격려하셨습니다. 지금은 어떻습니까? 아버지가 공감하시거나 저 때문에 상처를 입는 등 자존심 때문이라는 건 정말 흥미롭지 않습니까? 결혼 문제로 제가 상처를 받거나 페파[6]가 제게 욕할 때 말입니다. 그런 때는 제 존재 가치를 실감합니다. 페파는 비난의 화살을 피할 수 없지만요. 지금 제 **나이**에 치켜세운다고 넘어가지 않는 건 당연하지만, 어쨌든 저하고 직접적인 관계가 없는 일에 부추겨져 봤자 무슨 도움이 되겠습니까?

그 시절엔 언제나 격려 받고 싶었습니다. 아버지의 체격에도 압

---

6) 발리의 남편 요제프 폴라크.

도당할 정도였으니까요. 아버지랑 배를 타고 나갈 때가 종종 있었지요. 그때 탈의실에서 아버지의 건장한 체구를 대할 때마다 비참해지곤 했습니다. 아버지한테만 그러는 게 아니라 세상 자체에 주눅들곤 했습니다. 아버지는 모든 걸 판단하는 기준이었으니까요. 저는 빈약한 체구를 드러낸 채 두려움에 떨며 갑판 위로 올라갔습니다. 물이 너무 무서웠거든요. 그 깊은 절망감 때문에 이 세상에서 겪을 만한 혐오스러운 일은 전부 몰려들 것만 같았습니다. 이따금 저를 선실에 남겨 둔 채 아버지가 먼저 나가면 그렇게 기쁠 수가 없었습니다. 물론 금방 돌아오셔서 저를 끌고 갔지만요. 아버지가 제 괴로움을 모른 건 다행이었습니다. 저도 아버지의 체격이 자랑스러웠으니까요. 이러한 차이점은 지금도 변함이 없습니다.

아버지는 자수성가하신 분입니다. 그러다 보니 자신감이 지나쳐 독선적이셨습니다. 저는 별로 본받고 싶지 않았습니다. 아버지는 팔걸이 의자에 앉아 세상을 지배하셨습니다. 아버지 의견만 옳을 뿐 다른 의견들은 상식을 벗어난 엉터리였습니다. 어떤 문제에 대해서는 아버지가 아무 의견이 없다는 이유로 이미 제기된 의견들을 무시해 버렸습니다. 그래서 아버지에게는 체코인을 공격하는가 하면 이번에는 독일인을 공격하고, 또 유대인을 공격하는 일이 가능했습니다. 결국 아버지 말고는 아무도 존재할 수 없었습니다. 말 그대로 폭군이셨습니다.

그런데 제 문제만큼은 놀라울 정도로 올바른 입장을 유지하셨습니다. 대화란 걸 모르고 살았으니까 그럴 수밖에 없었지만 이상한 일도 아니었습니다. 저는 뭘 생각하든 아버지의 중압감에 시달렸으니까요. 아버지 뜻에 어긋나는 일일 때는 더욱 심했지요. 아버지하고 관계없는 일들도 마찬가지였고요. 저는 지금 어린 시절의 이야기를 하는 것입니다.

어쩌다 기쁜 일이 생겨서 부푼 가슴을 안고 집에 돌아와 얘기하면 한숨을 쉬거나 고개를 흔들거나 테이블을 두드렸습니다. '더 멋진 것도 봤다'거나 '너는 바로 그런 게 문제야'라거나 '난 지금 머릿속이 복잡해'라거나 '그런 일쯤이야 아무려면 어떠니'라거나 '그렇겠지 뭐' 하는 식이었습니다. 물론 돈 버느라 하루종일 고생하고 돌아온 아버지한테 어리광을 받아달라는 건 아닙니다. 사실 그런 것까지 바라진 않았으니까요. 문제는 저를 인정하지 않는다는 거였습니다.

제 얘기나 의견이라면 무조건 묵살하다 보니 종종 생각이 같을 때도 습관적으로 인정하지 않으셨죠. 제 입장에서는 아버지를 무조건 두려워하고 멀리하다 보니 매사에 자신감이 없어졌습니다. 용기를 내거나 결단력을 필요로 할 때, 혹은 기쁨의 순간이면 아버지가 반대하시는 모습이 떠올라 끝을 맺지 못한 채 중간에 포기하고 말았지요. 계획을 세워 일을 시작해 보려고 해도 아버지가 반대하실 텐데 하는 걱정이 앞섰던 것입니다.

대인 관계도 다르지 않았습니다. 제가 누군가에게 관심을 가질라

치면 기다렸다는 듯 독설을 **내뱉**으며 간섭하셨습니다. 제 판단이나 기분은 아랑곳하지 않으셨죠. 뢰비[7]처럼 순수한 사람도 마찬가지였죠. 그가 어떤 사람인지도 모르면서 독충으로 몰아붙였지 않습니까? 저를 돕고 친절을 베푸는 사람들한텐 영락없이 개나 벼룩에 대한 속담[8]으로 공격하셨습니다.

아버지의 말이나 판단이 제게 얼마나 커다란 고통과 수치심을 주었는지 모른다는 걸 이해할 수가 없습니다. 아버지는 당신의 영향력을 잘 모르는 것 같습니다. 저 역시 간혹 아버지를 화나게 만들지만 저 자신이 잘 압니다. 하지만 가만히 참아 넘길 수가 없어서 내뱉고 마는 것입니다. 물론 입을 여는 순간부터 후회하지만요. 아버지는 어떻습니까? 상대방 생각은 눈곱만큼도 안 하시곤 독설을 퍼붓지 않습니까? 그럴 때는 어떻게 해볼 도리가 없습니다.

이제 아버지의 교육 방법을 알겠지요? 아버지는 교육자적인 자질이 있지만, 아버지 같은 성격일 경우에만 통하는 방법입니다. 어린 저한테는 하늘의 명령이었습니다. 절대로 잊을 수가 없었습니다. 세상일을, 특히 아버지를 판단하는 기준이었습니다. 결론적으로 아버지는 완전한 낙제였습니다.

그 당시엔 식사시간에만 마주쳤기 때문에 아버지 역시 식탁 예절을 가지고 말씀하셨습니다. 남기지 말고 골고루 먹어라, 음식 타

---

7) 동방 유대인 극단의 배우. 카프카가 많은 영향을 받았다.
8) "개에 붙어 자는 벼룩과 함께 움직인다"라는 속담을 말한다.

박을 하지 마라 그러면서도 정작 아버지는 돼지도 아닌데 어떻게 이런 걸 먹겠냐고 소리치셨습니다. 심지어는 가정부에게 '개새끼'라는 표현도 서슴지 않으셨습니다. 게다가 식욕이 왕성하고 미각이 발달해서 뭐든 순식간에 먹어치우는 통에 어린아이는 포크를 재빨리 놀려야 했습니다. 식탁의 침묵을 깨는 것도 아버지였습니다. '떠들지 말고 밥부터 먹어라.' '빨리빨리 좀 먹어라.' '나는 벌써 다 먹었지 않니?' 뼈도 못 씹게 하셨습니다. 물컵도 못 빨게 하셨습니다. 빵 한 조각도 똑바로 썰어 먹어야 했고, 음식 찌꺼기를 바닥에 흘리는 건 상상도 할 수 없었습니다. 한 마디로 식탁에 앉은 이상 먹는 일에만 몰두해야 했습니다. 하지만 아버지 자신은 뼈를 씹든 물컵을 빨든 소스가 뚝뚝 떨어지는 나이프로 빵을 썰든 아버지 자리가 음식 찌꺼기로 가득하든 손톱을 자르거나 귀를 후비든 전혀 상관하지 않으셨습니다. 오해해서 듣지는 마십시오. 별 의미 없는 얘기일 뿐이니까요. 제가 고통스러웠던 건 그토록 절대적인 결정권을 가지고 강요하시면서, 정작 자신은 하나도 지키지 않았다는 사실이었습니다.

그래서 저는 이 세상을 세 갈래로 나누고 말았습니다. 우선 노예들의 세상이 있었습니다. 오직 저만을 위해 법률을 만들었는데도 실제로 지켜지지 않았습니다. 다음은 저하고는 완전히 동떨어진 아버지의 세상이 있었습니다. 아버지는 명령을 내리고 불복종하면 화를 내느라 바쁘셨습니다. 마지막으로 명령이나 복종이 없는 행복한 세상이 있었습니다. 어쨌거나 저는 굴욕감을 느꼈습니다. 아버지의 명령을 따르는 것은 굴욕이었습니다. 저에게만 내리는 명령이었으니까요.

반항해 봤자 굴욕감은 마찬가지였습니다. 어떻게 반항해야 하는지조차 알 수 없었기 때문이었습니다. 사실 복종을 하고 싶어도 아버지만큼의 체력과 식욕, 능력이 없었기 때문에 불가능했습니다. 아버지는 당연하다는 듯 복종을 강요하셨지요. 저에겐 가장 치욕스러운 일이었습니다. 아직 어린 나이라 막연히 그렇게 느꼈을 뿐이지만요.

페릭스를 생각하면 어린 제 처지를 이해하실 겁니다. 아버지는 지금 그 아이도 저랑 똑같은 방식으로 다루십니다. 예의 범절을 가르치는 방법까지 똑같습니다. 조금만 지저분하게 먹으면 '돼지 같은 녀석!'이라고 부르는 걸로 모자라 '헤르만하고 똑같구나'라든가 '그 아비에 그 자식이구나.' 하고 윽박지르십니다. 페릭스는 치명적으로 받아들이지 않을 수도 있습니다. 아버지는 할아버지일 뿐 저처럼 전부는 아니니까요. 게다가 성격이 침착하고 남자다워서 언제까지나 의기소침해 있지 않을 것입니다. 그 아이가 아버지랑 마주 앉는 일도 드문 편이고요. 게다가 아버지 영향만 받는 것도 아니고, 오히려 아버지는 골동품 같은 존재로서 자기가 필요한 것만 받아들일 겁니다. 하지만 제게는 골동품 같은 존재가 아니었고, 필요한 것만 받아들인다는 건 상상할 수도 없었습니다. 모든 걸 그대로 받아들일 수밖에 없었습니다.

반항 같은 건 더더욱 상상할 수 없었습니다. 아버지는 내키지 않는 일에 대해선 조용하게 말씀하시지 못하는 분이었습니다. 그만큼 거만하신 탓이죠. 최근엔 심장병 때문이라고 말씀하시지만요. 심장병을 들먹이면 상대방이 꼼짝없이 물러설 수밖에 없겠지요. 비난하는 게 아닙니다. 사실을 확인하는 것뿐입니다.

오틀라한테는 어떻습니까? '도무지 대화가 안 되는 아이야. 뭐라고 하면 그대로 덤벼든단 말이야.' 이렇게 말씀하시잖습니까? 하지만 오틀라는 그런 애가 아닙니다. 아버지는 일과 사람을 구분하지 못하는 겁니다. 그 애는 일에 관해서 얘기할 때만 덤벼드는 것입니다. 아버지는 다른 사람 말은 듣지도 않고 일만 가지고 결단을 내려 버립니다. 나중에 설명해 봤자 더욱 흥분하실 뿐 이해하려고 들지 않습니다. 노여움에 가득 찬 쉰 목소리로 이렇게 윽박지르셨습니다. '너 좋을 대로 해라. 네 맘이니까. 나이도 먹을 만큼 먹었으니 더 이상 참견할 필요도 없다.'

이제 그렇게 말해도 두려워하지 않는 건 우리 두 사람 다 구원받을 수 없다는 걸 알았기 때문입니다.

우리가 차분히 대화할 수 없었기 때문에 저 역시 할말이 없어져 버렸습니다. 원래 달변은 아니지만 일상에서 나누는 대화 정도는 문제가 없었습니다. 그런데 아버지가 금지시키셨습니다. 말대답하면 안 된다는 위협과 동시에 손을 휘두르는 모습은 항상 저를 따라

다녔습니다. 아버지는 자신의 일을 말할 때 멋진 웅변가였지만, 저는 말에 두서가 없어져 버립니다. 아버지한테는 그것마저 용서가 안 되는 일이라 결국 저는 입을 다물어 버리고 맙니다. 처음에는 반항심에서 그랬는지도 모릅니다. 하지만 아버지 앞에만 서면 생각도 말도 불가능했습니다. 더욱이 제 교육은 오로지 아버지가 맡았기 때문에 영향을 받을 수밖에 없었습니다.

제가 아버지 얘기를 듣지 않았다는 건 천부당만부당합니다. 뭐든 삐딱하게 나간다고 질책하시지만 작정을 하고 그런 적은 없었습니다. 오히려 제가 덜 순종했더라면 아버지가 조금은 만족하셨을지도 모릅니다. 아버지는 정확하게 관통했던 겁니다. 저는 한 걸음도 피하지 않았습니다.

제가 이렇게 된 건 아버지의 교육과 저의 복종이 이루어낸 성과입니다. 그런데도 아버지는 고통스러워할 뿐 성과로 인정하지 않으려 하시니 우리는 서로 맞지 않는다는 증거가 아니겠습니까? 하지만 저는 다릅니다. 너무나 의기소침해져서 입을 다물어 버린 것입니다. 아버지의 힘이 닿지 않는 곳까지 멀리 떨어졌을 때 비로소 움직여 보고 싶은 마음이 생겼습니다. 이 말에 아버지는 또 삐딱하게 나간다고 하시겠지만 당신의 강인함과 저의 나약함이 만들어낸 당연한 결과입니다.

아버지의 훈계 중에서 그래도 효과적이었던 것은 욕과 위협, 야유와 심술궂은 웃음, 그리고 신세 한탄이었습니다.

아버지가 대놓고 욕을 퍼부은 기억은 없습니다. 그럴 필요도 없었고요. 다른 방법이 많았으니까요. 집 안에서나 가게에서 나누는 대화를 보면 온통 욕밖에 없었기 때문에 소년 시절 내내 귀머거리가 될 것 같았습니다. 그때마다 내 말을 하는 거라고 생각했습니다. 아버지가 욕하는 그 사람들도 나만큼 용렬하지 않다는 것을 알았으니까요. 그 사람들이 못 마땅해 봤자 저를 보는 것만큼은 아니었을 겁니다. 이때도 아버지는 아무런 거리낌 없이 욕을 하시면서 다른 사람이 욕하는 것은 안 된다고 금지시켰습니다.

아버지의 욕을 더욱 효과적으로 만드는 것은 위협이었습니다. '생선처럼 발라 버리겠다'는 위협이 가장 무서웠습니다. 그런 일은 없을 거라고 믿으면서도 아버지의 위력을 생각하면 가능하겠단 두려움이 일었습니다. 아버지가 누군가를 붙잡으려고 고함을 지르면서 테이블 주위를 뛰어다니는 것도 저에게는 공포였습니다. 정말 그럴 것 같은 모습을 보이셨기 때문에 결국은 어머니가 나서야 했습니다. 어린아이의 눈에는 아버지의 자비로 목숨을 부지하는 것 같았습니다. 하라는 대로 안 했다고 위협할 때도 비슷합니다. 아버지 마음에 들지 않는 일을 할라치면 그런 일이 있을 법이나 하냐고 위협하십니다. 결국 저는 자신감을 잃고 우유부단해졌습니다.

나이를 먹을수록 점점 더 무능력해질 뿐이었습니다. 아버지가 말씀하시는 대로 된 건지도 모르겠습니다. 아버지 탓이라고 말하지 않도록 다시 한 번 조심하겠습니다. 원래 그랬는데 아버지가 더욱 부추겼던 것뿐입니다. 어쨌든 저에게 막강한 힘을 가지고 유감없이 발휘하셨기 때문에 너무 심했다는 소리를 듣는 것입니다.

아버지는 특히 야유를 이용해 가르치는 방법을 믿었습니다. 아버지의 우월함에 어울리기도 했고요. 그래서 항상 이렇게 경고하셨습니다. '그런 일을 이렇게 할 수는 없겠니? 어쩐지 감당을 못할 것 같구나. 시간도 없겠지만 말이야.' 이렇게 말할 때마다 심술궂은 미소를 지으셨습니다. 실수한 걸 깨닫기도 전에 벌을 받는 셈이었습니다. 그러나 심술궂은 야유조차 안 하실 때는 그런 질책까지도 격려가 되었습니다. 어머니께 하시지만 사실은 저를 겨냥한 얘기였습니다. '그런 일을 우리 아가에게 시킬 수는 없어요'라고 말하는 경우 오히려 역효과가 생기기도 했습니다. 어머니가 계시는데 굳이 아버지께 여쭤 볼 이유가 없었으니까요. 나중에는 습관이 되어서 생각하지도 않았습니다. 아버지 일이 궁금하면 옆에 계신 어머니께 여쭤 보는 편이 훨씬 안전했습니다. '아버지는 좀 어떠세요?' 따위의 질문으로 불의의 습격에서 벗어났던 것입니다.

아버지의 야유에 의기투합해 버리는 경우도 있었습니다. 제가 아닌 다른 사람에게 쏟아질 때인데, 이를테면 저하고 티격태격하던 둘째 동생 엘리가 당하는 순간입니다. '식탁에서 10미터나 떨어져 앉다니, 이 뚱보 계집애.' 하고 질책하실 때면 너무 통쾌해서 온몸이 짜릿할 지경이었습니다. 엘리의 버릇을 견디기 힘드셨겠지만, 날마다 호통쳐 봤자 아버지가 얻는 건 없었습니다. 너무 지나치다 싶게 노여워하며 심술을 부렸기 때문일 겁니다.

단순히 식탁에서 떨어져 앉았기 때문이 아니라 다른 일로 존재하던 분노가 우연히 이 기회를 이용하여 폭발한 게 아닌가 싶습니다. 기회란 언제든지 적당한 장소에서 발견될 수 있는 것이기 때문에 특별히 조심하고 싶은 생각도 들지 않았을 것입니다. 게다가 그처럼 항상 위협을 당하고 있으면 둔감해지기도 하는 법입니다. 실제로 매를 맞지는 않을 것이라는 사실만이 점점 분명해졌습니다. 저는 성미가 까다롭고 불성실하고 말을 듣지 않는 아이가 되었습니다. 언제나 도망칠 기회만 노리고 있었습니다. 결국 아버지도 저희도 고민하기 시작했습니다. 아버지 입장에서는 무리도 아니었겠지만 이를 악물고 걸걸 웃으면서 자식에게 처음으로 지옥이란 걸 보여주시며 화가 치민 듯이 말씀하셨습니다. 얼마 전 콘스탄티노플에서 편지가 왔을 때도 이런 모습이었습니다. '이것이 사회다.'

자식들을 대하는 태도하고는 전혀 다른 것 같습니다만 아버지께서는 곧잘 신세 한탄을 하셨습니다. 저는 그런 일에 워낙 둔감해서 아버지가 동정을 원하리라고는 상상도 못했습니다. 모든 면에서 강하고 위대한 아버지한테 저희의 동정이 무슨 소용이겠습니까? 그런 것은 경멸하셨어야 했지요. 저희를 경멸하셨던 것처럼요. 저로서는 아버지의 한탄이 믿어지지 않았고 오히려 무슨 속셈이 있는 건지 의아할 뿐이었습니다. 자식 문제로 고민하신다는 건 훨씬 뒤에 알았습니다. 하지만 그 당시에는 이것도 노골적인 교육 방법이라고만 생각했습니다. 결국 또 다른 부작용을 가져왔습니다. 아버지한테 너무 익숙해지다 보니 진지한 일도 대수롭지 않게 받아들이게 된 것입니다.

다행스럽게도 예외는 있었습니다. 아버지께서 조용히 고민하실 때입니다. 그런 때는 애정과 선의가 힘을 얻어서 마음을 열기도 했습니다. 물론 드물었지만 그만큼 멋진 일이었습니다. 어느 무더운 여름날 오후, 아버지는 일에 지쳐서 책상에 팔꿈치를 괸 채 졸고 계셨습니다. 어느 일요일에는 지칠 대로 지친 몸으로 우리가 휴가를 보내는 곳까지 오신 일도 있었습니다. 어머니가 중병에 걸리셨을 때는 몸을 떨면서 책장에 매달려 우셨습니다. 제가 오틀라의 방에 앓아 누웠을 때는 가만히 다가와서는 문지방에서 고개를 내밀고 잠들어 있는 저를 보려고 하셨습니다. 제가 깰까 봐 조용히 서 계셨던 겁니다. 저는 너무 기쁜 마음에 돌아누워 울고 말았습니다. 그리고 지금 이 편지를 쓰면서 다시 한 번 울고 있습니다.

아버지가 만족스럽게 공감을 전하려는 미소에는 독특한 아름다움이 있어서 사람을 행복하게 합니다. 기억은 없습니다만, 그런 일이 없진 않았겠죠. 제가 아직은 순진하게만 보이고 아버지의 큰 희망이었을 무렵에는 그 미소를 주지 않았을 리 없을 테니까요. 하지만 그런 온화한 표정 역시 저의 죄의식을 확대하고, 이 세상을 더욱 이해하기 어려운 것으로 만들 뿐입니다.

저는 좀더 구체적이고 영원한 것에 매달렸습니다. 아버지께 나 자신을 주장하기 위한 거였지만 복수하는 심정도 없진 않았습니다. 제가 시작한 일은 아버지의 우스꽝스런 모습을 발견하여 과장하는 거였습니다. 가령 아버지는 신분이 높은 사람들이라면 앞뒤 가리지 않고 소문을 퍼뜨리는 버릇이 있었습니다. 또 한 가지는 커다란 목소리로 저급하게 말하는 버릇이었습니다. 덕분에 저는 즐거웠습니다. 재미있고 신나는 나날이었습니다. 아버지가 그 사실을 깨닫고 불쾌해하신 일도 있었습니다. 악의에 차 있다느니 존경심이 부족하다느니 하는 식으로 받아들이셨습니다. 사실을 말씀드리자면 저에게는 아무 도움도 되지 않는 자기 보호 수단에 불과했습니다. 신이나 제왕들에게 하고 싶었던 장난이었습니다.

하지만 아버지께서도 가만있진 않으셨습니다. 제가 얼마나 좋은 환경에서 자라는지, 또 얼마나 훌륭한 교육을 받는지 따위를 입버릇처럼 지적하셨습니다. 사실 아버지 말씀이 맞습니다. 하지만 사정이 이렇게 되고 보니 아무런 의미가 없다는 생각이 듭니다.

어머니는 자상한 분이셨습니다. 하지만 아버지를 벗어날 수 없었지요. 어쩌다 보니 몰이꾼 역할을 떠맡고 계셨습니다. 순전히 가정입니다만, 아버지의 교육이 반항과 혐오, 증오를 일으켜 제 힘으로 서게 만들었다고 합시다. 그렇다 해도 어머니는 사리에 맞게 얘기하고 애원해서 일을 수습하셨을 겁니다. 혼란했던 유년 시절에 어머니야말로 이성이 뭔지 보여 주셨습니다. 결국 저는 아버지의 울타리 안으로 돌아갔습니다. 안 그랬으면 그 울타리를 부수고 빠져

나왔을지도 모릅니다. 아버지를 위해서나 저를 위해서 그 편이 나았을 겁니다. 진정한 화해는 불가능했을 테니까요. 어머니가 아버지 모르게 저를 감싸주거나 뭐든 슬쩍 건네주거나 용서해 주는 걸로 그쳤을지도 모릅니다. 저는 또 아버지 앞에 꿇어앉아서는 엉큼한 아들이 되고 사기꾼이 되고 죄를 깨달았겠지요. 그리고 저는 허탈감을 이기지 못해 내 권리를 찾아가면서도 샛길을 찾아다닐 수밖에 없었을 겁니다. 샛길로 다니면서 내 권리가 아닌 것을 찾는 게 습관이 되어 버렸을 것입니다. 이것이 또 죄의식을 키웠겠지요.

아버지가 손찌검을 하신 적은 없었습니다. 하지만 고함을 지르고 얼굴을 붉히며 바지 벨트를 풀어 의자에 거는 건 더욱 견디기 어려웠습니다. 교수형이 준비되는 걸 바라보는 심정이었습니다. 정말로 목을 졸리면 죽어 버리니까 모든 게 끝장납니다. 그런데 사형을 집행하기까지 모든 준비 과정을 똑똑히 지켜보고 목을 맬 밧줄이 눈앞에 매달린 후에야 비로소 사면을 통고 받는다면, 평생토록 시달림을 당할 일입니다. 게다가 아버지는 매를 때려 마땅하지만 자비로운 마음으로 참는다고 하셨습니다. 그 일이 반복될 때마다 저의 죄의식은 깊어질 수밖에 없었습니다. 결국 모든 면에서 아버지의 은혜를 입고 말았으니까요.

아버지는 여러 사람들 앞에서 꾸짖을 때도 저의 자존심 따위는 신경 쓰지 않으셨습니다. 자식들 일이면 언제나 공공연하게 드러내 놓으셨습니다. 저는 아버지 덕분에 무엇 하나 부족함 없이 자유롭

214

고 사치스러운 생활을 한다고 말씀하셨습니다. 그 말씀을 머릿속에 뚜렷이 새겨 놓았습니다. '나는 7년 내내 이 마을 저 마을로 수레를 밀고 다녔다.' '온 가족이 단칸방에서 잤다.' '감자라도 먹으면 그나마 다행이었다.' '해마다 겨울옷이 없어서 다리 상처를 다 내놓고 살았다.' '네 나이에 나는 피제크로 돈을 벌러 갔다.' '부모님께 동전 한 푼 받은 일이 없다. 군대에 들어가서도 마찬가지였다. 오히려 집으로 돈을 부쳤다.' '그렇지만…… 아버지는 어디까지나 아버지셨다. 그런 기분을 누가 알겠는가! 아이들이 뭘 알겠는가! 아무나 견딜 수 있는 일이 아니다. 아이들은 이해할 수 없다.'

이런 이야기를 다른 자리에서 해주셨다면 훌륭한 모범이 되고 격려가 되었겠지요. 그러나 아버지한테 바랄 수 없는 일이라는 걸 압니다.

아버지의 고생이 저희를 다른 사람으로 만들어 버렸습니다. 아버지처럼 밑바닥부터 시작해 일어설 기회가 없었습니다. 이러한 기회는 폭력이나 파괴에 의해 자기 스스로 만들어내지 않으면 안 되는 거니까요. 결국 집을 나가는 방법 외에는 없었을 것입니다. 그러나 아버지는 전혀 바라지 않으셨습니다. 도리어 은혜를 모른다느니 말도 안 되는 일이라느니 괘씸한 일이라느니 배신이라느니 미친 짓이라느니 하고 화를 내셨습니다. 자신의 얘기를 들려주어 제가 부끄러워하도록 하시면서 또 한편으로는 자립심을 단호하게 막으셨습니다.

그게 아니라면 오틀라가 취라우로 간 일9)을 기뻐하셔야 했습니다. 오틀라는 아버지의 고향에 가려고 했던 겁니다. 아버지처럼 살아보고 싶었던 겁니다. 아버지께서 할아버지에게 의지하지 않았던 것처럼 오틀라도 아버지가 이루어 놓은 걸 곶감 빼먹듯 즐기고 싶지 않았던 것입니다. 그것이 잘못된 계획이었습니까? 아버지의 교육 방법하고 그토록 동떨어진 것이었습니까? 오틀라의 계획은 우스꽝스럽게 실패로 끝났고 시끄러운 소동을 일으켰습니다. 부모님을 돌아볼 겨를도 없었습니다. 그것이 오틀라만의 잘못일까요? 그 당시 상황이나 특히 아버지가 그처럼 서먹서먹하게 대했기 때문은 아니었을까요? 가게에서는 취라우에 있을 때보다 더 서먹서먹해했으니까요. 그때 아버지가 오틀라를 격려하시고 돌봐주셔서 그 모험을 통해 뭔가 좋은 걸 얻게 해줄 수 있지 않았을까요?

이런 일을 겪을 때마다 아버지는 '사는 데 부족함이 없는 게 문제다'라고 말씀하셨습니다. 농담처럼 말씀하셨지만 사실은 진담이었습니다. 아버지가 고생 끝에 얻은 것들을 우리는 아버지 손에서 받았습니다. 아버지가 겪은 자립을 위한 싸움을 우리는 어른이 되어서야 시작했으며 그나마 어린아이 같은 힘으로 얻어야 했습니다. 그래서 아버지보다 불리했다고 말씀드리는 건 아닙니다. 어느 쪽이 낫다고 할 수 없는 무엇인가가 있겠죠. 단지 저희가 불리한 점이라

---

9) 오틀라는 독일령 보헤미아의 소도시 취라우에서 농장 관리일을 했다. 카프카는 1917년부터 18년까지 이곳에서 투병 생활을 했다.

면, 아버지처럼 저희의 곤궁을 자만하지도 않으며, 또 다른 사람에게 굴욕감을 주지도 못한다는 점입니다. 또한 아버지의 위대한 성공의 결실을 즐기고 그 일을 다시 이어받아서 아버지를 기쁘게 할 수도 있었다는 것을 부정하지는 않습니다. 하지만 우리의 서먹한 관계 때문에 쉽지 않았습니다. 그러면서도 아버지가 주신 것을 즐겼습니다. 부끄러운 심정으로, 지치고 약한 마음으로, 또 죄책감을 가지고 즐겼습니다. 거지처럼 모든 걸 의지하며 감사하고 있었기 때문에 아무것도 할 수가 없었습니다.

아버지의 교육적 성과라면 제가 아버지가 가진 것들로부터 멀리 도망쳐 버린 사실입니다. 첫째는 가게입니다. 어린 시절 아직 구멍가게 수준일 때, 가게는 기쁨이었습니다. 언제나 활기가 넘쳤고, 불을 환하게 밝힌 밤이면 보는 것도 듣는 것도 많았고, 가끔은 아저씨들의 심부름을 해주고 칭찬을 듣기도 했습니다. 무엇보다도 아버지를 보며 감탄하곤 했습니다. 물건 파는 솜씨라든가 손님 다루는 방법, 농담도 잘하고, 부지런하고, 문제가 생기면 금방 해결해내는 등 아버지는 훌륭한 장사꾼이셨습니다. 아버지가 짐을 꾸리거나 나무 상자를 여는 모습은 저 혼자만 보고 싶을 정도였습니다. 어린 시절이 암흑으로만 가득 찼던 것은 아닙니다. 그러나 아버지가 저를 위협하기 시작하면서 가게 역시 아버지의 이미지와 겹쳐서 더 이상 기분 좋은 대상이 될 수 없었습니다. 그때부터는 가게에서 벌어지는 일들이 저를 괴롭히고 죄책감을 심어 주었습니다.

특히 아버지가 종업원들을 함부로 대하는 게 견디기 어려웠습니다. 잘 모르겠습니다만 다른 가게들도 마찬가지였겠죠. 제가 1년 정도 근무했던 일반 보험회사도 그랬습니다. 사장이 저한테 욕한 건 아니었지만 참을 수 없어서 사직서를 냈습니다. 그런 점에서는 선천적으로 예민했습니다. 솔직히 다른 가게들은 어떤지 신경 쓰지도 않았습니다. 그러나 아버지가 고함을 지르며 욕하는 걸 보고 있으면 전세계 어디를 가도 이런 가게는 없을 거라고 생각했습니다. 고함을 지르는 데서 끝나지 않고 폭군 같은 행동도 서슴지 않으셨습니다. 물건에 이상이 없다고 버틸 때면 그 물건을 다짜고짜 집어던졌는데, 오죽 화가 났으면 분별력을 잃었겠느냐는 게 아버지의 변명이었습니다. 그러면 종업원들이 전부 주워서 올려놓아야 했습니다. 그뿐이 아닙니다. 폐병을 앓는 종업원에게 입버릇처럼 말씀하셨습니다. '저 자식은 죽어야 해, 폐병쟁이 개새끼.'

그것도 모자라 종업원들을 향해 '급료를 받는 적들'이라고 부르셨어요. 사실 그런 점이 없지 않았지만, 저는 아버지야말로 '그들에게 급료를 지불하는 적'처럼 보였습니다. 아버지의 비인간적인 모습을 보며 큰 교훈을 얻었습니다. 종업원들은 한 가족도 아닌데 우리를 위해 일해 주면서도 아버지를 두려워한다고 생각했던 것입니다. 물론 제 생각이 지나치긴 했습니다. 아버지는 저를 대하듯 종업원들에게도 무서운 분이라고 생각했던 것입니다. 정말로 무서웠다면 그들이 떠나 버렸겠지요. 그들은 아버지가 윽박지르는 소리를 이내 떨쳐 버렸고, 결국 아버지만 상처를 받은 셈이었지요.

그래서 가게가 싫어졌고 가게일을 생각하면 아버지하고의 관계가 떠올라서 견딜 수가 없었습니다. 사업적 능력이나 권력의 욕망 같은 건 둘째 치더라도 아버지는 이미 그들보다 뛰어난 장사꾼이셨습니다. 아버지가 그들에게 만족했을 리가 없는 일이지요. 마찬가지로 저한테도 영원히 불만족하셨을 겁니다. 그래서 저는 종업원들 편에 설 수밖에 없었습니다. 아버지가 두려웠고, 아버지가 그토록 종업원들은 매도하는 이유를 몰랐기 때문입니다. 그래서 두려움에 떠는 종업원들을 아버지나 우리 가족하고 화해시켜 저 자신의 안전을 지키고 싶었던 것입니다. 그러려면 종업원들을 점잖게만 대할 수 없었습니다. 조심스러운 태도도 필요 없었습니다. 저는 공손해져야 했습니다. 제가 먼저 인사할 뿐만 아니라 상대방이 답례를 하지 않도록 해야만 했습니다. 물론 저처럼 보잘것없는 인간이 엎드려 절해 봤자, 아버지라는 주인이 그들 위에 군림하며 두들겨 팼다면 타협의 여지가 없었을 것입니다.

이런 관계는 가게를 벗어나 장래 문제까지 확대되었습니다. 그런데 저만 그런 건 아니었습니다. 오틀라 역시 하녀들을 찾아 다녀서 아버지를 화나게 했습니다. 결국 저는 가게가 무서워졌습니다. 어쨌든 가게는 저하고 상관없어져 버렸습니다. 김나지움에 입학하면서 떠났기 때문입니다. 그리고 가게는 저의 능력을 초월하는, 상상할 수도 없을 만큼 막대한 재산처럼 보였습니다. 아버지도 말씀하셨듯이 아버지의 능력을 다할 만큼 큰 것이었습니다. 아버지는 그렇게 말씀하실 때마다 제가 가게를 혐오한다고 몹시 괴로워하셨습니다. 지금 생각해도 마음 아프고 부끄럽습니다.

아버지는 저의 혐오감 속에서 위안을 찾아내려고 하셨습니다. 그래서 아버지 자신은 장사꾼 기질이 없으며 너무 원대한 관념들을 갖고 있다고 주장하셨습니다. 물론 어머니는 매우 기뻐하셨습니다. 하지만 아버지는 무리한 억지를 부리신 것입니다. 그 바람에 저까지도 한편으로는 허영심에, 또 한편으로는 곤궁에 몰려서 영향을 받았습니다. 저를 가게에서 떼어놓은 것이 바로 그 원대한 관념이었다면, 분명 다른 형식으로 나타났을 것입니다. 그 관념들은 김나지움과 대학에서 법률 공부에 열중하여 결국은 공무원이 되는 길로 이끌었습니다.

제가 아버지한테서 도망치려면 먼저 가족에게서, 특히 어머니한테서 도망쳐야만 했습니다. 하지만 어머니는 아버지를 너무나 사랑하셨고 헌신적이셨기 때문에 독립적인 판단력을 가진다는 건 불가능했습니다. 자식으로서의 정확한 본능에서 나온 결론입니다. 어머니는 나이가 들수록 금슬이 좋아졌으니까요. 어머니는 자신의 독립을 최소한의 경지에서 아름답고 부드럽게 지킴으로써 본질적으로 아버지를 기분 상하게 하지 않았습니다. 그러다 보니 아버지가 자식들을 어떻게 대하든 묵인하셨습니다. 오틀라의 일에선 더욱 그랬습니다. 물론 어머니라는 자리가 얼마나 괴롭고, 신경 쓸 일이 많은

지는 모든 사람들이 알아야 합니다.

어머니는 가게일이나 집안일을 돌보느라 애쓰셨고, 저희와 아버지 사이에 끼여서 시달렸습니다. 아버지는 정답고 친절하셨지만 어머니의 고충을 위로해 주신 적은 한 번도 없었습니다. 저희도 마찬가지였습니다. 아버지는 아버지대로 우리들은 우리들대로 어머니를 애태웠습니다. 분명 잘못한 일이지만 악의가 있어서 그랬던 것은 아니었습니다. 아버지는 저희에게, 저희는 아버지에게 싸움을 건 게 문제였습니다. 저희는 어머니만 보면 까닭 없이 화를 내곤 했습니다. 아버지가 저희 문제로 어머니를 괴롭힌 것은 교육상 아주 해로웠습니다. 그 때문에 변명의 여지도 없어야 마땅한데도 어머니에게 화내는 것이 정당하게 느껴졌으니까요. 어머니는 아버지 때문에 저희한테, 또 저희 때문에 아버지한테 얼마나 시달리셨습니까? 아버지가 정당했을 경우엔 완전히 달랐습니다. 그때는 어머니가 저희의 응석을 받아주셨습니다. 이 응석은 아버지에 대한 무의식적인 반대 시위였습니다. 어머니는 물론 우리를 사랑하시고 그것을 행복해하셨기 때문에 인내하실 수 있었던 것입니다. 그게 아니라면 이 모든 일들을 견뎌내지 못하셨을 것입니다.

여동생이 셋이나 되지만 저하고 가까이 지낸 아이는 없었습니다. 그나마 아버지를 살갑게 대했던 건 발리였습니다. 어머니 곁에서 아버지 비위를 잘 맞췄는데, 별로 힘들지도 않고 상처도 없었습니다. 아버지도 한층 마음을 써 주셨는데, 발리에게 카프카적인 요소가 있었기 때문이 아니라 어머니를 생각하셨기 때문이었겠죠. 정말 아버지다웠습니다. 카프카적인 것이 없는 곳에서는 아버지도 그런 것을 요구하실 수 없었던 것입니다. 카프카적인 저희처럼 발리를 대하지 않으셨습니다. 더욱이 카프카적인 것이 딸들한테서 보이는 것을 결코 좋아하시지 않았습니다. 저희가 방해하지 않았다면 발리하고는 좀더 격의 없이 지냈을 거란 생각이 듭니다.

엘리는 아버지의 사정권에서 빠져나가는 데 성공했습니다. 어렸을 때만 해도 상상조차 할 수 없는 일이었는데 말입니다. 엘리는 아주 둔하고 우울한 겁쟁이인데다 기운도 없고 죄책감 때문에 비굴하고 심술궂고 게으르고 식탐이 많은 인색한 아이였습니다. 저는 엘리를 바라보는 것만도 견딜 수가 없었으며 말도 걸고 싶지 않았습니다. 저하고 너무나 닮았으니까요. 아버지의 엄한 교육에 얽매인 모습이 너무나 흡사했습니다. 엘리가 인색하게 구는 건 정말 견디기 힘들었습니다. 그런 기질은 제가 더 강했으니까요. 인색하다는 것은 매우 궁핍하다는 뜻입니다. 저는 무슨 일에도 확신을 가질 수 없었고 저 자신이 가진 것이라곤 이미 손안에 넣어 버린 것이거나, 손에 쥐려고 하는 것들뿐이었습니다. 이것이야말로 같은 처지에 놓인 엘리가 저한테서 빼앗아 가려던 것이었습니다.

그러나 결혼을 하고 아이를 낳자 모든 것이 변해 버렸습니다. 엘리는 쾌활하고 대담하고 욕심도 없고 믿음직스러운 사람이 되었습니다. 아버지는 이러한 변화를 깨닫지 못하시고 인정해 주시지도

222

않았습니다. 참으로 믿을 수 없는 일입니다. 엘리를 보는 마음이 변하지 않았기 때문에 장점들을 보지 못하신 겁니다. 지금은 훨씬 약해졌지만 말입니다. 그것도 엘리가 저희를 떠난데다가 페릭스나 카를이 생긴 뒤로 엘리가 아버지의 관심 앞으로 밀려났기 때문입니다. 하지만 게르티[10]가 엘리를 대신하고 있으니 게르티에게라도 잘해 주십시오.

오틀라라 얘기라면 감히 꺼낼 용기조차 없습니다. 자칫하면 힘들여 쓴 이 편지가 무용지물이 되어 버릴 테니까요. 오틀라가 특별한 어려움이 있거나 위험에 처하지 않는 한 아버지는 언제나 증오하셨습니다. 오틀라가 일부러 아버지를 괴롭히는 것 같다고 저에게 털어놓으신 일도 있습니다. 아버지가 오틀라 때문에 괴로워하면 기뻐한다고 생각하신 겁니다. 그러니까 아버지에게 오틀라는 악마 같은 존재입니다. 아버지하고 오틀라는 두려워질 만큼 멀어져 버렸습니다. 아버지는 오틀라에게 각별히 신경 썼다고 생각합니다. 그러나 두 사람 사이에는 뢰비적인 것이 있었으며 더불어 최상의 카프카적인 무기도 준비되어 있었습니다.

사실 아버지하고 저 사이에는 진정한 의미의 싸움은 없었습니다. 제가 일반적으로 당한 것뿐입니다. 제가 할 수 있는 거라곤 도망치거나 불쾌해하거나 슬픔에 빠지거나 나 자신과 힘든 싸움을 하는 것밖에 없었습니다. 그러나 아버지하고 오틀라는 언제라도 싸울 준

---

10) 엘리와 카를 헤르만 사이에서 태어난 딸.

비가 되어 있었습니다. 장렬하면서도 암담한 광경이었습니다. 그러면서도 두 사람은 아주 가까웠습니다. 지금도 저희 넷 중에서 오틀라가 두 분 결혼 생활의 가장 순수한 상징이기 때문입니다. 아버지와 오틀라에게서 아버지와 자식간의 행복을 빼앗아 간 것이 무엇인지 저는 모릅니다만, 저하고 비슷한 과정을 거쳤다고 믿어도 될 것 같습니다. 아버지에게는 폭군 기질이, 오틀라에게는 뢰비적인 반항과 민감성, 정의감, 불안정감 같은 것들이 모두 카프카적인 힘에 의해 지탱되고 있는 것입니다. 물론 저의 영향도 있었겠지만, 제가 자발적으로 영향을 준 것은 아니고 단순히 제가 여기에 있다는 사실만으로 충분했습니다.

하여튼 오틀라는 이미 완성된 세력 관계 속에 맨 나중에 들어와서는 자기 스스로 판단을 내리면 됐습니다. 저는 오틀라가 아버지 품에 머무를 것인가, 아니면 상대인 저희 편에 붙을 것인가 잠시 동요했다고 생각합니다. 그때 아버지는 그녀를 떠밀어 버리는 실수를 하셨는데, 그런 일이 아니었다면 두 사람은 정다운 부녀가 되었을지도 모릅니다. 저는 동지를 잃었겠지만 두 사람을 보며 충분히 만족했을 겁니다. 아버지 역시 딸 하나라도 만족할 수 있어 행복을 느끼시고 저를 위해서도 유리한 쪽으로 변하셨을 겁니다. 모든 일이 꿈 같은 얘기일 뿐이지만요. 오틀라는 아버지하고 아무 관계도 없으며 스스로 자기 길을 찾아야 합니다. 저랑 똑같습니다. 신뢰라든가 자신감이라든가 건강이라든가 과단성이라든가, 저랑 비교해서 오틀라가 가진 것이 더 많다면 아버지 눈에는 그만큼 더 사악한 배신자로 보였을 것입니다.

아버지 눈에는 오틀라가 그 정도밖에 안 된다는 건 저도 압니다. 그런데도 오틀라는 아버지의 눈으로 자신을 바라보는 것도, 아버지의 고뇌를 함께 느끼는 것도, 그리고 절망에 빠지지 않고 슬픔을 견뎌내는 것도 해낼 수 있습니다. 모순이라고 생각하신다면 저희가 곧잘 모여 있는 걸 생각해 보십시오. 저희는 수군대기도 하고 웃기도 하는데 아버지는 혹시 자신의 얘기가 나올까 봐 귀를 기울이십니다. 아버지는 저희가 낯두꺼운 공모자라고 생각하시겠죠. 우리는 놀라운 공모자들입니다. 아버지는 오래전부터 저희 대화의 화젯거리였습니다. 그러나 반항심에서 함께 어울린 것은 아닙니다. 농담을 하거나 진심으로 애정을 기울여 반항도 노여움도 혐오도 죄책감도 감추지 않고 온힘을 다해 저희와 아버지의 관계를 다시 모색해 보자는 목적이었습니다. 아버지는 자신이 재판관이라고 주장하시지만, 아버지도 무기력하다는 점에서는 **저희하고 다를** 게 없습니다.

사실 아버지의 가르침을 가장 많이 받은 사람은 사촌누이 이르마입니다. 그녀는 가족도 아니고 다 커서 아버지 가게에 왔습니다. 아버지하고의 관계도 가게 주인과 종업원 정도였습니다. 그러니까 아버지의 영향을 가장 적게 받을 수 있었고, 그것은 이미 저항력이 생긴 뒤라 가능했습니다. 하지만 그녀 역시 같은 핏줄이었습니다. 그녀에게 아버지는 존경해야 할 큰아버지였고, 가게 주인 이상의 권위를 지니셨습니다.

그녀는 허약했지만 착실하고 영리하고 부지런하고 신중하고 믿음직스러우며 사욕이 없고 성실했으며, 아버지를 큰아버지로서 사랑하고 가게 주인으로서 존경했습니다. 다른 직장에 있을 때부터 정평이 나 있었지만 아버지한테는 좋은 점원이 아니었습니다. 물론 저희한테서도 환영받지 못했습니다. 그러나 당신에게 있어서는 자식의 입장에 가까웠습니다. 그런데다 아버지의 본성인 사람을 꺾지 않고는 못 배기는 힘이 강하게 작용했기 때문에 건망증, 단정하지 못한 행동, 서투른 유머, 게다가 반항심까지 커져 갔습니다. 이르마가 장애인이고 가정 환경이 좋지 않았던 것은 계산에 넣지 않고 하는 이야기입니다. 결국 아버지는 이렇게 말씀하셨지요. '그토록 믿음직한 여자도 부정을 저지르고 갔구나.'

아버지가 어떤 영향을 주었고, 그 결과 어떻게 반항했는지 묘사하고 싶지만 이미 불확실해졌으므로 여러 가지로 구상을 세워 보지 않으면 안 되겠습니다. 게다가 가게나 집안에서 멀리 떨어지면 떨어질수록 점점 온화해지시고, 양보를 잘하시고, 친절하시고, 조심스럽고, 동정심도 깊어지셨습니다. 독재자가 자신의 영토를 벗어나면 더 이상 폭군 행세를 할 이유가 없기 때문에 신분이 낮은 사람들하고도 부드럽게 접촉할 수 있는 것과 같습니다. 프렌첸스바트에서 찍은 사진을 보면, 아버지는 비평가들 사이에 섞여 여행 중인 임금님처럼 당당하게 서 계십니다. 불가능한 일이겠지만, 어렸을 때 이런 사실을 알았다면 얼마나 좋았을까요. 아버지한테 얽매여 주눅들 필요는 없었을 것입니다.

그 때문에 제가 잃은 것은 아버지께서 말씀하시는 가족에 대한 감각뿐만이 아닙니다. 오히려 가족에 대한 감각은 아직 있었습니다. 그것은 아버지로부터의 내면적인 해방에 대한 감각이었으며 확실히 소극적인 것이었습니다. 타인들과의 관계에서 아버지의 영향을 더욱 많이 받았을지도 모릅니다. 제가 타인들에게는 애정과 성의를 갖고 무슨 일이든 하는데 아버지와 가족에게는 냉담하다고 생각하신다면 오해입니다. 반복해서 말씀드립니다만, 저는 어딜 가나 사람을 싫어하는 소심한 인간이 된 것 같습니다.

그 무렵부터 지금까지 오는 동안 또 하나의 길고 어두운 길이 있습니다. 이 편지를 쓰는 동안 많은 일들을 숨김없이 말해 왔습니다만 앞으로는 가려서 말해야겠습니다. 아버지께, 그리고 저 자신에게 그것들을 고백하는 게 아직은 고통스럽습니다. 이렇게 말씀드리는 것은, 사건의 전모가 명료하지 않더라도 증거가 부족한 탓이라고 믿지 않으시기를 바라기 때문입니다. 사실 증거가 정확해도 전모는 참을 수 없을 정도로 왜곡되어 버릴지도 모릅니다. 중용을 찾아낸다는 것이 쉽지 않습니다. 어찌되었든 사건을 떠올려내는 것만으로도 충분합니다. 제가 아버지에 대해 자신을 잃어버린 대가로 얻은 것은 끝없는 죄책감입니다.

저는 사람들과 어울려도 갑작스럽게 변할 수가 없습니다. 그들에 대해 죄책감을 느낄 뿐입니다. 이미 말씀드린 대로, 아버지가 가게에서 범하신 일에 대하여 그들에게 보상해야 하기 때문입니다. 게다가 아버지는 제가 만나는 사람들에게도 노골적으로, 혹은 비밀리에 비겁한 짓을 하셨기 때문에 저는 그 일을 사과하지 않으면 안 되었습니다. 아버지는 가게에서나 집에서나 사람을 믿지 말라고 가르치셨습니다.

그런데 어린 제 눈에는 사람을 믿지 않을 이유가 아무것도 없었습니다. 제 눈에 띄는 것은 저 자신 따위는 도저히 당해낼 수 없을 만큼 훌륭한 사람들뿐이었습니다. 이 불신은 자기 불신이 되고 결국 타인에 대한 끊임없는 불안이 되었습니다. 결과적으로 아버지로부터 저 자신을 구원할 수가 없었습니다. 이 점에 있어 아버지가 생각을 잘못하신 이유는, 저의 대인 관계에 대해 아무것도 모르셨으므로 그릇된 추측과 질투심에서 제가 집에서 상실한 것만큼 다른 데서 채우지 않고는 못 배길 거라고 생각하셨기 때문입니다. 밖에서도 집에서 하는 식으로 생활하리라고는 도저히 생각할 수 없었던 것입니다. 그런데 저는 소년 시절부터 저 자신의 판단을 불신하는 데서 위안을 찾곤 했습니다. 저 자신에게 말했습니다. '네 말은 과장되었다. 아직 젊은 탓에 사소한 일도 특별하게 느끼는 것이다.' 이 위안도 세상을 보는 눈이 높아지면서 사라져 버렸습니다.

유대교에서도 탈출구를 찾지 못했습니다. 물론 여기에서는 처음부터 탈출을 생각해도 좋았습니다. 우리 두 사람 다 유대교 속에 있든지, 혹은 함께 나와 버리든지, 하나를 생각할 수도 있었습니다. 그런데 제가 아버지한테 물려받은 건 어떤 유대교였을까요? 저는 나이를 먹으면서 3가지 태도를 정했습니다.

어렸을 때는 아버지와 똑같은 기분으로 교회에 충실하지 않았기 때문에 단식도 하지 않았고 그런 일로 자책했습니다. 그 일로 인해 저 자신이 아닌 아버지께 나쁜 짓을 저질렀다고 믿었습니다. 그래서 언제나 그랬듯이 죄책감이 밀려왔습니다.

청년이 되어서는 아버지 자신은 유대교에 대해 자유스럽게 행동하시면서, 저에게는 유대교가 공허하다고 비난하시는 까닭을 알지 못했습니다. 제가 공허한 짓을 되풀이하지 않으려고 노력하지 않는 게 나쁘다고 말씀하셨습니다. 제 눈에는 농담 같았습니다. 하지만 농담은 아니었습니다. 아버지는 1년에 4일 정도는 예배에 참석하셨습니다. 확실히 진지한 사람들보다는 무관심한 사람들 쪽이었습니다. 기도도 형식적으로 느긋하게 끝내셨습니다. 기도문을 보며 지금 낭독하는 부분을 지적하셔서 깜짝 놀라기도 했습니다. 저는 일단 교회만 가면 그 후에는 좋아하는 곳들을 살짝 돌아다녀도 괜찮았습니다. 이렇게 해서 저는 그곳에서 계속 하품을 하거나 졸아야 했습니다. 그 후로도 춤출 때 말고 이처럼 지루한 일은 없었다고 생각합니다. 그래서 사소한 변화만 있어도 그것에 매달리려고 노력했습니다.

예를 들어 유대교의 교회당 성소에 안치된 모세 십계의 석판을 넣은 상자인 '계약의 상자'가 열리면, 사격장을 연상했습니다. 총알이 흑성에 명중하면 상자가 열립니다. 상자에서는 재미있는 것들이 튀어나오는데, 이곳에서는 목이 없는 낡은 인형들뿐입니다. 그런데 저는 이곳에서 많은 공포를 느끼기 시작했습니다. 서로 스쳐 간 많은 사람들에 대한 공포도 있었지만, 저도 율법의 부름을 받는 순간이 있을 거라는 아버지 말씀 때문이었습니다. 그 후로도 오랫동안 두려워했습니다. 그것 말고는 저의 지루함을 해소해 주는 게 없었습니다. 유대교의 신앙 문답인 바르미츠베 시간이 있었지만 이때는 어리석은 암기만을 필요로 했으며, 따라서 우스꽝스러운 시험 성적이 될 뿐이었습니다.

그리고 아버지가 율법의 부름을 받음에 있어서 저에게는 어디까지나 사회적인 것처럼 느껴지던 일을 훌륭하게 헤쳐나가실 때나, 혹은 심령기념제 때 아버지만 교회당에 남고 저를 내보내실 때는 여기에서 수상한 일이라도 행해지는 건 아닌가 하는 기분이 들기도 했습니다. 교회에서는 이런 식이었습니다만 집에서는 더욱 초라했으며, 제데르 아벤트(유대인이 이집트로부터의 이주를 기념해서 행하는 가정적 소제사, 즉 과월제를 말함)의 첫날밤에 한해서 무의식 중에 터뜨리고 싶어지는 희극으로 변할 뿐이었습니다. 이것은 분명히 장성해 가는 아이들에게 영향을 미쳤습니다. 아버지 자신도 이 영향을 받을 수밖에 없었던 이유가 뭘까요? 아버지가 그것을 야기시킨 장본인이었기 때문입니다. 즉 이것이 제가 이어받은 신앙의 알맹이였습니다. 여기에 또 덧붙일 것이 있다면 대축제일에 부친과 함께 교회당에 온 '백만장자 훅스의 아들들'을 가리키려고 뻗은 손 (축복하는 사제의 손을 의미함) 정도입니다. 이러한 신앙의 알맹이로는 가능한 한 빨리 손을 떼는 것밖에 더 나은 방법이 없었습니다. 저는 손을 떼는 것이 가장 경건한 행동이라고 생각했습니다.

시간이 더 흐른 뒤에 또 다른 견해를 갖게 되었습니다. 제가 작정을 하고 아버지를 배신했다고 믿으실 수밖에 없는 이유를 알았습니다. 아버지는 유대인 거주 구역의 작은 마을에서 실제로 유대교라고 말할 수 있는 것을 가져오셨습니다. 그것은 본래 많지 않은데다 도시나 군대에서 조금씩 사라져 가고 있었습니다. 젊은 시절의 인상이라든가 추억담 같은 것이 지금도 유대인식 생활을 그립게 하는 정도입니다. 아버지는 이런 도움을 필요로 하시는 분이 아니었고, 혈통이 강하셨기 때문에 종교적인 의혹 때문에 동요하는 일은 없었습니다. 근본적으로 아버지의 생활을 이끄는 신앙은, 유대인 사회의 일정한 계급이 품고 있는 견해라면 무조건 옳다고 믿는 것이었습니다. 결국 아버지는 신이 아니라 아버지 자신을 믿고 계셨던 겁니다. 여기에도 훌륭한 유대교가 남아 있었습니다. 하지만 우리가 이어 나가기에는 그것만으로 부족했습니다. 후세로 전해지는 사이에 쇳덩어리가 되었습니다.

한편 그것들은 타인에게 설명할 수 없는 젊은 시절의 이미지였으며, 다른 한편으로는 우리가 두려워하던 아버지의 본성이었습니다. 두려운 나머지 눈빛을 날카롭게 번득이던 저희에게 아버지는 이것이 유대교라고 말씀하셨고, 그 공허함에 꼭 들어맞는 무관심한 태도로 내보이신 하찮은 것들 속에 원대한 뜻이라도 있는 것처럼 설명하시려 해도 헛수고였습니다. 아버지에게는 젊은 시절의 조그마한 추억을 의미했기 때문에 저희에게도 전하고 싶으셨겠죠. 아버지에게는 그 자체로서 무의미해졌으므로 억지로 설득한다든지 위협하는 수밖에는 전할 방법이 없었던 것입니다. 그런 방법으로 잘 될 리도 없고, 또 한편으로는 아버지께서 자신의 약점을 깨닫지 못하셨기 때문에 제가 고집스럽다고 화를 내셨던 것입니다.

사실 전체적으로 보면 이 일은 고립된 현상은 아닙니다. 유대인의 과도기 세대에 속하는 사람들은 사정이 비슷했습니다. 그들은 아직도 믿음이 깊은 시골에서 도시로 이주한 것입니다. 자연스럽게 이루어진 일입니다. 그것은 신랄했던 우리들의 관계에 비통한 일면까지 덧붙였던 겁니다. 아버지 자신은 죄가 **없다**는 것을 믿어 주시기를 바라지만, **죄가 없다**는 것을 **아버지의 본성**과 시대 상황에서 해석해 주시기 **바랍니다**. 다만 외부 사정으로, 이를테면 할 일이나 걱정거리가 너무나 많았기 때문에 그런 일까지 매달릴 수가 없었다는 말씀만은 말아 주시기 바랍니다. 이런 식으로 아무 죄가 없다고 말씀하시며 다른 사람에게 비난의 화살을 돌리시지만 얼마든지 반박할 수 있습니다.

아버지의 유대교가 좀더 강력했다면 아버지라는 모범도 사람들을 쉽게 납득시켰을 것입니다. 이것은 새삼스러운 비난이 아니라 오히려 아버지의 비난에 대한 단순한 방어일 뿐입니다. 아버지께서는 언젠가 프랭클린의 청년 시절에 관한 회상록을 읽으셨지요. 제가 그 책을 읽어 주셨으면 하는 마음에서 드린 건 아버지가 빈정거리시던 채식주의에 대해서 쓰여 있었기 때문만은 아니었습니다. 저자와 부친과의 관계 때문이었습니다. 자식을 위해서 쓴 추억 속에 자연스럽게 드러나는 저자와 자식과의 관계 때문이기도 했습니다. 여기에 그러한 것들을 일일이 열거할 생각은 없습니다.

아버지의 유대교에 대한 저의 견해를 뒷받침해 준 것이 또 있다면, 수년 동안 제가 유대교 일에 열중한다고 생각하신 후에 달라진 태도입니다. 아버지는 처음부터 저의 일이나 관심거리를 혐오하셨던 것처럼 이 경우에도 그랬습니다. 그러나 여기에서는 아버지가 작은 예외를 만들 것 같았습니다. 어쨌든 여기에서 일어난 문제는 아버지의 유대교였습니다. 이것으로 해서 아버지와 저 사이에 새로운 관계가 맺어진다고 볼 수도 있었습니다. 사실 이러한 일들에 대해 아버지가 흥미를 보였더라면, 오히려 저는 의심했을지도 모릅니다. 물론 이 점에서 아버지보다 뛰어나다고 주장할 생각은 전혀 없습니다. 하지만 그 일은 시도조차 되지 않았습니다. 아버지는 제 손을 거쳤다는 이유로 유대교가 싫어지셨으며 유대교의 성서도 읽을 수 없었던 것입니다. 그러나 이 일은 다음과 같은 의미로 받아들여졌습니다.

아버지께서 어린 저에게 가르쳐 주신 것은 유대교만이 정당할 뿐 그 이상은 없다는 것이었습니다. 그러나 아버지의 진심이라고는 생각할 수가 없었습니다. 아버지는 생각나는 대로 노골적인 증오를 나타내셨습니다. 한편 저의 새로운 유대교에 대해 마지못해 인정하신 것은 참으로 과장된 것이었습니다. 첫째로 거기에는 아버지의 저주가 담겨 있었으며, 둘째로 그것을 설명하기에는 동포들에 대한 원칙적인 관계가 결정적인 만큼 저에게는 치명적이었습니다.

제가 쓴 책이나 아버지가 알지 못하는 사물을 향해 혐오를 드러내실 때는 이것보다 정확했습니다. 이 무렵에는 저도 아버지한테서 도망쳐 독립한 상태였습니다. 벌레를 연상케 하는 부분도 없지 않았습니다. 저는 엉덩이를 발로 짓밟혔으므로 윗몸으로 몸을 비틀어 빼면서 옆으로 기어갔던 것입니다. 그래도 안전한 편이었습니다. 숨을 돌릴 수도 있었습니다. 아버지가 제가 쓴 것을 혐오하는 것도 이 경우만은 그럴만했습니다. 아버지가 제 책을 보고 '침실 책상에 갖다 둬라'라고 하신 말은 저희 사이에서 유명해졌습니다. 책이 도착했을 때 아버지는 트럼프를 치고 계셨습니다. 저의 허영과 명예가 받은 것은 이러한 인사였지만 마음은 편했습니다. 반항하려는 악의도 아니고, 우리의 관계가 또다시 증명되었다는 기쁨도 아니었습니다. 근본적으로 마음이 편했습니다. 그 인사말이 이렇게 들렸기 때문입니다. '자, 이제 너는 자유다!'

물론 오해였습니다. 저는 자유가 아니었습니다. 아무리 좋게 생각해도 자유는 아니었습니다. 제 책에는 아버지 얘기가 있었습니다. 저는 아버지의 가슴에 매달려 호소하지 못한 것을 호소했을 뿐입니다. 그것은 일부러 끌어 왔던 아버지와의 이별이었습니다. 물론 아버지에게 강요당한 것이었지만 결국 제 힘으로 정해진 방향을 더듬은 것입니다. 하지만 의미 없는 것들뿐이었습니다. 얘기할 만한 게 있다면 제 삶에서 일어났다는 것입니다. 그게 아니라면 아무 문제가 되지 않았을 것입니다. 어린 시절에는 예감으로서, 그 후에는 희망으로서, 다시 그 후에는 절망으로서 저의 삶을 지배해 왔기 때문입니다. 또한 제가 내린 작은 결단의 기록이기 때문입니다.

직업을 선택할 때 아버지는 넓은 도량과 참을성을 가지고 완전한 자유를 주셨습니다. 이때도 아버지는 유대인 중산층 가정의 남자아이를 대하는 가치 판단에 따랐을 뿐입니다. 결국 이 경우에도 저에 대한 아버지의 오해가 작용했습니다. 저의 본 모습을 모르시기 때문에 아들을 자랑하는 마음에서, 또 저의 허약한 점을 참작해서 저를 특별히 부지런하다고 믿으셨던 겁니다. 어린 시절부터 항상 공부만 했고, 그 후에도 끊임없이 글을 썼다고 믿으신 겁니다. 하지만 오해십니다. 저는 공부도 하지 않았으며 외우지도 않았습니다. 사실 지능도 높지 않은 편이었습니다.

어쨌든 이것은 제 기초 지식의 총결산입니다. 근심 걱정 없는 평온한 생활 속에서 낭비해 버린 시간과 돈을 생각하면 매우 비참해 보일 수도 있습니다. 제가 아는 사람들하고 비교해 봐도 그렇습니다. 하지만 저로서는 충분히 이해할 수 있는 일이기도 합니다. 사물을 이해하기 시작한 후로 정신적인 실존을 주장하는 데 매달려 왔기 때문에 다른 것들은 아무래도 좋았습니다. 저희가 있는 곳에서는 유대인의 김나지움 학생들이 곧잘 눈에 띕니다. 그곳에서는 도저히 생길 것 같지 않은 일까지도 눈에 띕니다. 그런데 저의 냉정하고 솔직한, 깨뜨릴 수 없는, 아이답고 귀여운, 우스울 정도로 자족적인 무관심은 다른 어느 곳에서도 본 일이 없습니다. 확실히 그것은 불안감과 죄책감으로 인한 신경 장애를 방지해 줍니다.

저는 저 자신에게만 몰두해 있었습니다. 그것도 여러 가지 방법으로 말입니다. 이를테면 저도 모르는 사이에 건강을 걱정하기 시작했습니다. 소화불량과 탈모에다 척추가 휘는 등 걱정되는 일이 종종 있었습니다. 그것은 여러 단계를 거쳐 심해지다가 마침내 진짜 병이 되어 버렸습니다. 저는 매사에 자신이 없었기 때문에 생존에 대한 새로운 확증이 필요했습니다. 하지만 저 자신만의 소유물, 오직 저 혼자서 결정할 수 있는 소유물은 없었습니다. 사실 저는 상속권을 박탈당한 자식이었습니다. 그래서 제 몸조차 자신을 가질 수 없었습니다. 나날이 키는 자랐습니다만 어떻게 해야 좋을지 버거웠습니다. 짐이 너무 무거웠습니다. 등이 굽기 시작했습니다. 몸을 움직여 보려고도 하지 않았고, 체조를 해볼 생각도 하지 않았습니다. 허약한 상태로 있으면서 자신이 자유롭게 할 수 있는 것은 모두 기적인 양 눈을 크게 뜨고 보았습니다. 소화가 잘 되도 의아해하다가 다시 잃어버렸습니다. 우울증에 빠지는 일만 남아 있었습니다.

그 후 결혼하기로 결심하고 인간으로서 할 수 있는 노력을 다하는 중에 객혈을 했습니다. 쇤보른 궁전에 있던 방 때문일 것입니다. 1917년 F와의 결혼 준비를 위해 프라하 시의 아름다운 고성에 거액을 내고 방을 빌렸는데 천장만 높고 난방이 부실해서 8월 24일 객혈을 하고 말았던 것입니다. 그 방은 글을 쓰는 데 안성맞춤이었습니다. 이 말을 꼭 적어야겠습니다. 아버지가 생각하시는 것처럼 과로 때문은 아니었습니다. 저는 건강한데도, 아버지가 일생 동안 편찮으셨던 시간보다 더 긴 날들을 안락 의자에 누워서 지낸 시절이 있었습니다. 제가 너무 바쁘다는 듯 아버지한테서 도망친 일이 있다면 제 방에서 뒹굴기 위한 것이었습니다. 사무실에서나 집에서나 일을 많이 한 적은 없습니다. 직접 훑어보셨더라면 깜짝 놀라셨을 겁니다. 하지만 저는 천성적인 게으름뱅이는 아닌 모양입니다. 다만 할 일이 없었을 뿐입니다. 사실은 그곳에서도 배척 당하고, 형편없는 취급을 받았으며 짓눌렸습니다. 그곳에서 **문제가 되었던** 것은 제 힘을 남김없이 **쏟는다** 해도 미칠 수 없는 어떤 **불가능한** 것이었습니다.

이런 상태에서 직업 선택의 자유를 얻은 것입니다. 그러나 이런 제가 그 자유를 누릴 수 있었겠습니까? 또 직업을 갖겠다고 자신 있게 말할 수 있었겠습니까? 저 스스로 자신을 평가하는 기준은 순전히 아버지에게 얽매여 있었습니다. 외부적인 성과가 용기를 줍니다만 그때뿐입니다. 곧이어 아버지의 무게가 더욱 강하게 저를 끌어내리고 맙니다.

초등학교에서 최상급 반에 올라갈 수 없을 거라고 생각했지만 올라갔을 뿐 아니라 상까지 받았습니다. 또한 김나지움의 입학 시험에는 합격하지 못하리라고 생각했는데 가볍게 성공했습니다. 김나지움에 들어가 봤자 낙제할 줄 알았는데 역시 계속해서 진급할 수 있었습니다.

그렇다고 자신감이 생긴 건 아닙니다. 오히려 그 반대였습니다. 다른 사람을 거부하는 아버지의 안색에서 분명히 그 증거를 확인할 수 있었습니다. 제가 잘 될수록 결국은 나쁜 결과만 생긴다는 생각이 들었습니다. 종종 무시무시한 교수 회의를 떠올렸습니다. 김나지움은 가장 조직적인 실례에 불과합니다. 저를 둘러싸고 있는 것은 어디에서나 같았습니다. 제가 최상급 반을 통과했으면 그 앞의 학급에, 그 학급도 통과했으면 다시 그 앞의 학급에 순차적으로 거슬러 올라가며, 그 교수 회의에서는 모든 사람이 용서할 수 없는 이 사건을 조사하려고 합니다. 참으로 무능하고 세상에 둘도 없는 저라는 무지한 놈이 어떻게 이런 최상급 반까지 올라올 수 있었는지 모든 사람들의 주의가 제게 쏠린 이상, 사람들은 저에게 침을 뱉을 것이고 이러한 악몽에서 해방된 정의의 아이들은 일제히 환성을 지를 것입니다.

어린아이가 이런 생각을 품는다는 것은 쉬운 일이 아닙니다. 이런 실정에서 수업이 무슨 흥미가 있겠습니까? 그 누가 제게 흥미를 불러일으킬 수 있겠습니까? 제가 수업에 흥미가 있었다면, 은행 사기꾼이 자기 죄가 당장 탄로 날까 두려워하며 행원으로서 처리해야 할 사소한 은행 업무를 보는 것과도 같은 흥미입니다. 중요한 일 말고는 모든 것에 무관심했습니다. 이 상태는 졸업 시험 때까지 계속되었습니다. 졸업 시험도 현기증 속에서 간신히 통과했습니다. 그리고 이제야말로 자유였습니다. 그러나 잠시 자유로운 상태가 된 지금도, 김나지움의 속박을 받으면서 자신의 일에만 마음을 쓰고 있던 때와 조금도 달라진 게 없습니다. 저는 직업 선택의 자유가 없었던 것입니다.

사실 어떤 직업이든 상관없다는 것은 저도 알고 있었습니다. 그러므로 자신의 허영심을 손상시키지 않고 이 무관심을 적당히 허용해 줄 직업을 찾아내는 일이 문제였습니다. 법학을 선택한 것은 당연한 일이었습니다. 허영심과 무의미한 희망으로 2주일 동안 화학 공부도 했고, 반년 동안 독일어 공부도 했지만 법학에 대한 신념을 강화시킬 뿐이었습니다. 이렇게 해서 저는 법학을 선택한 것입니다. 시험을 준비하느라 수개월 동안 신경을 소모시키면서, 정신적으로는 수천 명의 입에서 미리 씹혀진 톱밥 가루를 먹으며 틀에 박힌 듯이 몸을 부양했다는 것을 의미합니다. 그러나 어떤 의미에서는 예전의 김나지움이나 그 후의 공무원 생활과 같았다고 할 수 있습니다. 그래도 저에게 맞았으므로 놀라운 선견지명을 발휘한 셈입니다. 어렸을 때는 공부나 직업에 대해 확실한 예감을 갖고 있었습니다. 지금 여기에서 빠져나가는 것은 전혀 기대하지 않았습니다. 이미 오래전에 단념했습니다.

하지만 결혼의 의미와 **가능성에** 대해서는 선견지명이 없었습니다. 생애 최대의 공포**라고도 할** 수 있는 것이 갑자기 닥쳐온 것입니다. 저라는 아이는 참으**로 더디게 성장했습니다.** 그래서 이런 일은 저하고 관계없는 일처럼 **보였습니다. 때로는 이** 일에 대해 꼭 생각해 볼 필요도 느꼈습니다. 그러나 **격렬한 시련이** 기다릴 거라고는 생각지도 못했습니다. 하지만 결혼은 희망을 향한 대탈출이었고 그만큼 실패할 가능성도 컸습니다.

이 방면에서는 모든 것이 실패였으므로 아버지가 제 결혼 계획 등을 이해하시지 않으리라 생각했습니다. 이 편지가 성공을 거두느냐 못 거두느냐는 이 한 가지에 달려 있으니까요. 한편 제가 자유롭게 쓸 수 있는 적극적인 힘이 여기에 집중되어 있으며, 또 한편으로 여기에는 지금까지 써온 소극적인 힘들도 맹렬한 기세로 집중되어 있습니다. 나약한 마음, 자신감 부족, 죄책감 같은 것입니다. 그러한 것들이 저와 결혼 사이에 감시망을 치고 있었습니다. 제가 이 문제를 설명하기가 어려운 이유는 이 문제에 대하여 모든 것을 아주 오랫동안 생각하고 파헤치는 바람에, 전부 다 뒤엉켜 보이기 때문입니다. 그러나 완전한 오해라고 생각할 수밖에 없는 아버지의 이 사건에 대한 해석 때문에 제가 설명하기 곤란했던 점이 조금은 부드러워진 것 같기도 합니다. 그만큼 철저한 오해라면 이것을 약간 정정하는 일은 별로 어렵지 않으리라고 봅니다.

우선 아버지는 저의 결혼 실패를 그 동안 실패한 것들하고 같은 줄에 놓으십니다. 그 자체에 대해 반대할 구실은 아무것도 없습니다. 다만 이것은 실패라는 것에 대해서 이제까지 제가 설명한 것을 아버지가 승인해 주신다는 전제 아래에서의 일입니다. 사실 그것은 같은 줄에 놓여 있기는 합니다. 그러나 아버지는 이 일의 의미를 너무 가볍게 생각하고 계십니다. 그렇기 때문에 서로 이 문제에 대하여 얘기를 나눠도 처음부터 다른 문제를 얘기하는 것처럼 됩니다. 감히 말씀드립니다만 아버지 평생에 **저의 결혼** 계획만큼 큰 의미를 지닌 일은 한 번도 없었습니다. 그만큼 의미 있는 일을 경험해 보시지 않았다는 것은 아닙니다. 저에 비해 훨씬 풍요롭고 순탄했으며 절박했을 겁니다. 그래서 아버지에게는 이런 일이 한 번도 일어나지 않았던 것입니다.

어떤 사람은 낮은 계단을 다섯 단이나 올라가야만 하는데, 그 다음 사람은 한 단만 올라가도 됩니다. 처음 사람은 다섯 단뿐만 아니라 백 단이든 천 단이든 척척 정복해 나갈 것입니다. 그는 위대하고 긴장된 일생을 보내겠죠. 하지만 두 번째 **사람에게**는 온힘을 다 쏟아도 올라가기 어려운 한 단, 그곳까지 올라갈 수도 그것을 넘어서 나갈 수도 없는 그 한 단이 가지고 있는 의미를 과연 그 첫 번째 사람도 갖고 있을까요?

　결혼한다는 것, 가정을 만든다는 것, 자식들을 낳아 이 불안정한 세상에서 기를 뿐 아니라 올바로 이끌어주는 일, 이것은 평범한 인간이 성취할 수 있는 최고의 과제입니다. 언뜻 보기에 많은 사람들이 이 일을 간단히 해낸다는 것은 아무런 반증이 되지 않습니다. 첫째, 실제로 많은 사람들이 다 성공을 거두는 것은 아닙니다. 둘째로 그들도 자신이 '이룬다'기보다는, 단순히 '일어난다'는 것뿐입니다. 이것은 최고의 성공이라고 볼 수 없습니다만 그것만으로도 매우 훌륭하고 명예스러운 것입니다. 특히 '이룬다'와 '일어난다'는 순수하게 구별하기 어려우므로 끊임없이 노력하는 것뿐입니다. 반드시 태양 한복판으로 뛰어 들어갈 수는 없어도 어딘가 지구상의 깨끗한 한쪽 구석으로 기어 들어가면 태양이 가끔은 그곳까지 비춰서 조금은 따뜻해질 수가 있는 것입니다.

　그런데 저는 어떤 준비를 하고 있었을까요? 도저히 이야기할 수 없을 정도로 대단했습니다. 지금까지 말씀드린 것 중에서 가장 대단했습니다. 결혼 문제만큼은 누구나 직접 준비해야 하고 필요한 조건도 직접 만들어 나가는 것이 당연한 이상 아버지도 간섭하지 않으셨습니다. 다른 방법도 없었습니다. 여기에서 결정권을 가진 것은 계급이나 민족, 성적 풍습입니다. 아버지는 이 문제에 대해서도 간섭하시지 않았지만, 대단한 것도 아닙니다. 이런 일에 간섭하려면 강한 신뢰가 필요하기 때문입니다. 그런데 우리 두 사람은 오래전부터 서로를 신뢰하지 않았습니다. 실제로 아버지와 제가 필요로 하는 게 전혀 달랐기 때문에 별로 행복하지는 못했습니다. 저를 감동시키는 것이 아버지 기분에는 전혀 맞지 않는 일도 있었으며, 반대로 아버지의 경우에는 죄가 되지 않는 일도 저의 경우에는 죄가 될 수 있었습니다. 또 반대로 아버지의 경우에는 그냥 넘어갈 일도 제게는 관 뚜껑이 될 수도 있었습니다.

어느 날 해질 무렵 아버지 어머니와 함께 산책 갔을 때의 일입니다. 연방 은행 근처의 요제프 광장이었습니다. 그 흥미로운 문제에 대하여 제가 이야기를 꺼냈습니다. 바보처럼 허풍을 떨며 거만하고 냉정하게, 그리고 말을 더듬으면서 말입니다. 아버지를 비난하면서, 저 자신은 배운 것 없이 방치되었지만, 다른 친구들은 분명히 제가 큰 위험에 쫓기는 상상을 할 거라고 말씀드렸습니다. 여기에서 저는 저 나름으로 파렴치한 거짓말을 했습니다. 용기 있게 보이고 싶었습니다. 사실 저는 소심했기 때문에 '큰 위험' 같은 것을 생각해 본 적이 없었습니다. 결국 저 자신은 '다행스럽게도 이제는 무슨 일이나 알고 있다. 더 이상 아무런 충고도 필요 없다. 만사가 해결되고 있다'는 뜻을 비쳤습니다. 이 일을 끄집어낸 이유는 그 얘기를 하는 게 유쾌했기 때문입니다. 거기에는 호기심도 작용했습니다. 또한 마지막으로 어떻게 해서든지 어떤 일로든지 아버지에게 복수를 하고 싶었습니다.

아버지는 아버지답게 간단히 받아들이시고는 제가 안전하게 이러한 일들을 처리해 나갈 수 있는 방법을 알려 주겠다고 말씀하셨을 뿐입니다. 그때 제가 끄집어내려고 했던 대답은 고기 같은 것을 너무 많이 먹어서 몸이 둔한 나머지 영원히 자신만을 상대하려고 하는 소년의 색정과도 비슷한 것이었습니다. 그러나 저의 수치심이 손상을 당한 때문인지, 손상을 당했다고 믿었기 때문인지 본의 아니게도 그쯤에서 얘기를 중단하는 바람에 오만하고 뻔뻔스럽게 아버지하고의 대화를 끝내 버렸습니다.

그 당시에 아버지의 대답을 판단하는 것은 쉬운 일이 아니었습니다. 한편으로 그 대답은 너무 개방적이어서 원시적인 부분이 있을 정도였습니다. 또 한편으로는 현대적이고 단호한 교훈이기도 했습니다. 몇 살 때였는지는 모르겠습니다만 열여섯 살을 넘지는 않았을 것입니다. 그 나이라면 역시 주목할 만한 대답이었습니다. 그것은 아버지께 받은 첫 번째 처세술이기도 했는데, 그 점에서도 우리 두 사람은 거리가 있었음이 드러났습니다. 그 교훈의 본래 의미는 이미 제 몸에 스며들었습니다만 훨씬 후에야 의식하기 시작했습니다. 그때 저에게 충고해 주신 말은 아버지의 의견으로서나 그 당시의 저의 생각으로서나 가장 불결했습니다. 제가 육체적으로 이 불결을 조금이라도 집에 갖고 돌아오지 않도록 염려하신 것은 지엽적인 것입니다. 그렇게까지 해서 지키려고 하신 것은 오직 아버지 자신과 가정뿐이었습니다. 중요한 건 아버지가 자신의 충고 바깥쪽에 남겨 두셨던 것에 있었습니다.

남편으로서 순결한 남성으로서 이러한 일에 대해서는 문제 삼지 않으셨습니다. 당시의 저에게는 이 점을 더 한층 격렬하게 만드는 것이 있었습니다. 결혼은 부끄러운 일이었고, 따라서 세상의 결혼에 대해서 들은 것을 부모님에게 적용시킬 수가 없었습니다. 그 때문에 아버지는 더욱 순결해졌고 한층 높은 곳에서 받들어졌습니다. 아버지께서는 결혼 전의 자신에 대해서도 이와 비슷한 충고를 할 수 있었을 거라는 생각은 전혀 하지 않았습니다. 그러므로 이 세상이 저와 아버지만으로 존재한다는, 저에게는 매우 친숙한 그 관념이 사실이라고 한다면 그때는 아버지와 함께 이 세상의 순결이 끝나고 저와 함께 아버지의 충고의 힘에 의하여 불결이 시작된 것입니다. 아버지가 저에게 그런 식의 선고를 하셨다는 것은 그것만으로는 이해할 수 있는 일이었습니다. 약간 오래된 죄와 아버지측에서의 가장 깊은 경멸이라는 것만이 저에게 그것을 설명해 줄 수가 있었습니다. 그래서 저는 이것으로 또다시 자신의 가장 깊은 내부의 본질을 붙잡을 수 있었습니다. 매우 엄격하게.

우리 두 사람 다 죄가 없다는 것은 여기에서 가장 확실해질 것입니다. A가 B에게 노골적으로 아름답지 않은 인생관을 가지고 충고한다고 합시다. 도덕적으로 고마운 충고는 아닙니다. B는 이 충고를 따르지 않을 것입니다. 어쨌든 이 충고에는 B의 미래가 붕괴될 실마리는 하나도 없습니다. 그렇지만 이러한 일들이 일어납니다. 그것은 A가 아버지이고 B가 저라는 이유 때문이었습니다.

20년이나 지난 후에 그런 일이 또 일어났습니다. 소름이 끼칠 일입니다만 그것만으로는 큰 피해가 없는 일이었습니다. 다만 저라는 서른여섯 살짜리 남자가 해를 입지 않으면 말입니다. 제가 말씀드리는 것은 결혼에 대한 입장을 얘기하자 매우 격앙되셨던 아버지가 어느 날 잠깐 입에 담으신 내용입니다. 아버지는 이렇게 말씀하셨습니다. '그녀는 멋진 블라우스를 입었겠지. 프라하의 유대인 여자들이 즐겨 쓰는 수법이지. 물론 그녀와 결혼하기로 작정했겠지. 가능한 한 빨리, 일주일 내에 말이다. 내일이나 오늘이 될 수도 있을 거야. 네 마음을 이해할 수 없구나. 너는 어른이고 도시에서 살지 않느냐. 그런데도 마음에 드는 여자만 나타나면 서둘러 결혼하려고 어찌할 바를 모르는구나. 다른 방법이 없겠니? 두렵다면 내가 함께 가주마.' 아버지는 더 자세하고 명료하게 말씀하셨습니다. 그러나 더 이상 자세한 것은 생각나지 않습니다. 눈앞이 흐려졌던 모양입니다. 저는 어머니 쪽에 관심이 많습니다. 어머니도 아버지하고 같은 의견이셨지만 테이블에서 뭔가를 집어들고 나가셨습니다.

그것보다 심하게 모욕한 적은 없었던 것 같습니다. 그때만큼 확실히 저를 경멸하신 일도 없었습니다. 20년 전에 비슷한 말씀을 하셨을 때는 아버지의 눈에서 조숙한 도시 젊은이에 대한 존경을 엿볼 수 있었습니다. 아버지는 제가 한눈을 팔지 않고 세상에 나가려면 그렇게 해도 좋다는 것이었습니다. 지금은 이 배려가 경멸감만 더해 줄 뿐입니다. 그 당시 젊은이는 누구나 첫출발을 시도했으나 그대로 정체해 버렸고, 지금 아버지의 눈에는 무엇 하나 경험이 쌓인 것으로는 보이지 않고 오직 20년 동안 고뇌만 늘었다는 것입니다. 아버지에게는 한 여자에 대한 저의 결의 따위가 아무 의미도 없었습니다. 아버지는 저의 결단력을 무의식적으로 억누르고 계셨습니다. 그것이 어느 정도의 가치가 있는 것인지 지금도 무의식적으로 이해하신다고 생각하신 것입니다. 여러 가지 다른 방향으로 기도해 온 저의 탈출 계획에 대해서는 아무것도 모르셨습니다. 그래서 마침내 이 결혼 계획에까지 이르게 된 것뿐입니다. 그리고 전부터 저에 대해 품고 계셨던 판단에 따라서 천하고 우스꽝스러운 짓으로 만들어 버리셨습니다. 더군다나 그러한 아버지의 행동을 사실대로 말씀하시는 데 조금도 주저하시지 않았습니다. 그 일로 해서 아버지가 저에게 가하신 모욕은 저의 결혼이 아버지의 이름에 씌운 불명예에 비하면 아무것도 아니라는 것이었습니다.

그런데 아버지는 저의 결혼 계획에 대하여 여러 가지 회답을 주실 수 있었으며, 사실 회답을 주셨습니다. 제가 F와의 결혼을 두 번이나 취소했다가 두 번이나 다시 하는 와중에 아버지와 어머니는 약혼식 때문에 베를린까지 갔다가 헛걸음을 하셨으므로 저의 결심을 존중할 수는 없었을 것입니다. 모두 사실입니다. 그러나 왜 그렇게 되었을까요?

두 차례의 결혼 취지는 나무랄 데가 없었습니다. 새 가정을 꾸려서 독립한다는 것이었으니까요. 아버지도 동감하셨습니다만 그것은 어린아이의 장난과 같았습니다. 상대방의 손을 꽉 잡고 누르면서 이렇게 외치는 것과 같았습니다. '자, 어서 가거라. 가라는데 왜 가지 않느냐?' 사정이 복잡해진 이유는, 아버지께서 '자, 어서 가거라.' 하실 생각이셨지만 사실은 저를 붙잡으셨을 뿐 아니라 계속 꽉 누르고만 계셨기 때문입니다.

두 처녀 다 우연이었지만 매우 신중하게 선택했습니다. 저처럼 소심하고 굼뜨고 게으르며 의심이 많은 인간이 갑자기 결혼을 결심한 이유가 블라우스에 반했기 때문이라고 믿으시는 것은 아버지의 완전한 오해였습니다. 두 여자 중 어느 한쪽과의 결혼은 오히려 이성적인 결혼이 되었을 것입니다. 처음에는 수년 동안, 두 번째는 수개월 동안 고심 끝에 세운 계획이었으니까요.

어느 쪽도 저를 속이지는 않았습니다. 제가 두 여자를 속인 것입니다. 저의 판단은 지금도 그녀들과 결혼하려고 마음먹었던 그때와 변함이 없습니다.

제가 두 번째 결혼을 계획했을 때 지난 경험을 문제 삼지 않았다고 경솔하게 볼지 모르지만 그런 일은 없었습니다. 양쪽의 사정이 전혀 달랐습니다. 두 번째는 희망적이었는데 지난 경험이 희망을 주었기 때문입니다. 자세한 걸 말씀드릴 생각은 없습니다.

그럼 제가 왜 결혼하지 않았을까요? 이 경우에도 문제는 있었습니다. 문제를 헤쳐나가는 데 인생의 의미가 있다는 것 정도는 저도 압니다. 하지만 유감스럽게도 특별한 문제가 있었습니다. 제가 정신적으로 결혼 능력이 없다는 것입니다. 결혼을 결정한 순간부터 이미 불면에 시달렸다는 점에서 분명하게 드러났습니다. 밤이나 낮이나 할 것 없이 머리가 뜨거웠습니다. 그것은 이미 사는 게 아닙니다. 저는 절망적으로 비틀거리며 돌아다녔습니다. 엄밀하게 말하면 결혼에 대한 걱정은 아니었습니다. 불안감과 심약함, 그리고 자기 비하에서 오는 강박증이었습니다.

좀더 자세하게 설명할까 합니다. 결혼은 자기 해방과 독립을 보장하는 것입니다. 제가 가정을 갖는다고 합시다. 이것은 누구나 달성할 수 있는 최소의 것이고 아버지께서 달성하신 것 중 최고이기도 합니다. 따라서 제가 아버지와 동격이 되고, 옛날의 모든 굴욕과 횡포는 단순한 이야깃거리에 불과해집니다. 하지만 바로 거기에 문제 삼아야 할 점이 있습니다. 이것은 과욕이기 때문입니다. 이렇게 욕심이 많아서는 도저히 달성할 수가 없습니다.

감옥에서 도망치다가 붙잡힌 죄수가 있다고 합시다. 도망갈 생각 뿐이라면 잘 될지도 모르겠습니다. 그런데 감옥을 별장으로 개축하려는 마음까지 생겼다면 어떻게 될까요? 도망치면 개축할 수가 없습니다. 개축하고 있으면 도망칠 수가 없습니다. 아버지한테서 독립하려면 아버지하고는 관계없는 일을 찾아야 합니다. 결혼은 명예로운 독립을 보장해 주는 최고의 방법입니다. 그러나 아버지하고 가장 밀접한 관계를 맺을 수도 있습니다. 여기에서 빠져 나오려고 생각한다면, 그러니까 정신 분열로 인해 그런 짓을 한다면 벌을 받겠죠.

이 밀접한 관계는 제 마음을 결혼 쪽으로 부추깁니다. 오래지 않아 우리가 같은 줄에 서는 모습을 생각해 봅니다. 저는 자유롭고 은혜를 저버리지 않고 죄를 짓지 않는 착한 아들이 될 것이고 아버지 역시 고생하지 않고 횡포도 부리지 않으며 동정심 넘치고 만족하는 분이 되실 겁니다. 하지만 그렇게 되려면 지금까지 일어났던 일들은 없었던 것으로 해야 되겠죠. 결국 우리 자신이 말살되어야만 할 것입니다.

그러나 보신 대로 저의 결혼은 아버지의 독무대로 막을 내렸습니다. 저는 곧잘 세계 지도를 펼쳐 놓고 그 위에다 아버지를 비스듬히 확대시켜 보았습니다. 아버지가 발견하시지 못한 지방과 아버지의 행동 반경에 들어 있지 않은 지방만이 저의 생애에 문제가 될 것 같았습니다. 아버지의 훌륭하신 점에 비해 이것들은 수도 많지 않고 위안도 되지 않는 지방들입니다. 특히 결혼 같은 것은 그 속에 들어 있지도 않습니다.

이렇게 아버지와 저를 같은 줄에 놓는 것만으로도 이미 저로서는, 아버지가 가게에서처럼 결혼에서도 저를 추방시켜 버리셨다고 말씀드릴 생각이 없다는 것을 증명하고 있습니다. 그뿐만 아니라 닮은 점이 아무리 적다 하더라도 두 분의 결혼은 모범이 되기에 충분했습니다. 성실하게 협력하는 면이나 자식을 낳는 것도 모범적이었습니다. 자식들이 자라서 평화를 깨뜨린 후에도 두 분의 결혼은 흔들리지 않았습니다. 이 모범이 있었기 때문에 제 결혼관이 만들어졌을 것입니다. 결혼에 대한 저의 욕망이 무력했던 데는 다른 이유가 있었습니다. 아버지와 자식들의 관계 때문이었습니다. 이것이야말로 이 편지가 문제 삼고 있는 점입니다.

자기가 부모님께 범한 죄를 자식들한테 그대로 받지 않을까 하는 염려 때문에 결혼을 불안해하는 경우가 있다더군요. 저의 경우에는 별 의미가 없는 말입니다. 저의 죄의식은 아버지한테서 나온 독특한 것이기 때문입니다. 어쨌든 제가 말하려는 것은 이렇게 말이 없고 둔감하고 무미건조하고 타락한 자식이 생긴다면 저 자신으로서도 견딜 수 없을 거라는 사실입니다. 달리 어떻게 할 수 없으면 아버지가 저의 결혼에 대해 생각하신 것처럼 저는 외국으로 도망쳐 버릴 것입니다. 저 역시 결혼 능력이 없는 것만큼은 아버지를 닮고 싶은 생각입니다.

그러나 더 큰 문제는 저 자신에 대한 불안입니다. 잠깐 말씀드렸습니다만 저는 무엇을 쓰거나 그것과 관계 있는 일을 해서 도망가려고 했지만 아주 잠시 작은 효과를 거두었을 뿐입니다. 이젠 더 이상 계속되지 않을 것입니다. 그럼에도 불구하고 그것들을 지켜보며 위험을 막는 것이 저의 의무입니다. 어쩌면 제 생활입니다. 결혼은 바로 그 위험 가능성입니다. 그렇다면 어떻게 해야 할까요? 증명할 수도 없고 어떻게 해볼 수도 없는 위험을 안고서 어떻게 결혼생활을 이어 갈 수 있겠습니까? 결심이 서지 않는다 하더라도 결론은 확실합니다. 단념할 수밖에 없습니다. 손안의 참새와 지붕 위의 비둘기를 비교하는 건 커다란 착오입니다. 손안에는 아무것도 없고 모든 건 지붕 위에 있습니다. 갈등과 궁핍이 그런 결단을 내리게 합니다만, 아무것도 없는 쪽을 선택할 수밖에 없습니다. 직업을 선택할 때도 비슷한 방법을 취하지 않을 수 없었습니다.

결혼의 가장 큰 장애는 너무 완강해서 꺾을 수 없는 다음과 같은 확신입니다. 가족을 부양하기 위해서는 아버지가 갖고 계신 것들이 반드시 필요하다는 사실입니다. 전부 다 말입니다. 좋은 것도 나쁜 것도, 유기적으로 아버지 속에 융합되어 있는 모든 것 그대로를 말입니다. 강인함과 타인에 대한 조롱, 건강과 무절제, 언변과 어딘가 부족한 점, 자신감과 누구에게나 갖는 불만감, 세상에 대한 우월감과 횡포, 인정에 통하는 일과 사람들에 대한 불신감, 그 밖에 근면이라든가 인내력, 침착성, 대담성 등을 생각하면 제가 가진 것은 아주 적습니다.

더군다나 아버지도 결혼에서는 고투하시지 않을 수 없었고 자식들도 기대에 미치지 못한 것을 제 눈으로 보면서 어찌 결혼할 마음이 생기겠습니까? 물론 이 질문을 저 자신에게 해본 적도 없고, 또 대답해 본 적도 없습니다. 아니면 아버지하고는 아주 다르고 결혼에 실패하지 않은 사람을 찾아보았을지도 모릅니다. 리하르트 숙부처럼요. 저에게는 그것만으로도 충분했을 것입니다. 어렸을 때부터 스스로 체험한 일입니다. 결혼 문제에 부딪쳐서야 비로소 시험해 본 것은 아닙니다. 아무리 작은 일에 부딪쳐도 그때마다 시험했습니다. 아버지는 아무리 작은 일이라도 자신의 모범과 교육 방침대로 저의 무능력을 증명하려 하셨습니다. 이 편지에서 써 보려고 애썼던 대로입니다. 아무리 작은 일도 아버지가 말씀하신 그대로였습니다. 하물며 결혼만큼 커다란 일에서는 당연히 들어맞았습니다.

성장을 해서 어느덧 결혼을 앞두었지만, 어쩐지 좋지 않은 예감이 들었습니다. 장부도 기록하지 않으면서 어슬렁거리는 장사꾼하고 비슷한 상태입니다. 서너 가지 작은 벌이를 하면 너무 신기한 나머지 머릿속에서 그것만 어루만지고 잡아당기느라고 일상 생활은 신경도 안 쓰게 되는 것입니다. 장부에 기입했지만 결산은 한 번도 해보지 않은 셈입니다. 그러나 무슨 일이 있어도 결산해야만 하는 때가 옵니다. 바로 결혼입니다. 여기에서 지금까지의 손익을 계산하는데 이전의 작은 벌이는 오간 데 없고 커다란 빚만 남습니다. 결국 '정신 분열을 일으키기 전에 결혼하자'가 된 것입니다.

이렇게 해서 지금까지의 아버지와 저의 생활이 끝납니다. 그 생활 속에 장래에 대한 여러 가지 희망이 포함되어 있습니다.

지금까지 아버지를 두려워하는 이유를 설명했습니다만 아버지는 이런 식으로 대답하실지도 모르겠습니다.

'모든 걸 네 탓이라고 말해 버린다면 내 마음이 시원할 거라고 주장하는구나. 언뜻 보면 괴로운 모양인데, 사실은 전보다 훨씬 편해졌다고 믿는다. 우선 너는 죄책감이 없다고 말하지 않았느냐. 그 점에 있어서 우리는 똑같다. 다만 나는 어떻게 하든 네 탓으로 돌리고 있는데, 너는 지나칠 만큼 영리하고 고분고분하게, 너에게 유리하도록 내 죄를 면해 줄 생각인 것이다. 그렇게 되더라도 표면적일 뿐이다. 너도 그 이상 바라지 않을 것이다. 그리고 본질이니 본성이니 대립이니 낭패니 하며 아무리 '틀에 박힌 문구'를 늘어놓아도 글을 읽어서 파악할 수 있는 것은, 공격자는 나고 네가 한 일은 단순한 자기 방어에 지나지 않는다는 것이다. 결과적으로 너의 천성적인 검은 속셈을 마음껏 발휘했다고 할 수 있다. 너는 다음 3가지를 증명했기 때문이다. 첫째, 너는 죄가 없다는 것, 둘째, 모든 게 내 죄라는 것, 셋째, 네가 위대한 체하면서 나를 용서할 생각이라는 것이다. 너는 진실을 거역하여 나도 무죄라는 증명을 통해 네가 무죄임을 믿고 싶은 것이다. 이것만으로 지금의 너는 이미 만족할지 모른다. 그러나 아직 충분하지 못하다. 너는 결국 철두철미하게 나를 집어삼키려고 덤비는 것이다. 지금 우리는 싸우는 것이다. 싸움에는 2가지 성격이 있다. 기사의 싸움은 서로 힘을 겨뤄서 어느 쪽이든 한 사람만 이기는 것이다. 그러나 독충의 싸움은 서로를 찌를 뿐만 아니라 자신의 생명을 보존하기 위해서 재빨리 상대방의 피를 빨기도 한다. 이것이 용병이란 건데, 바로 너다. 너는 무능력하다. 그런데도 마음 편하게 고생도 않고, 죄책감도 없이 하고 싶은 대로 내가 너의 생활 능력을 빼앗아 나 자신의 것으로 만들어 버렸다는 걸 증명하려고 한다. 지금 네가 마음쓰는 일은, 네가 무능력자라면 그 책임은 바로 내게 있으므로 너는 편안하게 몸을 뻗고 육체적으로나 정신적으로 나한테 엎드려 평생 동안 발을 질질 끌면서 걸으려는 것이다. 간단히 말하면 얼마 전에 결혼하려고 생각했지만 한편으로는 결혼할 마음이 없었던 것이다. 그래서 너 자신이 고생하지 않도록 내가 결혼을 말려 주었으면 했던 것이다. 나로서는 상상조차 할 수 없는 일이었다. 첫째, 너의 행복을 방해할 생각이 없었다. 둘째, 내 자식에게 그런 비난을 들을 생각이 없었다. 결혼만은 너의 자유에 맡기기 위해서 나 자신을 극복해야 했다. 소용없는 짓이겠지만. 설령 내가 그 결혼을 마땅찮아 했다 할지라도 방해가 되지는 않았을 것이다. 오히려 그 처녀와 반드시 결혼하겠다는 자극제가 되었을 것이다. 너의 탈출 계획이 완성되었을지도 모른다. 그 결혼을 허락했다 해도 너의 비난을 피하진 못했을 것이다. 네가 결혼하지 않은 건 내 책임이라는 것을 증명하고야 말 테니까. 그러나 결과적으로 나의 비난이 옳았다는 걸 증명한 셈이다. 또 한 가지는 정당성이 없다는 것이다. 너는 검은 속셈을 품었고, 사랑에는 아첨꾼이고, 거지 근성을 갖고 있다는 비난 말이다. 내가 착각하는 게 아니라면 너는 이 편지에서도 나한테 기생한 것이다.'

  답변을 드리겠습니다. 첫째, 오로지 아버지 입장에서만 말씀하셨습니다만, 이것은 제가 한 말입니다. 저 자신에 대한 불신에 비하면 다른 사람들의 불신은 별것도 아닙니다. 아버지께선 저를 그런 식으로 교육시키셨습니다. 아버지의 답변 자체는 우리의 관계를 설명하는 데 도움이 되는 새로운 재료를 제공하고 있으며, 그 나름의 근거가 있다는 것을 부정하지 않습니다. 물론 모든 사물의 이치는 이 편지 속의 증명처럼 앞뒤가 꼭꼭 들어맞는 것은 아닙니다. 인생은 참을성을 필요로 하는 것입니다. 아버지의 답변에 의해 그것을 정정한다 할지라도 일일이 관철할 수도 없고 그럴 생각도 없습니다. 물론 정정하면 진실에 가까워질 수가 있으며, 결과적으로 우리 두 사람도 다소 안정되어 삶과 죽음을 마음 편하게 맞이할 수 있으리라 생각합니다.

프란츠 올림

작가와 작품 해설

프란츠 카프카의 생애와 작품 세계

카프카(Kafka, Franz)는 체코(오스트리아 · 헝가리 제국에 속했던 보헤미아 왕국)의 프라하에서 나고 자란 유대계 독일인 작가다. 그는 독일 국적을 갖고 있으면서도 여행이나 요양 기간을 제외하고는 잠시도 프라하를 떠나 본 적이 없다.

우리가 흔히 실존주의 문학하면, 사르트르와 카뮈를 떠올리기 쉬운데, 바로 그 실존주의 문학의 선구자가 카프카다. 실존주의 문학가들이 1, 2차 세계 대전 후의 암울한 세계 상황을 카프카에서 찾았을 정도로, 카프카는 인간의 부조리성과 인간 존재의 불안성을 날카롭게 통찰하여 현대 인간의 실존적 체험을 극한적으로 표현했는데, 이는 그의 불행한 삶과 연관이 없지 않은 듯하다.

그는 부유한 유대 상인의 아들이었지만 행복하진 않았다. 성질이 고약하고 이해심이 부족한 아버지에게 고통을 겪고 자란 탓에, 그의 작품에 등장하는 아버지의 형상은 늘 어둡다. 오죽하면 이렇게 말했을 정도다. 「저의 글들은 아버지를 상대로 쓰였습니다. 아버지의 가슴에 대고 직접 토로할 수 없는 것만을 쏟아 부었지요. 그건 오랫동안 의도적으로 진행된 아버지하고의 결별 과정이었습니다.」

프라하 대학에서 법학을 공부한 그는, 당시 평생의 친구인 막스 브로트를 만났다. 카프카로서는 운명적인 만남이었다. 평소 내성적이고 말이 없던 카프카를 문단에 끌어들인 사람이 바로 막스 브로트였기 때문이다. 또한 막스 브로트가 없었다면 그의 작품을 만나 보지도 못했을 것이다. 카프카가 자신의 작품을 모두 불태워 달라고 유언했지만 막스 브로트는 카프카의 작품들을 세상에 발표했다.

그렇다면 카프카는 왜 일생을 불행하게 보내야만 했을까. 우선 카프카는 독일 국적의 유대인이었다. 당연히 프라하의 독일인 사회에서 따돌림을 받았다. 또한 평생을 프라하에 살면서, 체코의 정치 문화에 공감하면서도 독일 문화에 동화되어 있었다. 그렇다고 유대 사회에서 그를 인정했을까? 그렇지 않다. 당시 서방의 유대인은 다른 유대인들처럼 가난하지 않았다. 또한 유대교의 전통과는 동떨어진 삶을 살았다. 결국 유대인들한테 경시 당하기는 마찬가지였다.

즉 카프카는 체코인으로서도, 독일인으로서도, 유대인으로서도 받아들여지지 않았던 것이다. 늘 자신을 이방인, 국외자로 인식하며 살아야 했다. 그의 작품에 나타나는 중간적 존재는 어느 세계에도 속할 수 없었던 자신을 형상화한 것이라고 볼 수 있다.

법학 박사 학위를 받은 그는, 1908년부터 프라하의 노동자 재해 보험국에서 일했다. 이 모든 것이 아버지의 뜻이었지만, 카프카는 어차피 글을 쓰는 데 지장이 없다면 직장이 어디든 상관없다고 생각한 것이다. 이곳에서 하는 일은 노동자의 권익 보호였고, 무엇보다도 퇴근 시간이 오후 2시인 점이 마음에 들었다. 1922년 건강 때문에 그만둘 때까지 막스 브로트의 권유로 단편들을 발표했다.

하지만 질병이 그를 놓아주지 않았다. 지병이던 폐병이 악화되자 직장을 그만두어야 했다. 그 후 소설 『성』의 집필에만 몰두하다가 1924년 4월 빈 교외의 킬링 요양원에 들어가 6월 3일 숨을 거두었다. 그리고 1주일 후 프라하의 유대인 묘지에 영원히 안장되었다.

그의 작품에는 결말이 없다. 그것이 카프카 문학의 본질이다. 아마 그것의 해석은 독자의 몫이리라.

작품 줄거리 및 해설

변신
어느 날, 잠에서 깨어난 그레고르는 자신이 벌레로 변신한 채 침대에 누워 있는 것을 깨닫는다. 회사에 일찍 나가 봐야 하는데, 침대에서 일어나려고 발버둥칠 때마다 헤아릴 수 없이 많은 흉측한 다리들이 꿈틀거린다. 이에 그레고르는 분노와 절망감으로 침대에 누워 있는다. 가족들은 일어날 시간이 되었는데도 방안에서 꼼짝 않는 그레고르를 깨운다. 평소 방문을 잠그고 자는 습관이 있었던 그는 문을 열어 주지 않는다. 아니, 이미 자신은 벌레로 변신해 버렸기 때문에 열어 줄 수가 없다. 이윽고 그는 벌레로 변신한 자신의 몸을 이용해 간신히 문을 연다. 그를 다그치기 위해 찾아왔던 회사의 지배인은 놀라 도망치고, 가족들 역시 까무러치듯 놀란다. 가족들은 혹시라도 해를 당할까 싶어서 그에게 폭력을 써 가며 그를 방으로 쫓아낸다.

그 동안 이 집의 가족들은 그레고르의 수입에 의존해서 살아 왔다. 그레고르는 파산한 아버지와 어머니, 그리고 여동생을 부양해야만 했기 때문에 회사의 판매사원으로 열심히 뛰었다. 그런데 이제는 벌레가 되어 방안에 갇힌 것이다. 가족들은 그를 벌레 취급했으며, 그레고르 또한 벌레의 생활에 적응해 나간다. 가족들은 생계를 위해 하숙을 치기 시작했으며, 그레고르의 방은 창고로 변한다. 벌레에겐 기어다닐 공간이 필요하다. 그러나 이제 그의 방은 짐으로 가득 차서 제대로 움직일 수조차 없다. 그는 점점 식욕을 잃고 비척거리다가 죽음을 맞이한다. 가족들은 이제 더 이상 그를 생각하지 않고 교외로 산책을 나간다.

카프카 생전에 간행된 작품으로, 실존의 차원과 부조리의 세계를 묘사하고 있다. 절망적인 세계 속에서, 언제 어느 상황에 처하게 될지 모르는 현대인의 유폐된 삶을 그린 카프카의 대표작이다.

이 작품에 등장하는 아버지는 카프카의 아버지를 대신한다. 또한 그레고르가 벌레로 변해 가족들로부터 따돌림을 당하는 것은, 바로 인간의 소외된 현실을 대변하고 있는 것이라고도 볼 수 있다. 벌레가 된 뒤에야 자신이 원하는 것이 무엇이었나를 깨닫게 된 그레고르. 그가 원한 것은, 진정한 인간으로 거듭나는 것이었다.

유형지에서

유형지란 유형살이를 하는 곳이다. 뿐만 아니라 때로는 사형도 집행된다. 그런데 이 유형지에는 특이한 사형 기계가 있다. 문제는 이 기계가 너무나 잔인하고 비인도적이라는 데 있었다. 침대와 녹사기와 써레라는 3개의 장치로 구성되어 있는 이 기계는 12시간 동안이나 죄수를 묶어 놓고 고문한 후에, 죄수가 죽으면 구덩이 속으로 처넣는다. 그 고문은 잔인하기가 이루 말할 수 없다. 일단 침대 위에 죄수를 뉘면 철사줄에 매달린 써레가 죄수의 등 위로 내려온다. 써레 끝에는 바늘이 달려 있다. 그 바늘은 죄수의 등을 찌르며 등에다 죄수의 죄명을 새긴다.

사형을 집행하는 이곳의 장교는 이 기계에 집착한다. 이 기계의 제작에 관여했던 장교는 이것을 소중히 여길 뿐 아니라, 자랑스러워하기까지 한다. 그러나 이곳에 새로 부임한 신임 사령관은 이러한 사형 집행을 못마땅히 여긴다. 그래서 사령관은 탐험가에게 자문을 얻고 이곳의 제도를 개혁하려고 한다. 이 기계를 없애려 한다는 것을 눈치 챈 장교는 탐험가에게 이 기계를 설명하면서, 좋은 평가를 해달라고 부탁한다. 그러나 장교는 탐험가를 설득하지 못한다. 장교는 죄책감을 느낀다. 이 기계를 지키지 못한 것에 대한 죄책감이다. 장교는 스스로 이 기계에 눕는다. 죄명은 자신의 직무 태만이다. 하지만 평소 잦은 고장이 있었던 이 기계는 정상적으로 작동하지 않는다. 결국 기계는 장교의 등을 무자비하게 찌르다가 부서져 버린다. 기계는 장교와 함께 파멸해 버린 것이다.

이 작품은 비인간적인 권력 제도가 얼마나 무서운 것인가를 보여 준다. 권력을 가진 자는 정의를 극단적으로 왜곡할 수가 있다. 왜곡된 정의는 결국 스스로를 파괴한다. 또한 인간의 맹신과 과거에 대한 맹목적인 집착은 무서운 결과를 불러올 수 있다.

카프카는 이 작품을 통해 비인간적이고 비인도적인 제도를 타파하고 싶었는지도 모른다. 어쩌면 카프카는 잔인한 나치의 학살 등을 미리 예견한 것 같기도 하다.

선고

어느 화창한 봄날 일요일 아침, 게오르크 벤데만은 편지를 쓴다. 러시아에 있는 옛 친구에게 쓰는 것이다. 그러나 왠지 망설여진다.

지금 자기가 편지에다 쓰는 것은 일종의 약혼 선언이기 때문이다. 어머니가 돌아가신 후 가업을 이어받은 게오르크는 사업을 성공적으로 꾸려 나갔고, 부잣집 딸하고의 결혼도 앞두고 있다. 하지만 친구는 몹시 불행하다. 도망치다시피 떠난 러시아에서 사업에 실패하고 병까지 든 상태이기 때문이다.

어쨌든 편지를 다 쓴 그는 우선 아버지에게 간다. 그 편지에 대해 말하기 위해서다. 이제는 늙고 기운도 남아 있지 않은 아버지를 보고 게오르크는 마음속으로 결심한다. 결혼을 하더라도 아버지를 잘 모시겠노라고. 게오르크가 아버지를 침대에 뉘려 하자, 기운이 하나도 없어 보이던 아버지는 벌떡 일어난다. 그리고는 갑자기 거인의 형상을 한 채 아들을 비난한다. 게오르크는 친구를 배신했으며, 재산을 탕진하고, 돌아가신 어머니를 추모하지 않는다는 비난이었다. 그러면서 이렇게 많은 죄를 지은 그에게 이제 물에 빠져 죽으라고 '선고'한다. 게오르크는 저항하지 않는다. 이 선고를 받아들여 스스로 다리 위에서 강으로 뛰어든다.

하룻밤 만에 써 버린 이 작품은 카프카의 자전적인 요소가 짙다. 평소 아버지와의 갈등을 많이 겪은 탓이다. 아들의 인생을 막고 있는 아버지! 아버지는 아들의 사업적인 성공을 인정하지 않는다. 편협한 수익 사업이라고 깎아 내리는 것이다. 또한 아버지는 아들의 결혼도 탐탁하지 않다. 이런 권위적이고 이해심 없는 아버지에게 게오르크는 저항을 포기한다. 아버지가 이긴 것이다.

작가 연보

1883년   7월 3프라하의 유대인 가정에서 셋째아들로 태어남.

1889년(6세)   프라하 시내의 독일어 학교에 들어감.

1901년(18세) 프라하의 독일인 김나지움(9년제) 졸업. 아버지의 뜻에
             따라 프라하 대학 법학과 입학.

1902년(19세) 카프카를 문단으로 이끈 막스 브로트를 만남.

1904년(21세) 첫 작품으로 알려진 『어느 투쟁의 묘사』 집필.

1905년(22세) 『어떤 싸움의 기록』 집필.

1906년(23세) 프라하 대학에서 법학박사 학위 받음. 『시골의 결혼 준
             비』 집필.

1908년(25세) 프라하의 '노동자 재해 보험국' 입사.

1912년(29세) 단편집 『관찰』, 장편소설 『아메리카』 집필.

1914년(31세) 펠리체 바우어와 약혼했으나 곧 파혼함. 『심판』 집필.

1916년(33세) 『변신』 출간.

1917년(34세) 펠리체 바우어와 다시 약혼. 폐결핵 진단을 받음.

1919년(36세) 단편집 『시골 의사』 탈고 『유형지에서』 발표. 율리에
             보리체크와 약혼.

1922년(39세) 병세가 악화되어 퇴직하고 『성』 집필에 몰두.

1924년(41세) 6월 3일 41세의 나이로 빈의 킬링 요양원에서 사망.